新潮文庫

清く貧しく美しく

石田衣良著

新潮社版

11680

清く貧しく美しく

1

　目を覚ますと、白いクロス貼(ば)りの天井が見えた。手を伸ばせば届きそうに低くて、安っぽい造りだ。しかたないだろう。急行が止まる駅とはいえ渋谷から私鉄で三十分弱、その駅から歩いてさらに二十分はかかるアパートだ。金野(こんの)レインボーハイツの１０１号室。広めの１ＤＫでも家賃は格安だった。

「あーあ！」

　立原堅志(たちはらけんじ)は思わず声をあげてしまった。半透明のプラスチックが張られたこれも安普請(やすぶしん)の引き戸が開いて、保木日菜子(やすきひなこ)が顔をのぞかせた。白いエプロンがよく似あう。

「ケンちゃん、どうしたの」

　堅志はタオルケットをかぶっていった。

「いや、なんでもない。それよりヒナちゃん、毎朝ちゃんとごはんつくらなくていいよ。もうそんなにたべなくてもいいんだから」

日菜子はすっと引き戸のむこうに姿を隠してしまう。どんな形であれ人といい争いになりそうになると、日菜子は自分の気配を消して逃げてしまう。誰かとぶつかりそうになる、それだけでパニックに陥るのだ。それは同棲して一年近くになる堅志に対しても変わらなかった。消えいるような声がキッチンからきこえた。

「あの、そんなに大変なわけじゃないし、ケンちゃんやせてるでしょう……一日立ち仕事だし、もうすこし体重をつけたほうがいいかなって……」

語尾はいつものように深い井戸に小石でも投げたように音もなく消えてしまう。

「ぼくももう年だし、代謝も落ちてくるし、そんなにたべる必要もないんだ。起きるね」

それが憂鬱の素だった。

堅志は土曜日に三十歳の誕生日を迎える。男の三十は普通なら衝撃や嫌悪などなくスムーズにとおり抜ける関門だ。だが、堅志は三十歳になってもまだアルバイトだった。正確には非正規の契約社員だが、給料はほとんどあがらず、ボーナスもなく、不景気になればいつでも首を切られるアルバイトと同じ身分である。テレビのニュースを見ていて、事件を起こした誰かが、無職だったりアルバイトだったりすると、ひやりと胸の奥が冷たくなる。それは大学を卒業してから、ずっと変わらなかった。

この数年は正社員になりたいと、年末から春にかけて懸命に就職活動に挑戦していた。筆記試験にたどり着けるのはだいたい五分の一。面接までいけるのはさらにその三分の一。今年は三十社に履歴書を送り、面接までいった二社に断られた。六月末の誕生日を控えて、まだ正社員ではない。

また、あーあ！と声をあげそうになって、堅志は自分を抑えた。日菜子に心配をかけたくないし、自分を恥じていると思われたくなかった。堅志が大学を卒業したのは世界的な金融危機のあとで、就職はどん底の氷河期だった。友人にもいまだに非正規で働いている者が何人もいる。不承不承ながら堅志のような生きかたを選ばざるを得なかった人間は、現在のこの国ではめずらしくもないのだ。

友人からただで譲ってもらったベッドから起きだして、ベッドサイドにていねいにたたんである服を身につけた。服はだいたいがGUかしまむらだ。それも七割がたはセール品である。服装にかけるお金はふたりともぎりぎりまで抑えている。

日菜子はいつも清潔でいられるようにきちんと洗濯し、たたんでおいてくれる。その朝はネイビーのくるぶし丈のコットンパンツに、白い半袖（はんそで）のポロシャツ。身長だけ高くてひょろりと細長い堅志には、よく似あう組みあわせだった。

キッチンのカウンターに寄せたテーブルで朝食をかこんだ。向かいの日菜子は短めのボブヘアで、なるべく顔を隠せるように後ろから前にいくほど髪を長くしている。おしゃれのためでなく、この冷たい世界に自分をできるだけさらしたくないのだ。堅志には日菜子の恐れがわかっていた。それを責めようとも変えようとも思わない。じっと同棲相手を見つめた。目があうと、日菜子はすぐにそらしてしまう。

「ヒナちゃん、今日もかわいいね」

一瞬の迷いもなく日菜子が返してきた。

「ケンちゃんも、素敵だよ」

堅志は女性の扱いが上手なプレイボーイではないし、二十八歳になる日菜子もまともにつきあったのは堅志がふたりめという奥手なタイプだ。堅志は続けていった。

「この玉子焼きおいしいよ。さすがだなあ」

ふんわりとやわらかで出汁(だし)の利(き)いた、老舗(しにせ)の蕎麦(そば)屋ででてくるような玉子焼きだった。関東風の甘い味つけだ。日菜子は料理が好きで、銅製の四角い玉子焼き器を持参してきた。

「ふふ、うれしい」

若いふたりは目をあわせて笑った。

そんな幸福なカップルなど、未婚率がロケットのように上昇し、誰もが自分と自分の得られる利益しか愛さない時代には存在しないと思われるだろうか。だが、このふたりの事情をすこしきいてもらいたい。

堅志と日菜子は一緒に暮らし始めてすぐに約束したのである。

広い世のなかの誰ひとり、ぼくたちをほめてくれる人はいない。

だから、おたがいにちゃんとほめあおう。恥ずかしがらずにほめあおう。

少々甘くても馬鹿みたいでもいい。そうやって、夜の道に迷ったときの遠い街の灯のように、荒れ狂う嵐の夜に見つけた灯台のひと筋の光のように、おたがいを頼りに生きていこう。若いふたりはそう単純に決心したのだ。

堅志だって普通の日本男子なので、女性をほめるのは最初はすごく困難だった。ぜんぜん見当違いのことを口にしたり、日菜子を嫌な気分にさせたり、もってまわった意味不明の屁理屈になったり、それは苦労したのである。

けれど、あれから一年がたとうとしている。今では、そのときほんとうに感じた相手のいいところを、すこしだけ強調して、すぐに口にできるようになった。ほめ言葉がどれほど豪勢で気が利いていても、芯にひとかけらの真実がなければ力を生まないことに気づいたのだ。

堅志は削りたての鰹節(かつおぶし)で出汁をとった根菜と油揚げのみそ汁をすすっていう。

「ぼくはいつもどおりだけど、ヒナちゃん、今日はどんな予定？」

「仕事のあとは気が重いけど、短大のときの友達と日曜日の結婚式の打ちあわせなんだ。渋谷で夜七時から。夜ご飯用意しておくね。レンジであっためてたべて」

「わかった。助かるよ。コンビニ弁当の百倍いい」

セロリの糠漬け(ぬかづけ)で炊き(た)立てのご飯を頰ばり、冷たいジャスミン茶をのんだ。日菜子がいつもいうとおり手間さえきちんとかけるなら、おいしくて身体(からだ)にいいものはいくらでも安くたべられるのだ。

2

手づくりの弁当をもって堅志は部屋を出た。レインボーハイツというだけあって、各戸のドアは虹(にじ)の八色に塗り分けられている。なんでも外国では虹は七色ではなくもう一色多いそうだ。堅志と日菜子の101号室はきれいな緑色だった。

自転車で梅雨の晴れ間の朝の日ざしを走った。もう真夏のような暑さで、最寄り駅に到着するまえに汗が噴きだしてきた。これほど暑くなければみっつ先の駅にある仕事場まで一時間ほどかけて、ペダルを踏んでしまうこともある。

堅志はいつも座れる下りの私鉄にのると、ドア脇の席に腰をおろし文庫本を開いた。スマートフォンも見るけれど、堅志はできるだけ本を読むようにしていた。車両のなかでは必ず何人が本や雑誌や新聞を読み、何人がスマホを見ているか数えるのが癖になっている。その日の朝は、二十数名のうちスマホ派が十四人、活字派が三人、あとはほとんど居眠りをする人だった。

自分ひとりがこだわって本を読んでも、時代の流れに変化などなかった。けれど堅志は天邪鬼で、人まえでスマホを見る気にはならなかった。ふたりの年収をあわせて三百万円台では、本代も節約をしなければならない。たいていは古本屋で拾った本が多いけれど、何人か好きな作家の本は応援したくて新刊書店で買っていた。

その朝読んでいたのは、戦後の高度成長期にぐんぐんと自分の会社をおおきくしていった男の一代記だった。夢と野望と熱気にあふれた経済小説だ。堅志には別な国の物語としか思えなかったが、小説自体はおもしろかった。今度この作家の新刊を街の本屋で買ってみてもいいかもしれない。

目的の駅に着くと、乗客の半分が黙々と降りていく。堅志は心に鎧を着せて、電子音とともに改札を抜けた。ショルダーバッグから入館証をだして首にかける。駅まえのロータリーには名物の桜の木々と白い時計台があった。始業時間の午前九時まであと十五分。六月の朝の光を浴びた染井吉野は緑の色を深め、一枚一枚の葉が子どもの手のようにやわらかそうだ。

そのむこうには巨大な灰色の箱が二棟ならんでいた。ジェット機でさえ何機も停めておけるほどの広さで、見慣れたロゴが入口のうえに書かれている。外資系のインターネット通販企業の物流センターだった。電車でいっしょだった人間がつぎつぎとエントランスに呑まれていく。ここで毎日いったい、何人のアルバイトが働いているのだろうか。二棟の倉庫だけで南関東全域をカバーしているそうだ。

堅志はずらりとならんだゲートに入館証をあてた。また電子音がする。この音はなんとかならないものだろうか。朝からきちんと気分を落としてくれる。

「よう、おはよう、立原」

声のほうに顔をあげて、堅志は反射的にこたえた。

「おはようございます、村井さん」

この三週間ほど同じチームで働いていた村井だった。この倉庫ができた頃からの古株のバイトで、年齢は四十歳とすこし。こうはなりたくない反面教師だった。堅志は同じコットンパンツをはいているのに気づいてがっかりした。GUのセール品だ。

「今日からフロア変わったぞ。アンダーウエアのコーナーだ」

　先週まではずっと家庭用洗剤と芳香剤をピッキングしていた。堅志の仕事は巨大な倉庫に広がる迷路のような商品棚から、注文された商品をとりだすことだ。買いものはネットで便利になったが、このピッキングの作業だけはまだ人手が頼りだった。もっともあと五年もしたら、ロボットがあらゆる形の商品を正確に壊れないようにピッキングできるようになるかもしれない。そうなれば何万人あるいは何十万人といる世界中の作業員の仕事はなくなるのだ。それがいいことなのか、わるいことなのか、堅志にはわからなかった。

「チームはどうですか」

　スマートフォンをとりだしてシフトの確認をした。衣料品は軽いので上のほうのフロアだ。見慣れない名前がある。

「新入りがふたり。残る四人は変わらない。今日もよろしくな」

　ということは今日も夕方まで村井といっしょなのだ。気が重くなる。堅志は人の流れに乗って、ロッカールームにむかった。さあ、ここからは心を殺してあらゆる商品を拾いまくろう。作業効率を落とす訳にはいかなかった。村井はこのネット通販の巨人で正社員を狙っている。チームの成績をトップ五パーセントから落としたくないのだ。

個人用のロッカーは幅三十センチほどのおおきさで上下に二段、ロッカールームに蜂（はち）の巣のようにならんでいる。堅志はポロシャツのうえに制服の青いベストを着こんで、入館証を首からぶらさげ、仕事が待つフロアに移動した。その他大勢のピッキング作業員とともに。

3

その頃、日菜子は二回目の洗濯機を回していた。

このハイツは駅からすこし遠いけれど、全戸に南向きのバルコニーがあるのがありがたかった。天気がいい日は朝洗濯ものを干して、昼にはきれいに乾いている。ジーンズのコインポケットのなかさえぱりっとするのは気もちがいいものだ。

日菜子の仕事はパートタイマーだった。就職はあきらめていた。内気すぎるせいで、面接にはことごとく失敗していた。現在は最寄り駅の駅ビルの地下にあるスーパーで、命じられたことを淡々とこなしている。日菜子にとってはバックヤードでの商品の準備が一番気楽で、二番目が商品の棚出し、そして一番苦手なのがレジ打ちだった。人と対面するとにかく緊張してしまう。

部屋に掃除機をかけながら、堅志のことを思いだした。今朝も顔を見るなり、かわいいといってくれた。お世辞なのはわかっているけれど、ほめられたらやはりうれしい。それは一年たっても変わらなかった。あの人は頭もいいし、いい大学を出ているし、本だって日菜子の知っている誰よりも読んでいる。寝室とダイニングの壁際(かべぎわ)にはたくさんの本とＣＤが煉瓦(れんが)みたいに積みあげてあった。

今は正社員ではないし、倉庫で一時間いくらで働いているけれど、いつかはなにか素晴らしい仕事をするはずの人だった。それなのに、どうしてわたしなんかを選んだのだろう。堅志にはもっとスペックが上の女性がふさわしいはずだった。いくつになっても初対面の人とは口がきけず、臆病(おくびょう)であがり性の自分ではなく。

あれはいっしょに暮らすようになって、二週間ほどのことだった。夕食のあとで堅志がいったのだ。テレビではバラエティ番組が流れていた。日菜子にはすこし言葉が強すぎるトークが電光石火で応酬されている。堅志のとがった顔に青いテレビの光があたっていた。

「ぼくにも欠点がある。ヒナちゃんにもある。おたがいそれを認めて、無理して直そうとするのはやめないか。いいところをちゃんと見て、ほめあうようにしよう。ここに帰ってくればもうだいじょうぶ。ふたりでそういう場所をつくろう」

いい終える頃には、堅志はまっすぐに日菜子の目を見つめていた。テレビではお笑い芸人がブスとかデブとかハゲとか激しい言葉を投げて笑いをとっている。この人はどうしてそんなことをいうのだろう。堅志は予期せぬときに、いきなりわたしの一番やわらかいところをやさしく刺してくる。

気がつくと日菜子は泣いていた。引っこみ思案な性格を直しましょう。人見知りはよくない。きみは自己評価が低すぎるから緊張するんだ。要は人によく見られたいだけだ。先生にも親にも友達にも、何度もこの性格を直せといわれてきた。損をするのは自分だろう。誰もがそういった。

三十年近く生きてきて、このままでいいからいいところを見ようといってくれたのは、堅志が初めてだった。

思いだしただけで涙ぐみそうになって、日菜子は掃除機をすこし乱暴にかけた。わたしにはいいところなんてひとつもない。でも堅志は必ずなにかほめるところを見つけてくれる。日菜子はそれがどれほど心をあたたかにするか、生まれて初めて気がついた。

堅志のひと言は明日を生きる勇気が生まれる魔法の呪文(じゅもん)だった。

夕食の準備をして、自転車で家を出たのは十時半すぎだった。

その日の仕事は野菜や果物のパッキングとシール貼りから始まった。パート仲間の主婦たちからは、日菜子は影のように扱われている。それでも無意味にいじわるな人はなく、仕事に必要な情報は流してくれるので、日菜子には居心地のいい職場だった。親しい人はいないけれど、もともとぼんやり考えごとをしながら、昼食はひとりでたべるのが好きなたちだ。

その日は制服のエプロンをはずして、近くの公園のベンチでお昼にした。ちいさな具のないおにぎりがふたつと、朝の残りの総菜ですべてである。午後はせっせとお菓子の棚出しに励み、苦手なレジは一時間ほどで終了した。

午後六時ちょうどにタイムカードを押して、ロッカールームの鏡で眉と口紅だけ引き直して駅にむかった。自転車はスーパーの従業員用駐輪場に停めておく。上りの電車に乗り、明るい夕方の空を眺めた。東京郊外のこのあたりでは空はまだまだ広かった。背の高いマンションがあるのは駅の近くだけで、すこし離れればなだらかな丘の斜面に一戸建てがならぶ静かな住宅街になる。

この季節、六時過ぎの空は夕焼けまえの熟れた黄金色の光でいっぱいだった。今日パック詰めしたマンゴーのようだ。皮はすこししなびて細かな傷もあるけれど、皮をむき種をとってしまえば、抜群の甘さである。日菜子はスーパーで毎日果物を見ているので、いつの間にかフルーツのたべどきがわかるようになっていた。こうしたちいさな暮らしの力は、今の激しい競争社会では誰にも評価などされないけれど。

女子短大時代の友人三人、保険会社で営業職をしている藤沢裕実（ひろみ）と、男なんて信じられないといっていたのに一番早く専業主婦になった川村（現在は後藤）英美子（えみこ）と、裕福な親元でニート中の堀友里（ゆうり）。大の親友という訳ではないけれど、卒業して七年以上たつのにまだつきあいが続いているのは、きっとウマがあうのだろう。久しぶりに顔を見るのが、すこしだけたのしみだった。

「平日でもけっこう混んでるのね、この店」

レジまえのベンチですこし待たされてからとおされたテーブルで、スーツ姿の裕実がいった。日菜子の正面に座っている。席を失敗してしまったと後悔した。正面は鏡張りになっていて、嫌でも安っぽいファストファッションを着た自分の姿が目にはいってしまう。しかも隣にはブランドものの服を着こなす友里がいる。

「だから、近くのホテルの割烹（かっぽう）にしようっていったじゃない。あそこの初夏の献立おいしいんだよ。今なら焼き空豆に肝醤油(きもじょうゆ)でたべるかわはぎかな」

いったいそのコースはいくらするのだろう。にこにこと笑いながら日菜子はきいている。主婦の英美子がいった。

「ダメだよ、あそこは夜のコース五千円からでしょう。うちの旦那(だんな)の給料じゃ無理。子どもが生まれてからはとくにね。結婚なんて夢がないよ。愛の誓いなんてすぐ色あせて、男がだんだん同居人に変わってく」

　考えてみるとこの四人のうち結婚して子どもがいるのは英美子ひとりだった。裕実がいった。

「じゃあ、同棲くらいがいいのかもね。日菜子のところはどうなの。もう一年だよね」

　あらためてきかれると恥ずかしくなった。

「うちは彼が素晴らしい人だから」

　裕実と友里が目を見あわせた。堅志がアルバイトであることはみんな知っている。日菜子は外でも堅志をほめるのが癖になっていた。英美子がさりげなくいう。

「うちなんて子どもが生まれてからずっとレスだよ。なんか赤ちゃんで手一杯で、そんな気にならないんだよね」

サラダとパスタ、それに粉チーズであげたビーフカツレツがやってくる。サラダはこのイタリアンの名物で、目をみはる量があった。大皿にピラミッドのように盛られている。日菜子は何度も同じ味の再現に挑戦したが、この店のドレッシングにはたどり着いていなかった。一番の遊び人の友里が日菜子の脇腹をつついた。

「ヒナはどうなの、そっちのほう」

日菜子は頬を赤くしていった。

「うちはだいじょうぶ。彼がきちんとしてるから」

三人が声をそろえて笑った。日菜子はこれまでセックスには精神的な満足感はあっても、それ以上のものではないと考えていた。それが堅志によって変わった。この人のことをほんとうに信じられるという手ごたえがあると、セックスも変わるのかもしれない。最近は自分から誘うこともできるようになった。ものすごく勇気がいるけれど。

いくらでもドレスをもっている友里がいった。

「だけどさ、なに着てくの、みんな」

「それだよね、問題は」

主婦の英美子がサラダを崩しながらいう。日曜日には、卒業した短大の近くのホテルで同じゼミ仲間の結婚式がある。今月は二回目だ。ジューンブライドという言葉が恨めしかった。ご祝儀もう一回分と、なんとかして着るものも用意しなければ。裕実は余裕だ。

「わたしはパンツスーツ、すこし明るめの色の。あとはアクセサリーでごまかすかな」

「いい男がいるかもしれないから、こっちはちょっと気合いれるよ。新しいドレス買ったから、今ウエストを絞るようにお直しにだしてる。ベアトップでばっちり」

「友里はいいよね。二の腕に肉がついてないから。赤ちゃん産んだらその手のダメだから。わたしは地味にいくよ。日菜子は？」

日菜子は返事に詰まった。まだ迷っているのだ。H&MかZARAのセール品で済ませるか、あるいはフリマアプリで探すか。どちらにしても、ご祝儀二回とドレスを買えば、今月のパート代はきれいに蒸発してしまうだろう。

それから学生時代の友人の噂話で盛りあがったけれど、日菜子の頭から週末のドレス問題は去らなかった。いっそのこと四年前の第一次結婚ラッシュ時代のもので間にあわせようか。いや、あのときのドレスはきっとここにいる三人が覚えているだろう。

もう一度あれを着るくらいなら、結婚式から逃げたほうがましだ。

その夜は夫に赤ん坊をまかせているという英美子のおかげで、早い時間に解散になった。渋谷の駅前で友人と別れて、日菜子はひとりですこし歩くことにした。デパートやブティックをのぞいて、今年の傾向を見ておくのもいい。高価なブランドものはとても手がだせないけれど、ドレス選びの参考になるだろう。

昼間は真夏のような暑さだったが、夜の風は涼しく心地よかった。どこまでも歩いていけそうだ。こんなとき堅志が隣にいて、手をつなげればいいのに。日菜子は一杯だけのんだスパークリングワインに頬を染めて、華やかな店を何軒かはしごした。こんなふうに美しいものが無数にあって、どれにも値札がついているのが不思議だった。ファッションはこんなに人を楽しませてくれる。デザイナーは偉大だった。

駅から離れデパート裏の住宅街に迷いこんだ。裏渋谷といって最近は人気の街だ。こんなところに家をもつのはどんな人たちなのだろうか。一軒が五億円も十億円もするのだろう。すくなくともここに住む人はスーパーで棚出しはしないはずだ。倉庫でピッキングもしないだろう。どの屋敷もコンクリートの塀で囲まれた要塞（ようさい）のようだ。豊かな人はなにが怖いのだろう。

日菜子はその一角で、あるウインドウに目が釘（くぎ）づけになった。高級マンションの一階は半地下の造りで、ガレットをだすカフェやカウンターだけのバー、それに古風なブティックがはいっていた。金色のロゴが貼られたショーウインドウには木製のトルソがおいてあり、斜め上から照明を浴びて、緑色のドレスが着せられていた。

(うちの部屋のドアの色だ)

最初にそう思った瞬間、ふらふらと半地下に降りる階段を踏んでいた。素材は総レースで、これからの季節にはいい。胸から上はオーガンジーでトルソの丸い肩が透けている。やや長めの半袖はたるんだ二の腕を隠してくれるし、スカート丈もちょうどいい。そのときようやく店の看板に気がついた。ブランドものの買いとり案内が書いてある。そうか、ここは中古のブランドショップなのか。だったら、わたしにも可能性があるかもしれない。

勇気を奮い起こして、重い扉を引いた。中年にしか見えない紫の髪をした女性が迎えてくれる。やわらかないらっしゃいませだった。

「こんばんは」

日菜子は低い声で挨拶(あいさつ)し、まっすぐトルソにむかった。背中のファスナーについたタグを確認する。胸が高鳴っていた。パリのオートクチュールのドレスだ。新品なら日菜子の四カ月分の給料が一着で消えてしまうだろう。

どうかお手頃価格でありますように。そう祈って、二枚目の値札を見た。身体のなかが冷たくなった。氷水でも一気のみしたようだ。十万円はしないけれど、それに近い値段。日菜子の予算の三倍だった。

「あなたならお似あいになると思うわ。ほんとうの一点ものよ」

手を伸ばしてふれてみた。しっかりと張りのある生地で、レースといってもふわふわではない。だからこんなふうにウエストから流れるようなきれいなふくらみが出せるのか。

「あのすみません、ひとりで決められないので、写真を撮らせてもらっていいですか」

「どうぞ、かまいませんよ」

日菜子はスマートフォンで何枚もシャッターを押した。最後に値札も撮っておく。おたがいをほめることだけでなく、ふたりの生活には決まりがあった。一万円以上の買いものはすべて許可制なのだ。財布は別々だけれど、高価なものを買うときは相手に許可を得なければならない。きちんと理由を説明すれば、堅志は今まで反対することはなかったけれど。

でも、きっと今回は無理だろう。パートタイマーの自分には中古とはいえオートクチュールのドレスは身分不相応の贅沢品だ。堅志の就活用のスーツでさえずっと安価なのだ。

「おとりおきにしなくていいかしら。今のうちの一押しだから、何日もこのままということはないと思うけど」

日菜子は服のとりおきなどしたことはなかったし、パリの職人が手づくりした服を注文したこともなかった。出会えただけでいいのだ。堅志に素晴らしいものがあったと報告して、この写真を見せてあげよう。今夜は渋谷で素敵なものをたくさん見て、元気を分けてもらった。それで十分だった。こんなに上等なものが自分に似あうはずがない。

「どうもありがとうございました」

ていねいに頭を下げて、半地下の店を離れる。女性がドアを開けたまま見送ってくれる。渋谷の明るい夜の下、私鉄の駅に急いだ。スーパーの駐輪場には自転車が待っている。こんな夜に走ったら気もちがいいだろう。

家に帰れば緑のドアのむこうに堅志がいる。わたしを見れば、無理やりでもなにかを見つけてほめてくれるだろう。夜ごはんおいしかったよと忘れずにいって。日菜子は冴えない自分のどこをほめようか考えているときの、すこし困ったような堅志の笑顔が好きだった。

朝別れたばかりの人に会いたくて、日菜子は駅へ通じる階段をスキップするように降りていった。

4

夏のはじめの夜に日菜子は自転車のペダルを踏んだ。夜風は涼しいがやわらかく、服と肌のあいだを抜けていく。透明なたくさんの指になでられているようで、日菜子は夜のサイクリングが好きだった。

夜十一時近く、部屋に帰ると堅志がキッチンで食器を洗っていた。堅志の腰は軽く、家事をめんどくさがることはなかった。お茶でもコーヒーでも自分でいれるし、スプーン一本足りなくともさっと立ちあがってとりにいく。その分なにかを頼まれることがすくないので、いっしょに暮らすには楽だが、日菜子はすこし淋(さび)しい気もした。泡まみれのスポンジを手に堅志はいった。

「お帰り、ヒナちゃん。緑のドレスの写真見たよ」

日菜子は裏渋谷で見かけたオートクチュールの中古ドレスのことをもう忘れかけて

いた。堅志に写真を送ったのは、電車のなかである。手の届かない高価なものは記憶からすぐに削除する癖がついているのだ。

「見ただけで幸せになれたよ。もう十分」

どれほど素敵でも一枚のドレスのために一カ月分の給料に近い額を払うことはできなかった。この部屋の家賃よりも高いのだ。

「自転車でのど渇いたでしょ。お茶のむ?」

日菜子は堅志の背中に張りついた。背中に額をあてていった。

「代わるよ。わたしの仕事だもん」

「いいよ。もう終わるし、夏の皿洗いは水が冷たくて、気もちがいい」

そうなのだ。炊事も嫌なことばかりではなかった。夏の夜、冷たい水が白い泡とともに指のあいだを流れ去っていくのは、日々の暮らしのなかの快感だ。

「ちょっと待ってて。今終わるから」

「うん、待つけど、このままの格好でいい?」

一枚の天然木でできた扉のように広い背中にもたれているのが、日菜子には心地よかった。一杯だけのんだスパークリングワインが効いているのかもしれない。額も頬も熱かった。

「英美子のところ、赤ちゃんが生まれてからずっとレスなんだって」

「ふーん、うちのバイトの先輩でも結婚してる人がいるよ。同じ人と二百回以上セックスできるのは変態なんだってさ」

日菜子の胸のなかがひやりとした。いっしょに暮らして一年ほど、そのまえに半年はつきあっていた期間がある。週末のたびにデートをしていたから、月に八回ほど。同棲をはじめてからもそのくらいの回数で、一年半ではもう百五十回近くになる。変態の境の二百回なんて、すぐではないか。堅志の背中が震えている。笑いながらいった。

「うちはぜんぜんだいじょうぶ。ふたりとも変態ですからっていっておいた。ぼくは外でもあまりうちのこと悪くいうの好きじゃないんだ」

水音がやんだ。堅志はグラスをふたつ手にして、冷蔵庫に移動する。水出しの日本茶に氷をひとかけら浮かべて、テーブルにむかった。日菜子は二人羽織のように好きな男の背中に張りついていった。ダイニングテーブルでようやく対面の椅子(いす)に座る。日菜子は堅志を背中から抱くのも、正面から顔を見るのも好きだ。いっしょに暮らすようになって、昔よりもますます好きになってきた気がする。

「あのドレス買わないなら、結婚式どうするの」

「もっと安いのでいい。あんな高級品はわたしにはもったいないよ。もう一度渋谷にいって、探してみる」

自分のしまむらの服を見て、堅志のユニクロを見た。自分たちにはこれが似あいだ。

「ふーん、そうかなあ。ヒナちゃんにはぴったりだと思うけど。それにあのドレス、うちの部屋のドアの色と同じだったよね」

101号室の鮮やかな緑が目に浮かぶ。

「それだけが残念かな、あんな色なかなか見つからないから」

堅志が黙ってじっと日菜子の顔を見ていた。すると天井からどしんと足音が響いて、細かな埃(ほこり)がゆっくりと舞い降りてきた。耳を澄まさなくても十分耳に届く叫び声だった。

「また、あんた、別な女、つくったね」

片言の日本語は201号室の夫婦喧嘩(げんか)の始まりだった。妻はフィリピン人で、夫は日本人。毎週のように夫婦喧嘩をしているのだ。慣れっこになっているので、階上の騒動はふたりの会話のさまたげにはならなかった。日菜子は声も張らずにいう。

「あれで値段が三分の一だったら、買ってたかな。でも、ケンちゃんが気にすることないよ。友達の結婚式なんて、すぐに忘れちゃうんだから」

しばらく日菜子の顔を見てから、なぜか堅志の表情が急に明るくなった。夜は電気代を節約するため、LEDの間接照明一灯にしている。部屋の薄暗さには変わりはなかった。

「わかった。それならいいよ。ヒナちゃんなら、なにを着ても似あうと思う。スタイルいいもんね」

日菜子は堅志のやさしさがうれしかった。ただ痩せているだけで、スタイルはよくないのだ。胸はたいしてないし、残念ながらウエストもあまりはっきりくびれていない。それなのに三十歳に近づき、お尻だけは重力に負けて垂れてきている気がする。毎日スーパーで立ち仕事をして、いき帰りは自転車のペダルを踏んでいるのに、どういうことだろう。

「ったく、あんたは、どしてそんな、女好きなんだ」

フィリピン人の奥さんが吠えていた。夫婦喧嘩ではいつも男のほうの声は聞こえない。亀のように身体を縮めているのかもしれない。

「そういってくれるのケンちゃんだけだから、これ以上スタイル悪くならないようにがんばるね」

テーブルのうえに右手をのせた。てのひらをうえに向けて、堅志の手を待つ。ひらひらと動かしていると、堅志が気づいておおきくて骨ばった手を重ねてくれた。

「そのままでいいんじゃない。ぼくだって、どうせバイトだから」

「ケンちゃんはだいじょうぶ。いつか絶対いい仕事をする人だから。わたしにはわかるもん」

あまりプレッシャーをかけたくはないが、つい日菜子はいってしまった。力がはいっていないように聞こえるといいのだけれど。

重ねた手を離して、ぽんぽんと日菜子の手をたたいてくれる。

「ありがと、そういってくれるのもヒナちゃんだけだ」

目と目があった。どちらからともなく笑顔になる。

「また、どこかの、女と、浮気したんだろ、このスケベ」

天から降る声は男性の原罪について激しく訴えていた。

5

土曜日の仕事も、同じアンダーウエアのピッキングだった。サッカーのフィールドさえ何面もとれそうな巨大倉庫のなか、手元のタブレットに記載された下着を、堅志はダンボール箱にひたすら詰めこんでいく。二十四時間稼働の倉庫内は空調が利いていて、暑さや寒さとは無縁だった。残念なのは窓がないので、外の天気がわからないことだ。ここにいると圧迫感で息苦しくなるのは、日ざしや風から完全に遮断されているせいかもしれない。

「向谷、なにやってんだ」

ベテランのアルバイト、村井が新入りに怒鳴っていた。六人でチームを組み、仕事はまわされている。今回の新人はふたりだった。学生の池田と、堅志と同じ専業の向谷。最初に顔を見たときから、向谷のほうには嫌な予感がしていた。小太りで服装がだらしなく、放りっぱなしにして三日か四日目の無精ひげを生やしていた。おしゃれのためではなく、ただ面倒だからという雰囲気だ。社員や先輩に対する受けこたえも歯切れがわるい。

「おまえ、やる気あんのか。午前中でミスがもう四回目だぞ」

何列か離れた棚から、チームリーダーの村井の声が響いていた。ミスが四回か。きっと正社員様から注意されたのだろう。このネット通販会社で正社員にあがりたい村井は、腹が立ってたまらないはずだ。チーム成績の低下はリーダーの責任である。

「……すみません」

つぶやくような謝罪がきこえた。

「おまえがチーム全員の足を引っ張ってるって、わかんないのか。ほかのやつはみんなちゃんとやってんだろ。だから、アルバイトはダメなんだ」

新入り対応と正社員昇格でぴりぴりしている村井の小言など放っておけばいい。だが、最後の言葉が小石でも投げつけられたように堅志の胸にカチンとあたった。自分だって同じバイトの癖に。堅志は手にしたタンクトップをダンボールに静かに落とすと、声のほうに移動した。

「ちゃんとタブレット確認しろよ。書いてあるだろ。紳士Tシャツ白M一枚、グレイM一枚、キッズ用身長130センチスヌーピー・フライングエース青一枚」

灰色スチール製の棚から顔をのぞかせて様子を見た。新入りの向谷は目をあわせずにうつむいている。村井は腕を組んで居丈高に注意していた。

「……すみません、フライングエースってなんなんですか」

子ども用のキャラクター商品は種類がやけに多いうえに、客からの注文が細かくてたいへんなのだ。村井が手近にある青いTシャツを手にとると叫んだ。

「この空戦のだよ。スヌーピーくらい常識だろ。おまえ、ピッキングをなめてるんじゃないか」

複葉機にのり、飛行帽をかぶったスヌーピーが胸にプリントされた青いボーダーのTシャツだった。確かに子ども用で種類の多いサイズとカラー、さらにプリントの絵柄まで指定されているのでは、新人にはむずかしいかもしれない。村井はしつこい性格だから、このまま午後もミスを連発するようなら、チームから向谷を追いだしてしまうだろう。上司の正社員はいつも見て見ぬ振りをしている。ダメなバイトは辞めさせたほうが効率があがるからだ。ここは放っておいたほうが、こちらに火の粉がかからなくていい。そう考えたのに、堅志の口からはその場をとりなすような声が発せられていた。肝心な面接のときには口下手なのに、得にならないトラブルにばかり口をはさむのだ。自分は馬鹿だ。嫌になる。

「リーダー、それくらいにしておきませんか。もうひとりの新人が怖がりますよ」

振りむいた村井の目がつりあがっている。一度怒りだすと、手がつけられない。自分に非がないときは徹底的に人を追いつめるところが、村井にはあった。

「こいつがぜんぜん仕事できねえからだよ。誰にでもできるかんたんな仕事だって書いてあっても、ピッキングはそんなにかんたんなもんじゃねえよ。衣類をあつかってんだから、おまえちゃんと身ぎれいにしてこい。だらしねえんだよ。なんだ、その服と無精ひげ、その腹もなんだ」

　向谷は二十代なかばだろうか。堅志よりは年下のようだが、腹が突きだしていた。たるんだ肌も不規則な生活を想像させる。社会にでてからの八年足らずで堅志は学んでいた。残念なことに、人は見た目と中身がほぼ同じだ。外見に反して素晴らしい精神をもつ人間など、めったにいない例外的な存在にすぎない。ほとんどの人は、ただ自分の職と明日の安定を守るために精一杯で、自分を磨く余裕など最初からないのだ。堅志が学生時代に抱いていた希望は、ゆっくりと時間をかけてすり減っていた。

「村井さん、あまり離職率が高いのもチームのマイナスだと思いますよ。うちのとこはミスはすくないけど、辞める人が多いでしょ。もし向谷くんが会社にパワハラされたなんて訴えたら、村井さんだけでなくぼくもふくめてたいへんなことになる」

　体育会系の村井が一瞬考える顔になった。もうこの男の怒鳴り声はききたくないし、できないバイトを潰(つぶ)すところを見たくもなかった。

「向谷くんにはぼくのほうから話しておきますから、村井さんはもうひとりの新人をチェックしにいってください」

　もうひとりの新人という言葉で、村井の表情が動いた。この男が、自分のささやかな権力をオーバーにつかう場面を逃すはずがなかった。

「ああ、わかった。向谷、おまえ立原の話ちゃんときいとけよ」

「……はい」

村井は肩をそびやかし、背中全体で怒りを表現しながら、スチール棚のむこうに消えた。

「あの人に一度目をつけられるとめんどくさいからね。アルバイトで二十年も働くと、嫌な目にもたくさんあったんじゃないかな。村井さんは、自分より弱い立場の人間にはものすごく厳しいんだ。弱点を見せないほうがいいよ。向谷くんも仕事ちゃんとしてね。最初は遅くてもいいから、ミスだけはしないようにダブルチェックでいこう」

向谷の反応はひどく鈍かった。

「……はあ」

チームリーダーの突発的な激しい怒りから解放してやったことへの感謝など、別に感じてもいないらしい。村井と同じように、この男もあちこちの仕事場でのひどい扱いに慣れているのかもしれない。堅志はがっかりしたが、別に礼を求めて介入したわけではなかった。いっしょにいるのも気づまりで、すぐ自分のもち場にもどろうとした。背中に声が飛んだ。

「なんで立原さんがチームリーダーじゃないんですか」

立ちどまって振りむいた。意外な質問だ。

「いや、村井さんのほうがここでは先輩だし」

「でも立原さんのほうがむいてるでしょう。いっしょに入った池田くんもそういってますよ。村井さん厳しすぎて苦手だって」

アルバイトで渡ってきたどの職場でも、堅志はリーダー的なポジションについたことはなかった。いつだって、仕事を腰かけのように見ていたのかもしれない。ここではないどこかに、自分のためのほんとうの仕事がある、と。

「だいたいアルバイトなんて、そこそこやってればいいんでしょ。機械の代わりみたいなもんなんだから」

堅志は淋しく笑うしかなかった。だらしなくて、仕事に対する責任感がないと思っていた向谷と自分は、ほとんど同じなのだ。外見をとりつくろい、人に責められない程度まで目標を達成したら、そのあとは仕事になどひとかけらの情熱も関心もなかったのである。もう自分は一生アルバイトなのかもしれないな。そう思うと、氷の塊でものんだように腹の底が寒くなった。

「向谷くんのいうとおりだよ。来月にはここには誰もいないかもしれない。決められたことだけ、機械みたいにきちんとやっておこう。ぼくは面倒が嫌いだし、チームリーダーとかは絶対に無理だ」

その日の午後は、ずっと割り切れない思いを胸に抱えて、堅志は男性用アンダーウエアのピッキングに励んだ。ミスは一度もしなかったけれど、仕事のやりがいやよろこびはひとかけらもなかった。

6

定時に仕事を終えると、堅志のロッカーで村井が待っていた。ポロシャツの襟を立て、袖をまくって筋肉質の腕を見せつけている。

「午後は向谷のやつミスが減ったな。仕事は遅いけど、とりあえずよかった。で、あいつなにかいってなかったか」

ポリエステルのベストを脱いで、ロッカーのなかにたたんでいれる。自分のショルダーバッグをとりだした。

「なにかってなんですか」

「いや、おれのことパワハラで会社にチクるとか」

そんなことを気にしていたのか。堅志は腕時計を確認した。どうせなら急行にのりたい。

「ああ、彼はそこまで腹を立ててないし、そんな度胸ないと思いますよ。でも、すぐに辞めちゃいそうな気はするな」

「そうか、ならいいや。立原、おまえはずっとおれのチームにいてくれよ」

堅志は自分もやる気のない新入りと同じだとはいわなかった。

「ええ、できる限りがんばります。じゃあ、今日はちょっと用があるので」

ロッカールームを出て、くたびれた無表情な流れにのり、セキュリティゲートを電子音とともに抜けた。巨大倉庫をでると、まだ夕焼けに間がある夏の夕方だった。私鉄の駅までのほんの数十メートルで、人としてのやわらかな心がもどってくる気がする。

堅志は一日の立ち仕事を終えて熱をもった足で、渋谷いきの急行電車にのりこんだ。

日菜子から送られてきたスマートフォンの写真には、緑のドレスと金色のロゴが貼(は)られたショーウインドウが写っていた。前日のうちにブティックの名を検索し、住所は調べておいた。裏渋谷には詳しくない堅志は、液晶画面のちいさなマップを頼りに、東急百貨店の裏手に迷いこんでいく。

日菜子のいっていたとおりすごい豪邸ばかりの街だった。自分たちの住んでいる1

DKのアパートとはあまりに差がありすぎて、嫉妬する気にもなれない。何度か住宅街をいききして、ようやくあの店を見つけた。半地下におりる階段をひとりでくだるのは勇気が必要だった。女性ものの高級なブティックなど、足を踏みいれたこともない。

金のロゴのあるショーウインドウに目をやって、堅志はあっと声をあげそうになった。そこにあるのは木製の裸のトルソだけだった。日菜子が目を輝かせ語っていたオートクチュールのドレスは着せられていない。そうか、やはりこの店の一押しで、もう売れてしまったのか。あきらめて帰ろうかと思ったが、せっかくここまできたのだからと、堅志は店の扉を引いた。

紫の髪をした初老の品のいい女性が接客の最中だった。客は四十代だろうか。このあたりに住んでいるのか、裕福そうな人だ。足元を見ると、きちんとした靴ではなく革底の薄いサンダルだった。ガラスの四角い陳列ケースのうえには、あの緑のドレスが広げられていた。

「あら、めずらしいお客さま。いらっしゃいませ」

紫の髪がこちらをむいた。堅志はぺこりと頭をさげた。こんな格好で高級店にはいってもいいのだろうか。一日の立ち仕事で汗だくの自分が、ひどく場違いに感じられた。商売用なのかわからない笑みを浮かべて、店員の女性がいった。

「なにか、お探しのものでもあるのかしら」

怪訝な顔で女性客も堅志を見ていた。高級住宅街のブティックにまぎれこんだ三十歳のアルバイト。今日は一日、男性肌着を仕分けしていたのだ。なにかいわなければいけない。堅志は勇気を奮い起こした。

「……あの、彼女への、プレゼントなんです……探している、ものがあって」

あとは言葉が続かなかった。じっとガラスケースのうえに広げられたドレスを見つめてしまう。あざやかな緑色のドレスはダウンライトを浴びて、しなやかに重さなどまるでないかのように広げられている。紫の髪のマダムが、ドレスと堅志の顔を交互に見た。

「あら、もしかして、まえにうちにきてこのドレスの写真を撮っていったお嬢さんの？」

「そうです、それ、ぼくの彼女です」

堅志はあわててスマホを操作してドレスの写真を呼びだし、目のまえに通行証のように掲げて見せた。

「そうなの、残念ねえ。今、このドレスに買い手がついてしまったところなの、ねえ」

常連らしい中年の女性のほうをむき、うなずいてみせる。堅志はショルダーバッグのなかにある銀行からおろしたての十万円を思った。悔しいような、ほっとしたような複雑な気分だった。淡いブルーのサマードレスを着た常連客が、堅志の頭からつま先まで、値踏みするように見てから口を開いた。

「彼女さんはおいくつなのかしら」

「二十八歳です」

この人は話がわかる人かもしれない。すくなくともわが家の事情に興味があるようだ。とっさに堅志はちいさな嘘(うそ)をついた。

「あの、ぼくたちは同棲してちょうど一年で、それを記念してプレゼント交換をしようという話になって。実は、彼女は下見のために渋谷の街を足を棒にして歩きまわったんです」

一度嘘をつくと、自分でも驚くほどなめらかに舌が動いた。女性客がいう。

「同棲一年かあ。わたしにもそういう時期があったなあ。結局、その人とは結婚しなかったけど」

紫の髪のマダムもいった。

「いいお話ねえ。最近の若い人は、プレゼント交換なんて時代遅れだからしないものだと思っていたけど、あなたたちみたいなアヴェックもいるのね。それで、あなたは代わりになにをプレゼントしてもらうのかしら」

そちらのほうはまるで考えていなかった。今、自分が欲しいものか。肩からさげているショルダーバッグはストラップがほつれてぼろぼろだ。

「ぼくは自転車で通勤しているんですけど、このおんぼろの代わりにメッセンジャーバッグを……」

ちょっとくらい演出するのもいいだろう。堅志は腕時計に目をやった。

「ちょうど今頃、彼女もプレゼントを買っているはずです」

店のマダムと常連客が顔を見あわせた。

「まあ」「あら」

どうやらすこし感動しているらしい。堅志は思い切っていった。

「お気に入りかもしれませんけど、なんとかこのドレスを譲っていただけないでしょうか」

客の女性がドレスの首まわりの淡い緑のオーガンジーを指先でなでていた。

「そうね。掘りだしものだけど、うちにはドレスはたくさんあるし。あなたもなかなかのイケメンだしね……わかったわ、お譲りします」

紫の髪のマダムが手を打って笑った。

「さすがミノリさん、おしゃれなことしてくれるわね。どうもありがとう」

常連客の女性が堅志のほうをむいていった。

「まあ恋愛も、たのしいのは最初のうちだけだから、せいぜいおふたりでお幸せにね」

ありがとうございますといって、堅志は頭をさげた。もうほかに見るものはない。マダムがていねいにドレスを包み、箱にリボンをかけてくれるあいだ、店の隅にあるスツールに腰かけて待ち続けた。ひどく長い時間に感じられたが、そのあいだ堅志は背中を丸めず、背筋を伸ばして座っていた。姿勢が悪いと、この店にすまないように感じたのだ。

7

「おかえりなさい。ケンちゃん、遅かったね」

日菜子は壁の時計を見た。八時過ぎ、いつもより一時間以上遅い。日菜子のほうも渋谷に出てショッピングをしていたので、ちょうどよかった。根菜と昆布の煮物に味を沁みこませるには、もうすこし時間がかかる。スペインオムレツもまだ半熟だ。

「ああ、悪い。ちょっと用事があって」

なぜ、玄関でごそごそしているのだろう。日菜子はガスレンジから手が離せなかった。

「晩ごはんもうすこしかかるから、先にシャワーを浴びていいよ」

夏のあいだは面倒なので、シャワーだけで済ませることが多かった。堅志は風呂にはいると疲れがとれるというより、汗をかいてぐったりするという。

「はーい。いい匂いだなあ。ヒナちゃんの料理は抜群だ」

堅志の表情が明るかった。なにかいいことがあったのかもしれない。

「じゃあ、先にシャワーしてくる。晩ごはんゆっくりでいいから」

堅志がキッチンでポロシャツを脱ぎ始めた。昔は男の身体に興味はなかったけれど、今では堅志が裸になると目が吸い寄せられるようだ。裸の肩や首筋や胸には、磁石のような吸引力がある。きっと堅志は気がついていないだろうが。日菜子はバスルームにむかう堅志の引き締まった背中から無理やり視線をはがし、火加減に集中した。

会話のとぎれない晩ごはんのあとで、堅志がいった。

「そういえば、明日の結婚式なにを着ていくの」

「もうあきらめて、値段優先にしたの。ZARAでセールのドレス買ったよ。七千円。サイズ展開がたくさんあって、ハンガーにびっしりさがってた。悪くないけど、式で誰かとかぶらないことを祈るよー。同じの着てたら、最悪だから」

「ふーん、そうか」

そういうと湯呑(ゆのみ)をもって堅志が立ちあがった。

「お茶ならわたしがいれるよ」

ダイニングテーブルで腰を浮かせると堅志がいった。

「ヒナちゃんはそのままでいて。お茶くらい男だっていれられる」

急須(きゅうす)にポットからお湯を注ぐと、そのままにして堅志はなぜか玄関にいった。おおきな紙袋をもってもどってくる。

「ヒナちゃん、これ」

受けとって、中身を見た。金のリボンのかかった立派な箱が入っている。

「開けてもいいの」

堅志は笑ってうなずくだけだ。

日菜子は箱をとりだして、リボンをほどいた。食器を寄せてテーブルの端で箱を開ける。透けるほど薄いクレープ紙に包まれて、あの緑のドレスがていねいにたたまれていた。

「ケンちゃん、これ……」

堅志は得意そうに口をとがらせていった。

「ヒナちゃんのスマホの写真にお店のロゴがあったよね。仕事のあと渋谷にいったんだ。危ないところだったんだよ。常連のお客さんがそのドレスを気にいって売約済みに……」

日菜子は百メートル競走のスタートのように椅子から立ちあがり、椅子の背ごと堅志の背中を抱き締めた。

「ほんとにありがとう。どうしてケンちゃんはそんなにやさしいの……」

涙が止まらなくなる。こんなにダメな自分なのに、どうしてこの人はこんなに気をつかってくれるのだろう。日菜子の腕をぽんぽんとたたき、堅志がいった。

「いや別にそんなにやさしくないって。今日だって倉庫じゃたいへんだった。リーダーの新人いびりが始まって……」

日菜子は堅志の首筋にかすめるようなキスをして、奥の寝室にいった。もう隠しておくこともないだろう。押入れの引き戸を開けて、今日渋谷で買ったばかりのプレゼントをとりだす。ダイニングの堅志にさしだした。

「はい、お誕生日おめでとう。三十歳って、なんか大人だね」

堅志は驚いた顔をして受けとった。ショッピングバッグのなかには赤いリボンをかけた紙袋がはいっていた。堅志は日菜子の顔を見て、もう一度ありがとうというと、袋を豪快に裂いた。気にいってくれるだろうか。わたしがあのドレスに感動したようには無理としても。日菜子は身体中を目にして、堅志の反応を見ていた。

なかからでてきたのは青いメッセンジャーバッグだった。なんだか堅志が怖い顔をしたような気がして、日菜子はあわてていった。

「ほら、ケンちゃんのショルダー、もうぼろぼろで新しいの欲しいっていってたでしょ。それで自転車と同じ色のやつを探したんだ。それでね……」

今度スタートダッシュを切ったのは、堅志のほうだった。片手にバッグをさげたまま、日菜子を残る片手で若木の幹でも抱えるように抱き締めた。

「ありがとう、ほんとありがとう。話すと長くなるんだけど、今日あの店で紫の髪の人に嘘をついたんだ……」

あれ、おかしいな。なぜ、わたしはこんなふうに無防備に泣いているのだろう。堅志がついたかわいらしい嘘の話を聞きながら、日菜子は全身を相手にまかせていた。こうして今も抱かれているのに、もっともっと抱いて欲しいと思う。明日の結婚式など十五分で終わればいいのに。日菜子は一刻でも早くこの部屋に帰り、愛しい男の顔を見つめていたかった。

8

レジ袋にスーパーの特価品をたくさん詰めこんで、日菜子はレインボーハイツに帰った。うきうきと気分がいいのは、あの緑のドレスのせいもある。結婚式では女友達に評判だったのだ。やはりパリのメゾンはさすがで、生地も仕立ても素晴らしかった。どこかクラシカルなラインもほかにはないクラス感があった。

（それにあの素敵なグリーン、緑はわたしたちのラッキーカラーだなあ）

そう考えながら、ドレスと同じあざやかな緑色に塗られた１０１号室のドアノブに手をかけた。となりのドアを見る。１０２号室のドアは青く塗られている。

「あっ、マサキくん、いたんだ」

青い扉のまえに体育座りして、となりに住む竹岡雅紀が本を読んでいた。まわりには教科書やノートが散らばっている。顔をあげるとかん高い声でいった。

「おかえりなさい。ひなねえちゃん」

「本読んでるんだ。お母さんは仕事？」

マサキの母親・竹岡笑理(えみり)はシングルマザーで、渋谷から急行のとまるふたつ目の駅にある夜の店で働いている。全八戸とちいさく、おたがいの距離が近いハイツでは、誰がどんな仕事をしているのか、嫌でもわかってしまう。マサキは本に視線をもどしていった。

「うん」

男の子はうつむいたままだ。小学校三年生だから、九歳だろうか。日菜子はマサキが必死に内心を隠しているのに気づいていた。ページを開く手がちいさく震えている。

「お母さん、今夜も遅いんだよね。どう、うちで晩ごはんたべていく？」

天然の巻き毛の前髪が男の子の額で揺れていた。目が輝いている。肉は堅志と自分の二人分しかないが、ハンバーグだからすこしちいさくすれば、子どもひとり分くらい余計につくれるだろう。

「おい、なにやってんだよ。宿題なら、自分のうちんなかでやれっていってんだろ」

氷水のような男の声だった。びくっと身体(からだ)を引いて、マサキが反射的に謝っていた。

「ごめんなさい。もうしません」

　103号室の土田紘一だった。サンダルに短パン、手にはコンビニの袋。Tシャツの首回りは伸び切っている。堅志も同じだからアルバイトを悪くいいたくないが、土田は四十代なかばのフリーターだった。夜勤で交通誘導警備員の仕事をしている。いつも暗くなると制服に着替え、自転車で出かけていく。

「まったく、だからシングルマザーはダメだ。しつけがなってない。あんたもあんまり子どもを甘やかすなよ」

　胸のなかではたくさんの言葉があふれたが、日菜子もマサキのように反射的に謝っていた。誰かとぶつかる、あるいはぶつかりそうになる。それだけで身体がすくんでしまうのだ。

「ごめんなさい、気をつけますから。マサキくん、本を片したら、うちにおいで。ごはんたべよう」

「やった。ほんとにいいの」

　ちっと舌打ちして、土田が103号室の藍色の扉を開いてなかにはいった。日菜子は舌を出していった。

「へへ、おねえさんも怒られちゃった」

マサキは教科書とノートを拾いながらいった。

「汚いおっさん。中年童貞のアルバイトの癖に、嫌なやつ」

日菜子は目を丸くした。

「それ、どういう意味かわかるの」

男の子はにっと笑って、日菜子を見た。どきりとするほど大人びた目をしている。

「わかんないけど、いつもうちのママがそういってる。人間として終わってるって意味でしょう。今度、先生にきいてみようかな」

あわてて日菜子はいった。

「それであってるから。先生にきいたりしたらダメだよ」

小学校の教師が子どもに童貞の意味をきかれて、どうこたえるのか興味はあったが、マサキの印象はずいぶんと悪くなりそうだった。それでなくともこの子にはたくさんつらいことがあるのだ。以前、テーブルのうえにおいてあったカップ麺を見たことがある。マサキは悪びれず恥ずかしそうでもなく、うちの晩ごはんといっていた。笑理はあまり料理が好きではないらしい。

日菜子は緑の扉を開けて、部屋にはいった。こんなに薄い壁だけれど、やはりプライバシーが守れるのはありがたかった。土田のように他人に厳しい人間の視線から逃れてひと安心すると、日菜子はキッチンで手を洗った。

家に帰り手を洗う。それだけでこの世界にあるたくさんの汚れを落としたような気になるのは自分だけだろうか。みんな手を洗うときになにかを願ったりしないのか。日菜子は誰もこたえてくれない、ゆくあてのない質問を胸にたたんで、エプロンを締めた。

9

電車からおりた堅志が見ていたのは、スマートフォンに送られてきたシフト表だった。来週はなぜか夜勤が一日だけ組まれていた。フルタイムでこの倉庫で働いているので、堅志はすこしだけ優遇されていたのだ。

三十歳になって、夜九時から早朝五時までの深夜勤務はかなりしんどくなっていた。ピッキング作業で立ち働いているうちはまだいい。だが、つぎの日がしんどかった。睡眠のリズムが崩れるせいか、つぎの日だけでなく、さらにそのつぎの日も疲れが身体の芯(しん)に残ってしまう。若いころ、といっても大学生のころは試験勉強で完徹をして、試験明けにはさらにオールで夜遊びをしたものだ。それでもひと晩眠れば、疲労などカミソリで削ぎ落したようになくなったものである。

「あーあ、三十歳かあ。いい大人だよな、いやおっさんか」

自分でちいさくひとり言を漏らしているのにも気づかなかった。堅志は誕生日を迎えたばかりで、背中には新しいメッセンジャーバッグがあった。日菜子がプレゼントしてくれたものだ。

いつの間にか改札を抜けて駅前の駐輪場にきていた。蛍光灯に照らされて、金属の虫のような自転車が規則正しく並んでいる。この一台一台の自転車が、それぞれ別の人間の命を乗せて毎日走り回っているのだ。自転車にも人と同じように運命はあるのだろうか。いつ自分がスクラップになるのか、恐れたりはしないのだろうか。

堅志はときどき哲学者のように無用な思考にふける癖があった。それでもなにも考えないよりは、なにかを考えたほうがいい。屁理屈に聞こえるかもしれないが、考えただけ頭を動かしたことになるからだ。

駐輪場の隅におかれた放置自転車を見た。薄く泥をかぶって、金属もゴムもすすけている。動かなくなって時間がたてば、人の脳も自転車も同じようになる。止まってしまえば、それは物としての死と同じだった。

夜勤のシフトから死を思う。嫌なことから嫌なことへ連想は続くのだ。人の頭はな

ん と簡単に接続するのだろう。今度、古本屋で脳の働きについての最新研究の本を探してみよう。

堅志が街乗りのスポーツタイプの自転車に乗って、短い商店街を抜けるとき、むこうから見覚えのあるシルエットがやってきた。ママチャリに紺の交通誘導員の制服。身体はおおきい。確か学生時代は柔道でもやっていたと聞いたことがあった気がする。

「あーどうも。こんばんは」

二車線のさして広くない道だった。すれ違いざま堅志は１０３号室の土田に声をかけた。

「おう」

うなるようにひと言返して、土田は身体に似あわないママチャリをもりもりと漕いでいく。前籠には赤くて長いキャップがついた誘導棒が刺さっていた。土田はひどく深刻な顔をしていた。なにかあったのだろうか。この人は十五歳くらい年上のはずだ。アルバイト生活を四半世紀は送っているのだろう。

（仕事を探さなきゃ、三十代の十年なんてすぐだぞ）

ペダルを踏む足に力をこめて、堅志は夜のなかを走りだした。一生アルバイトで生きる恐怖を置き去りにするように、風を切って走る。土田のようになりたくはなかった。自分よりもひと回り以上若いアルバイトに、挨拶と同時に憐れまれるのは絶対にごめんだ。

「ただいま」

緑のドアを開けると、子ども用のスニーカーが見えた。

「あーマサキ、きてるんだ」

テレビを観ていた男の子がさっと小走りでやってきた。満面の笑みというのは、こんな表情だろうな。堅志までうれしくなるような笑顔だ。父親のいないマサキにとって堅志は甘えられる数すくない大人の男性のようだ。

「遅いよ。ずっと待ってた。お腹ぺこぺこだよ。ハンバーグ冷たくなっちゃう」

「ごめん、ごめん」

堅志はさっと手を洗って、四人がけのテーブルに向かった。マサキは日菜子と並んで対面に座っている。自分たちカップルがふたりに、九歳の男の子がひとり。家族ができるというのは、こんな感じなのだろうか。日菜子と自分とのあいだの子ども。考えただけでくすぐったかった。

「ケンちゃん、なにかおかしいことでもあったの」

にやけているところを見られてしまった。堅志はなにかをごまかすときも、日菜子をほめることにしている。

「いや、ハンバーグおいしいなと思って。そうだよな、マサキ」

マサキの皿に目をやると、もうハンバーグは最後のひと切れだった。つけあわせのニンジンのグラッセや自家製フライドポテトには手をつけず、ハンバーグだけ片づけていたようだ。ごはんもひと口もたべていない。

「マサキ、ちゃんと順番にたべるんだよ。三角たべって、小学校で習わなかったか」

男の子は目をハンバーグから離さずにあっさりいった。

「習った。だけど、一番おいしいものからたべないと、ダメだから」

日菜子が不思議そうな顔をした。目があうと、あごの先でマサキを示す。聞いてほしげな表情。堅志はさりげなく質問した。

「いつも好きなものだけ先にたべちゃうんだ。どうして」

マサキの顔から表情が消えた。さっと黒板消しでぬぐったように子どもらしい輝きがなくなってしまう。正面をぼんやりと見ていった。

「誰かが急に怒りだして、晩ごはんがダメになっちゃうかもしれない。お皿だって割れるかもしれない。ハンバーグがゴミ箱にいくかもしれない」

どこか夢のなかの景色でも見ているような遠い目をして、男の子はうっすらと笑っていた。日菜子がマサキに気づかれないようにかすかに左右に首を振っている。そういう経験がこの子には何度もあったのだ。誰かの爆発的な怒りの発作で、家族の食事がいきなり断ち切られてしまうような。

日菜子がとりなすようにいった。しっかりと意志の力で笑顔をつくっている。堅志が恋人をすごいと感じるのはこんなときだった。自分よりも弱い者を守るには、日菜子のような勇気が必要だ。

「わたし、今日はお腹いっぱい。マサキくん、こっちのハンバーグたべない？」

内心うれしいのに、男の子は困った顔をした。

「えーいいのかなあ、ママには人の分まで手を出したらいけないっていわれているんだ」

そういいながら、目は日菜子の皿に半分残っているハンバーグを見ている。今夜のソースはマサキ用にジャムを加えて甘くしたケチャップ味だ。日菜子に目配せしていった。

「そうかあ、困ったな。こっちもお腹いっぱいだし、マサキがたべてくれないと、ヒナちゃんの分は捨てるしかない。もったいないから、そんなことしたくないしなあ」

堅志は男の子の顔をじっと観察していた。抑えていたうれしさが肩口からあふれて、自然に左右に上半身をスイングさせている。そうか、ほんとうにうれしいとこんなふうに人の身体は動くんだ。子どもを見ていると、驚くような発見があった。大人ではこうはいかないだろう。みな本心を深く隠して、一番大切なものは誰にも見せないようにしている。そうしているうちに自分でもどこに隠したのかわからなくなってしまうのだが。

日菜子とときどき視線を交わしながら、男の子が地上最後の食物をたべるようにがつがつとハンバーグを片づけるのを見ているのは、実にたのしかった。ご馳走にはたべるだけでなく、たべさせるよろこびもある。そんなことに気づくなんて、おれも大人になったんだな。堅志は三十歳の誕生日を思いだしていた。日菜子はうんうんとうなずいていった。

「ケンちゃんもこんな感じだった?」

かすかに茶色い巻き毛、男の子にしてはひどく白い肌、あごは今の子らしくほっそりとして、明るい茶色の目は利発そうだ。マサキは美人の母親似だった。

「いや、マサキみたいにかわいくはなかったよ。似てるのは食欲くらいかな」

日菜子はむきになっていった。

「そんなことないよ。ケンちゃんも絶対にかわいかったと思う。賭けてもいいよ」

つきあっている相手をまじめにほめる。心からほめる。ふたりのあいだの変わらぬ約束だった。

「かわいさではヒナちゃんに負ける」

日菜子が真剣になった。

「わたしなんてぜんぜんダメだったから。わたしのほうが負ける」

「いや、ぼくのほうがかわいくなかった。自信がある」

「絶対ケンちゃんのほうがかわいかった」

マサキがおかしな生物でも見るように、口を開いてこちらを見あげていた。ちいさな口のなかにはハンバーグ。

「ねえ、男の人と女の人でもなかよしっているんだね」

日菜子がティッシュを抜くと、マサキの口元をぬぐってやった。母親みたいだ。

「そんなの世界にはたくさんいるよ」

「嘘だ。ぼくは見たことないもん」

堅志も日菜子も胸をえぐられたような気がして、しばらく黙りこんでしまった。マサキはふたりの空気など気にせずに、ハンバーグを残さずにたべおえると、甘いケチャップソースをスプーンですくい、ごはんにかけて猛然とたべ始めた。

10

夕ごはんのあとで、堅志はマサキといっしょに風呂にはいった。髪を洗ってやり、ちいさな背中を流す。ふと気がついて聞いてみた。

「マサキ、おちんちん、どうしてる。ちゃんと洗ってるか」

母親は教えているだろうか。マサキは首を横にかしげたままだ。

「えっ……」

堅志は青とうがらしのようなちんちんを指していった。

「先の皮をむいて、ちゃんと洗うんだよ。そこは汚れが溜(た)まりやすいから。軽く石鹸(せっけん)つけてね」

興味をもったようだ。マサキは両手の指先でゆっくりと皮をむいて、ボディソープをつけて洗い始めた。ひどく真剣な表情だ。

「これでいい」

「うん、いいよ。シャワーで流すか」

「いいけど弱くして」

堅志が老猫のおしっこのように弱くしたシャワーをあてると、マサキはつま先立ちになった。

「くすぐったいなー。おしっこしたくなるよ」

つい笑ってしまう。男の子はかわいいものだ。

「さあ、肩まで湯舟につかって、ゆっくり二十かぞえるよ。今のは、ひとりでお風呂はいるときもちゃんとやるんだよ」

髪は濡れると天然のパーマが強くなるようだ。外国の天使のイラストのようにマサキの頭で無数のカールができている。

「うん、わかった。イーチ、ニー、サーン……」

堅志は自分もぬるいお湯につかりながら、マサキのひどくゆっくりしたカウントアップを聞いていた。

風呂からあがると、日菜子がマサキの身体をバスタオルでふいて、髪にドライヤーをあててやった。マサキはなにをされてもうれしそうだ。

「ケンちゃん、エミリさんにメールしといたから。マサキくん、うちにいるって」

「うん。ありがと。帰りは？」

「いつもの時間だって」

　マサキは九時半に眠る直前まで、修学旅行の最後の夜のように騒いでいたが電池が切れたように突然倒れて眠りこんでしまった。場所はなぜかダイニングと寝室の境目だ。堅志は汗をかいた身体を抱き起し、ベッドに乗せてやった。体重は三十キロほどあるのだろう。ひどく重かった。ピッキング作業ではこれほどの重量物はない。

　ベッドサイドにひざをつき、日菜子が汗で前髪が額に張りついたマサキの寝顔を眺めていた。しみじみと実感がこもった様子でいう。

「子どもって、ほんとに王さまだね。どこにいても中心になっちゃう」

「ほんとだね」

　顔をあげるとひどく真剣な表情だった。堅志は心の奥までのぞかれたようで、一歩引きそうになった。誰かに心を読まれるのは、恐ろしいことだ。

「わたし、いつか……ほんとにいつかだけど、ケンちゃんの赤ちゃん産みたいなって……冗談とかあこがれとかじゃなく、真剣に思ってるよ」

　これほどはっきりと自分の子どもが欲しいと女性にいわれたのは、三十年生きてきて初めてだった。うれしいというより、すこし怖くなる。けれど、日菜子の気もちは真剣に受けとめなければいけない。堅志はまだ濡れた髪をしてパジャマ姿でいった。

「そのときはよろしくお願いします」

日菜子も人形のように身体中の関節をかくかくさせて、顔を赤くした。

「わたしのほうこそ、よろしくお願いします」

ふたりは目を見つめあって、そのままの格好でぎこちなく固まり、しばらくすると自然に笑いだした。


インターフォンではなく、こつこつと緑のドアがノックされたのは、真夜中の一時すぎだった。日菜子が鍵(かぎ)をはずすとそっと扉が開いて、笑理が顔を半分だけのぞかせた。

「いつもごめんね、これ『ロージア』のケーキ、さしいれ。マサキはどうしてる?」

日菜子はちいさな声でいった。

「よく寝てます。今、ケンちゃんが運びますから」

笑理は胸元がおおきく開いたラップドレスを着ていた。熱帯の花がストライプの間を埋め尽くしている。若い母親は玄関先に座りこんでしまった。

「あー疲れた。まったくケチな店よね。いくらのんでも、電車で帰れなんて。日菜子さん、お水もらえるかしら」

冷蔵庫から冷たい水をだして、コップに注いであげた。笑理はひと息で半分以上のんでしまう。

「なんかここの部屋だと、水までおいしいみたい」

マサキのタオルケットをめくって、堅志がいった。

「浄水器はとおしてるけど普通の水道の水ですよ」

マサキの母親は肩をすくめた。

「違う違う、同じ水でも人によって変わるのよ。103の土田なんて、きっと腐った水のんでるもの。そのままお腹壊して死んじゃえばいいのに」

堅志は男の子の熱をもった身体を抱きあげた。熱をもったというより、人間の形にやわらかくつくられた純粋な熱の塊のようだ。

「お宅の布団まで運びますよ。エミリさん、鍵あけてください。もうみんな寝てるから、静かに」

「はいはい、あなたたちみたいに幸せ一〇〇パーセントのカップルにいわれたら、逆らえないわよ。いつもいつもすみません」

立ちあがるとき笑理がふらつき、日菜子が支えてやった。母親の目は薄暗い玄関で星を映した水面のように静かに光っている。

「マサキはわたしにはできすぎたいい子なんだ。ほんとうにこれからもよろしくね」

日菜子が笑理の背中をさすっていった。

「いやだ、エミリさん、酔ってますね。さあ、早く寝ましょう。マサキくん、明日も小学校でしょ」

サンダルをつっかけて、堅志は笑理が押さえてくれた青い扉を抜けた。壁にもカーテンレールにも室内ドアにも、いたるところにハンガーにかけられたドレスがさがっていた。

「今度、日菜子さん好きなのもっていっていいから」

マサキをベッドに寝かせて、堅志は部屋を出た。日菜子がそっと青い扉を閉める。

「おやすみなさい」

部屋の奥から酔い潰（つぶ）れた声が聞こえた。

「おやすみね」

堅志はハイツの軒先から夜空を見あげた。このあたりは郊外の住宅街で地上は明るい。星はほとんど見えなかった。日菜子がいった。

「手をつないでいい？　わたしさっき幸せ一〇〇パーセントのカップルっていわれちゃった。それでほんとにケンちゃんにありがとうって思ったんだ。わたしの幸せは全部ケンちゃんのおかげだから」

ここでもう一度、ぼくも同じだといったほうがいいのだろうか。もう夜も遅い。そこまで日菜子に他人行儀にすることはないだろう。堅志はこたえる代わりにそっと日菜子の薄い肩を抱いて、緑の扉までの数メートルをゆっくりと歩いた。

11

「あんなに積みあげて、どうするつもりなのかな」

日菜子が朝食を準備しながら背中でいった。堅志はテーブルにむかい、ぼんやりとスマートフォンでニュースサイトを眺めていた。父は新聞をとっていたが、堅志に月四千円の購読料は痛い。テレビはつけなかった。朝から犯罪と不倫報道ばかりのワイドショーを見せられるのは嫌いだ。

「えーっと、なにを積んだの」

積むといえば、堅志にはアルバイト先のネット通販会社のダンボールのイメージだった。パレットのうえに積みあげられたダンボールは、東京中のすべての人にプレゼントできるくらいの量だ。日菜子の声がちいさくなった。名前をあげるのもはばかられるようだ。

「……土田さんのところの」

「あー、そういうことか」

土田はこのレインボーハイツのトラブルメーカーだった。103号室の藍色のドアのまえには、青いビニールシートで包まれた人の背丈を超えるくらいの山がある。

「そういえば、ちょっとまえに、あの人が朝早く粗大ゴミ置き場で、なにか拾ってるのを見た。あそこに積んであるのは、CDプレイヤーとかVHSデッキとかの電気製品だよ」

音楽も映画もすっかりネット配信が中心になっていた。もう形のあるパッケージは流行(はや)らないのだ。堅志はダイニングキッチンの壁際(かべぎわ)に積みあげられた本とCDに目をやった。自分にもかなりの数の捨てられない音楽がある。スマートフォンのなかに保存しているだけでは、なぜか不安なのだ。

「でも、あの人、マサキくんがドアのまえで宿題してるだけで、ひどく怒ったんだよ。自分の部屋のまえはあんなふうにゴミ屋敷みたいにしてる癖に」

「そうだよね」

あいづちは返したが、堅志はかかわりにならないのが一番だと思っていた。土田のような人間は、自分に近づいてくるすべての人間に牙をむく。それが生来の性格なのか、あるいは短くはない人生の経験で生まれた傷によるものかはわからなかった。ただひとつ、堅志がしっていることは、土田紘一がアルバイトの交通誘導警備員として、暑くても寒くても、雨がふっても雪がふっても、警察官に似た紺色の制服を着て、誘導棒をもち街角に立ち続けることだ。

「わたし、なんだかあの人が怖いんだ。目があうと、いきなり怒鳴られそうで」

体格がよく小太りの土田のへの字に曲げられた厚い唇を思いだした。いつも不機嫌で、怒りだす直前のようになにかに耐えている雰囲気が、あの中年フリーターにはある。

「ねえ、ヒナちゃん。ぼくもいつも機嫌悪そうな顔してないかな」

キッチンで振りむくと、日菜子がいった。

「ケンちゃんはぜんぜん怖くないよ。いつも笑ってる感じがするもん」

そうか、それならよかった。だが、十年近いアルバイト生活は、自分の心にも土田と同じように人にいえない傷を残しているはずだった。それを隠さずに怒りとして表現する土田と、上手に隠してつくり笑いを浮かべている自分、どちらのほうが傷は深いのか。堅志は海のむこうでGAPが二百店舗閉鎖されるというニュースを、スマートフォンで見ながら考えていた。

世界中でリアルな店が、どんどん閉鎖されていく。堅志が働くネット通販会社はますます絶好調だった。人はもうほかの人間とかかわるのが嫌になったのだ。そういえば、堅志自身も人とかかわるのは嫌だった。とくに正社員で結婚していて、新築のマンションのローンがたいへんだと幸福そうに嘆く同世代の人間とは、同じ席で食事をしたくなかった。

「リア充」

実生活では絶対に口にしない言葉をつぶやいて、自分でも驚いてしまう。

「えっ、なあに、ケンちゃん」

「いや、なんでもないよ」

意志の力で口角をあげて、そういった。堅志は朗らかな人間である振りが、とても上手だった。

12

事件は日曜日の遅い午後に起こった。

秋晴れのいい天気で、日菜子と堅志は駅まえにある手打ちパスタの店でランチをとる贅沢(ぜいたく)をして、家に帰った。日曜の午後の気だるい空気が、郊外の街に流れていた。明日から仕事や学校が始まるという、倦怠感(けんたいかん)と軽い悲しみをたたえた空気だ。堅志はこの穏やかな悲しみが嫌いではなかった。

ガシャン!

なにか金属が高いところから落ちる音がした。部屋のなかでもきこえるくらいだから、かなりおおきな音だ。一瞬の間をおいて、男の怒鳴り声があたりを圧して響いた。

「なにやってんだ、このガキー!」

土田の怒声だった。堅志は日菜子と目を見あわせた。日菜子の目には怯(おび)えがある。肩はすぼまり、両手はグーになっていた。つきあい始めのころ、日菜子と交わした約束を思いだす。なにがあっても怒鳴り声をあげないでね。ちゃんと話はきくから、声を荒げるのだけはやめて。日菜子は父親が厳しい人だったらしく、怒声に精神的なアレルギーがある。

「いってみよう」

堅志が椅子から立ちあがると、日菜子がTシャツの裾を引いた。

「やめたほうがいいよ。あの人、危ないから」

「うん、気をつける」

ダイニングを横切り、あざやかな緑のドアから顔をのぞかせる。ハイツ一階のふたつ先のドアの戸口で、すくんだようにマサキが立っていた。土田が叫ぶ。

「おまえ、なにしてくれてんだー！　人のもの、壊しといてそのいい草はなんだー」

すごい剣幕だった。首の筋が浮いて、顔が真っ赤になっている。足元には数台のビデオデッキが転がっていた。青いビニールシートがずれて、電気製品のすすけた山がむきだしになっていた。堅志の背中に隠れて、日菜子がいった。

「子どもにあんなに怒鳴らなくてもいいのに」

土田が頭のうえから押さえつけるように怒鳴り散らした。

「こいつはおれの財産なんだよ」

意味がわからない。うつむいたまま小学校三年生の男の子がいった。

「だって、ゴミ捨て場で拾ってきたゴミでしょう」

「てめえ、ふざけるんじゃねえ」

土田がマサキの胸倉をつかんだ。男の子はつま先立ちになる。そのときとなりの青いドアが爆発するように開いた。マサキの母親・笑理だった。部屋着のゆるいワンピース姿だ。ブラジャーはつけていないようで、胸の先がとがっている。笑理は裸足(はだし)のまま駆け寄ると、土田とマサキのあいだに割ってはいった。

「やめなさいよ、あんた。うちの子になにするの」

収拾がつかなくなりそうだ。堅志はそのまま扉を閉めようかと一瞬迷った。振りむくと日菜子と目があった。無言でうなずき返してくる。さっきは関わるなといったのに、なかよしの男の子を見て気が変わったらしい。堅志は心のなかでため息をついたが、表情にはださなかった。サンダルをつっかけて、玄関の外にでる。

「ヒナちゃんはここにいて」

堅志は重い足を引きずって、ひとつおいたご近所さんの藍色のドアにむかった。

「土田さん、どうしたんですか」

手は離したが、今にもなぐりかかりそうな目で男の子をにらみつけたまま、中年男が口を開いた。唇はへの字に曲がっている。

「どうもこうもねえよ、このガキがおれの大切なものを壊したんだ。これ、どうしてくれるんだよ」

だぶだぶのチノパンでしゃがみこんで、傷ついた子犬でも抱きあげるように古い型のビデオデッキをひざのうえにのせた。銀色の塗装に傷がついている。今はもう企業自体が存在しないサンヨーの製品だった。

「くそっ、角が潰れてるじゃねえか。立派な傷もんだぞ」

笑理は気が強かった。子どもを腹に抱きながら叫んだ。

「あんた、なにいってんの。そんなの全部、粗大ゴミ置き場で拾ってきたゴミじゃないの。だいたい部屋のなかはともかく、玄関先はみんなの共用エリアでしょう。そんなふうに積んでおいて、山が崩れて人が怪我したらどうするの」

「うるせえ、シングルマザーのホステスが。ちょっと待ってろ」

土田は立ちあがると、尻ポケットから古い型のアイフォーンをとりだした。画面には斜めにひと筋、割れ目が走っている。堅志はふたりの剣幕に、言葉もはさめずにいた。何度か画面を操作すると、中年フリーターは勝ち誇っていう。

「こいつを見てみろ」

顔の高さにスマートフォンを突きだす。画面にはサンヨーのビデオデッキが映っていた。価格は三千八百円。写真のしたには傷なし、完動品とある。

「こいつも立派な売りものなんだよ。おれは今年にはいってから、フリマアプリでビデオデッキ四台売ってんだ。おい、人の商売ものに傷つけたら、立派な犯罪だよな。クソガキ」

笑理のほうも断固として譲るつもりはないようだった。

「じゃあ、警察呼びなさいよ。おまわりがきたら、共用エリアにゴミを積んでるゴミ屋敷の住人がいるって、苦情をいってやるから」

どちらもにらみあったまま動きがとれなくなったようだった。捨てられたビデオデッキが商品であるのは確かなようだ。傷をつければペナルティがあるのは当然だろう。しかし共用エリアに電気製品を積んでいるのも迷惑なのは間違いなく、すべてを撤去しろといわれたら、土田にはたいへんな労力だろう。だいたいこれほどの量の電気製品を収納するスペースが、この男の部屋にあるのだろうか。金野レインボーハイツはすこし広めとはいえ、すべて同じ形の１ＤＫである。堅志はひざを折ってマサキと視線の高さをあわせ、困った笑顔できいてみた。

「どうして、土田さんの……」

ゴミとも、電気製品とも、売りものともいえなかった。

「……大切なものにさわっちゃったのかな」

マサキが目に涙をためていう。

「自転車をだそうとしたんだけど、つまずいて自転車を倒しちゃって……ハンドルがビニールシートに引っかかって……それで、うえから落ちてきて……それで、それで、ガシャンって」

男の子の足元には子ども用のマウンテンバイクが倒れていた。嘘ではないようだ。玄関先のコンクリートのたたきと砂利を敷いた地面とのあいだには段差がある。自転車はそこで引っかかったのかもしれない。堅志は意識して、動作を遅くした。

「よっと」

ひざを押して立ちあがる。さまざまな経験を積んだ老人のような威厳とおかしみがでるといいのだが。ゆっくりと土田の目を見て、声をかけた。

「マサキくんも嘘はついていないようです。いたずらをして山を崩した訳じゃないみたいですし、本人も反省しています」

母親に似たマサキのまつげは濡れていた。気が強い美人の母譲りの長いまつげだ。

「それにここに積んであるものが、土田さんにとって大切なビジネスの品だってこともよくわかりました。ここでもっともめるようなら、ぼくが警察を呼びますけど、もうマサキくんを許してやってもらえませんか」

堅志はマサキの頭に手をおいて、髪をくしゃくしゃになでた。

「もう土田さんのものにはさわらないように気をつけるよな」

黙って男の子はうなずいた。怖々とおおきな中年男を見ている。血相を変えて、土田はいう。

「なんで、被害を受けたおれが我慢して、このガキを大目に見なきゃならねえんだよ。こいつは三千八百円で立派に売れるはずの品物なんだぞ。傷のないのはめずらしいんだ」

自分が正しいと思いこんだら、絶対人に譲ることをしらない。いろいろなアルバイトの現場で、堅志は困った中年フリーターを見てきた。職場の和を乱しても、雇用主から白眼視されても、こういう男たちが情け容赦なく人の非を攻撃し続けるのは、自分が誰にも譲られたことがないからだった。時給いくらの労働機械として、生かさず殺さずで長年使用され続け、つねに誰かにだまされているような感覚が身体に沁みついているのだ。堅志は自分も目のまえの男と同じ経験をしているので、その傷がよくわかった。

自分がこんなふうになっていないのはなぜだろう。堅志は一番端のあざやかな緑のドアに目をやった。開いたままの緑の陰に、日菜子が怯えた目をして立っている。日菜子の優しさと、まっすぐに投げかけてくれるほめ言葉が、堅志の傷を癒してくれるのだった。すぐ近くにいる人が、自分のことを尊敬してくれて、日々いいね、素敵だね、おいしいねといってくれる。それが社会の暗い陰ではなく、太陽を向いて生きていくために、どれだけの力になってくれることか。人を憎み、批判するときはあれほどの熱量を浪費する癖に、ともに暮らし愛する人をほめるときには、ひと言の表現さえ節約するのが、今という時代なのだ。

土田は腕を組んで、102号室の親子をにらみつけている。笑理も視線をそらさずににらみ返すだけだ。このままではらちが明かないだろう。堅志は低姿勢でいった。

「やはり警察を呼びましょうか。双方から事情をきいて、なんらかの裁定をくだすまでに、一時間や二時間はすぐにたってしまうだろうけど、それもしかたないですよね。日曜日の夕方が台なしだけど、土田さんが納得いかなければしょうがない。ぼくも終わりまでつきあいますよ。晩ごはんのまえに終わるかなあ」

腕時計を確認した。ちょうど午後四時だ。実際、110番をすればそういうことになるだろう。交通誘導員の時給は千円と少々。拾ってきたビデオデッキは三時間分の収入と同じだ。警官と面倒な話をする二時間は、土田の頭のなかではどういう計算になるのだろうか。すべての物の価格を自分の時給で割って評価する癖は、アルバイトで生きてきた堅志にも沁みついていた。土田も同じはずだ。牛丼一杯二十分、映画一本九十分、イタリア料理店でのグラスワインつきのディナーなら時給三時間分。渋谷から三十分弱のこのあたりの新築マンションなら、休みなく働いて六千日から七千日分。夢のように遠い数字だ。

舌打ちをして、土田がいった。

「ちぇっ、仕方ねえな。わかったよ、そのガキ許してやるよ。でも、つぎからは絶対おれのもちものにはさわんなよ。つぎは損した分だけ、ぶん殴るからな」

「なにいってんの、あんた馬鹿じゃないの。そんなことしてみな、そのブルーシート蹴り飛ばして、103号室のゴミの山片づけるように大家にいいつけてやる」

土田は親子だけでなく、堅志にも一瞥もくれずに藍色のドアの向こうに姿を消した。

笑理が息子の背中をぽんぽんと叩いていう。

「あんな頭のおかしい中年とか気にすることないよ。マサキは悪くないんだから」

顔をあげると興奮で頬を赤くした母親が力なくいった。

「堅志くん、ありがとね。助けてくれて。でも、わたしがいうのもなんだけど、あなたみたいな人は、こんなとこにいたらダメだよ」

ノーブラにワンピースの笑理が１０３号室の藍色の扉を絶望的な目で見つめている。

「あの男や、わたしみたいになったらダメ」

堅志はその言葉になんと返事をしたのか覚えていない。その場にいるのがいたたまれなくなって、なにか口のなかでもごもごとつぶやいて、緑のドアに戻った。日菜子と目があって、反射的に口にしていた。

「ヒナちゃん、ありがとう」

日菜子はなぜ礼をいわれたのか不思議そうな顔をしていたが、堅志はもう理由を説明しなかった。

13

秋の長雨が続いていた。激しくも太くもない白い線が空から静かに伸びて、すべてのものを冷たく湿らせていく。堅志はこの季節が嫌いではなかった。空気が引き締まって、身のまわりにあるものの輪郭がはっきりと見えるように感じられるからだ。

その変化に最初に気づいたのは、日菜子だった。

「今週は一度も土田さんを見てないけど」

一、二階に四戸ずつのハイツである。普通に生活していれば嫌でも、住人とは顔をあわせてしまう。アルバイトから帰ったばかりで疲れていた堅志は、適当に返事をした。
「実家にでも帰ってるんじゃない」

北関東のどこかの出身だときいたような気がするが、確かではなかった。堅志はできることなら、自分から積極的に他人と関係をもちたくはないたちである。

「ならいいけど。でも、あのママチャリがずっとおいてあるんだよね」

夜勤に出かける土田と自転車ですれ違ったことがあった。挨拶をしても、うなるような不機嫌なひと言しか戻ってこなかったけれど。もう不機嫌な中年男のことは考えたくなくて、堅志はいった。

「ヒナちゃんがそんなに気になるなら、明日にでもちょっとのぞいてみるよ。それより今夜のおかずはなに？」

「秋の野菜のグリルとサイコロステーキ。お肉はアメリカ産だけど、ちゃんとさしがはいってるんだよ」

「またサービス品だね、ラッキー」

日菜子が働くスーパーでは期限切れ直前の処分品をパートの希望者に無料で分けて

くれることがあった。ステーキ肉や刺身は人気で、じゃんけん大会になることもある。

「うん、わたし、いつもは気が弱いけど、じゃんけんだけはほんとに強いんだ。やっぱりケンちゃんにおいしいものをたべさせてあげたいせいかな」

なかなか泣かせることをいってくれる。これは面倒でも明日は103号室をのぞいていかなければならない。

「晩ごはんのまえに先にシャワー浴びるね」

堅志は一日の汗とダンボールのほこりを落としたくて、バスルームに向かった。

今日は中番で、倉庫の仕事は午後からだった。堅志はのんびりと朝寝して十時に部屋を出た。駅の近くのブックオフで、なにか本を探すのもいいだろう。堅志は週に一冊は本を買わないと、どことなく落ち着かなくなる癖がある。

自分の自転車のロックをはずすまえに、103号室の様子をうかがった。前籠が錆びたママチャリは玄関先に停めてある。土田はバス代を節約するためか、いつもこの自転車をつかっていた。雨の日でも関係なかった。交通誘導員の制服のうえに会社から支給された雨合羽を着こんで、どしゃぶりのなかを走っていく姿を何度も目撃している。

雨の斜線に暗くなった藍色の扉をじっと見つめた。人が住む部屋とは不思議である。まったく動きのない玄関の扉一枚から、なかに人がいるのか無人なのかを感じとることができるのだ。そのとき堅志は部屋のなかに人がいる気配を確かに感じていた。日菜子のいう通りなら、この一週間ずっと土田は部屋にいて、自転車をつかっていないことになる。嫌な言葉が浮かんだ。孤独死。インターフォンの優しい振りをした乱暴な音が嫌いなので、堅志はこつこつとドアをノックした。

「土田さん、いますか。だいじょうぶですか」

あせりから声がおおきくなってしまった。さらにノックする。返事はない。ドアレバーに手をかけた。押しさげると、ふっと藍色の扉が手前に開いた。

「土田さん！」

スエット姿の土田が玄関に倒れていた。うつ伏せで、おかしなことに右手だけまっすぐに伸ばしている。周囲には壁のように、中古のビデオデッキやCDプレイヤーが積まれている。室内も玄関と同じだった。堅志の心臓が恐怖で縮みあがった。

やはり孤独死か。

だが背中はゆっくりとだが、呼吸のたびに動いている。生きているのだ。グレイのスエットは背中一面汗で黒くなっていた。堅志はしゃがみこんで、首の裏に手をあてた。ひどい熱で湯をかけたように濡れている。声をかけて背中を揺すったが返事はなかった。意識も戻らない。

「土田さん、今救急車呼びますから」

警察を呼ぶといって脅しをかけてから、一週間もたたずに救急車を呼ぶなんて、どういうことだろうか。堅志は自分でも不思議に思いながら、スマートフォンで119番を押した。


最寄りの救急病院は、二駅離れた同じ私鉄沿線の大学病院だった。

土田はストレッチャーから救急治療室の診察台に移された。医師の呼びかけにもこたえない。堅志は土田を発見したときの様子と、この一週間姿を見なかったことを報告した。医師は熱と血圧を測り、心電図をつけた。汗まみれのスエットは脱がされてしまう。看護師にきかれた。

「患者さんのお名前はなんというんですか。ご家族は？」

「土田紘一さんです。ほかのことはわかりません」

この男のことはほとんど知らなかった。土田は世間話をするタイプではない。

「体温41度、血圧は132、88」

意識をなくした土田に四人がかりで、治療がほどこされていく。解熱剤だろうか。左腕に点滴がつけられた。若い医師が力ずくで口を開けさせ、ペンライトでのぞきこむ。

「ああ、喉の奥にひどい炎症がある。咽頭炎かな」

イントウエン？　堅志にはよくわからない病気だった。

「先生、それなんですか」

「風邪をこじらせて、喉に菌がはいって悪さをするんです。40度を超える熱と喉の痛み。痛みがひどいと水ものめなくなります」

それで倒れてしまったのか。堅志は壁の時計を見あげた。この時間なら仕事の中番に間にあう。白いカーテンで仕切られた救急治療室から廊下に出て、スマートフォンを抜いた。日菜子を呼びだす。

「だいじょうぶ、ケンちゃん」

「今、救急治療室にいる」

ひっと息をのんで、日菜子が悲鳴に似た声をあげた。

「土田さん、ひどいんだ」

「ぼくはこれからバイトがある。ヒナちゃんが代わりに、仕事おわったらこっちにきてくれないか。Tシャツとかタオルとか入院に必要なものをもってきてあげて欲しいんだ」

　土田とは友人でさえなかった。そこまでやってやらなければならない理由はない。だが、このまま意識不明の病人を放りだしておく訳にもいかなかった。

「わかった。じゃあ、準備していくね。ケンちゃんは心配せずに、仕事がんばってきて」

　文句をいわずにすぐ動いてくれる、ふたつ返事の日菜子がありがたかった。女性の看護師がクリップボードをもってやってきた。

「すみません、患者さんの意識が戻らないので、まずだいじょうぶだと思いますが、あなたのお名前と住所、それに連絡先をここに記入してもらえませんか。ご友人ですよね。今日は保険証とか身分証とか、おもちじゃありませんか」

　気はすすまないが、堅志はすべての欄に立ったまま記入した。日菜子にもらった小振りなメッセンジャーバッグから財布を抜く。保険証はなにがあるかわからないので、つねにもち歩いていた。看護師は堅志が書いた情報と照らしあわせ、保険者番号を書きとめていく。

　もうこうなったら、乗りかかった舟だ。土田とは友達になれそうな気はまったくしなかったけれどしかたない。看護師にいった。

「ぼくはこれから仕事があるので、これで失礼します。代わりに保木日菜子という人がきます。土田さんのこと、よろしくお願いします」

自分はなぜ見知らぬ他人に近い土田のことで、頭をさげているのだろうか。不思議に思いながら、堅志はさらに深く頭をさげるのだった。

14

土田が目を覚ましたのは翌日の午前中だった。堅志と日菜子は交代でつきそいをしていたが、堅志の番のときである。ベッドのとなりにだしたパイプ椅子に座り、堅志は本を読んでいた。現実の世界とはまったく関係のないファンタジーで、ひとときでもリアルな世界を忘れられるなら、それで本の効用は十分だ。

六人部屋には五人の入院患者がいて、ここではプライバシーは贅沢だと堅志は学んでいた。家族連れの見舞いが始終やってくるし、窓際の老人は締め切ったカーテンの向こうで止むことなく咳払いをして痰を切っている。いつ寝ているのかわからないが、咳は夜も続いていた。

熱と点滴でむくんだ顔で、土田が目だけ開いて、周囲を観察している。

「ここ……どこ……なんだ」

喉の痛みがひどいようで、短い言葉を発音するだけで顔を何度もしかめている。堅志は駅の名前をいって続けた。

「救急車を呼んで、大学病院に連れてきてもらいました。咽頭炎という喉の病気だそうです」

喉に手をあて、土田がいう。

「おまえが……呼んだのか」

「ええ、ずっと土田さんの姿を見かけないのを、うちの彼女が気づいて。ぼくに部屋の様子を確かめてくれって。自転車もあったから仕事ではないなと思って」

孤独死を心配していたとはいわなかった。四十過ぎのフリーターは険しい顔で、こちらをにらんでいる。堅志はついつくり笑いをしている自分に軽い嫌悪感をもった。

「だけど、よかったです。玄関の鍵が開いていたから、すぐに土田さんを見つけることができました。玄関のところで倒れていたんですよ。ひどい熱だった」

「医者は……なんて……いってる？」

礼の言葉は最初にでてこないのだ。病人といい争う気にもならなかった。

「あと何日かは入院するみたいです」

土田は黙りこんで天井を見あげていた。額には汗で短い前髪が張りついている。頬から顎(あご)にかけて無精ひげが伸びて、なにを考えているのかわからない動物のような顔だった。

「余計な……ことを……」

痛む喉で悪態をついている。もうこの男を放りだして帰ってしまおうか。一瞬そう思ったが、堅志はベッドの足元においてあるTシャツとジャージを手で示した。Tシャツにはトランクスがくるんである。

「余計なことついでに、土田さんの部屋から勝手にもってきました。着替えです。風呂(ふろ)にははいれないけど、そのままじゃ気もち悪いでしょう。今、熱いお湯でタオル濡らしてきますから、身体(からだ)ふいて着替えてください。余計ついでに家にもって帰って、洗濯してきます」

たるんではいるが広い背中だった。骨格はしっかりしている。堅志は倉庫でピッキング作業をするように、ていねいに土田の背中をふいてやった。

「うむ……すま……」

すまないといおうとしたのだろうか。言葉はうなり声とともに消えてしまう。身体のまえをふくあいだは、病室の白いカーテンに目をそらしていた。

「土田さんは家族の人とか、いないんですか。どこか北関東の出身でしたよね」

ざらざらに荒れた声が返ってくる。

「家族……なんて……いない……栃木の田舎だ」

喉が痛いだけでなく、土田は長い文章を口にするのが苦手なようだ。ひとり暮らしで、交通誘導員のアルバイトで長く生計を立てているのでは無理もないかもしれない。この頑固な中年男に友人がいるとも思えなかった。部屋に誰かがきているのを見たこともない。

「あっそうそう、部屋の鍵は今、一時的にぼくが預かっています。なにかと必要なものがあったんで」

「部屋のなか……見たのか」

目を見開いてにらみつけてくる。しばらく間をおいていった。

「あっ、はい。しかたなく」

堅志は思いださないようにしようとしたが無理だった。玄関をあがったところとダイニングの壁際には、拾い集めた電気機器が背の高さほど積んであった。奥の寝室は万年床と文机とマンガの山だった。本棚をつかわず壁際に積みあげていた。ちょっとだけ自分の部屋に似ていて、堅志はがっかりしたものだ。

「土田さん、マンガ好きなんですね」

怒った大型犬がうなるような声が返事だった。

「目が覚めたんなら、ぼくは仕事があるからもういきます。なにか必要なものはありますか。夕方になればうちの彼女が顔をだすんで、伝えておきます」

土田は初めて会う人間のようにじっと堅志の顔を見ていた。おかしな男だ。

「いや……鍵だけ返してくれ」

堅志はあの老人の咳払いをきかなくて済むと、せいせいした思いで病室を離れた。今日は正午から夜八時までの立ち仕事だ。日菜子がつくってくれた弁当は、倉庫の近くの公園でたべよう。天気のいい日にひとり、外で食事をするのは、堅志のひそかなたのしみだった。

15

窓のない巨大物流倉庫のなかは、時間の流れがとまっていた。エアコンにより年間を通じて一定の室温がたもたれているので季節もない。堅志はいつもポロシャツ一枚に制服のベストを重ね着して、仕事をしている。

スマートフォンが震えだして、確認すると日菜子からだった。もう四時すぎでひと息ついたと思ったら、一日の仕事の半分が終わっている。

「もしもし、ヒナちゃん」

日菜子の声が妙にあわてていた。いったいどうしたのだろう。

「仕事中にごめんね。今、病院に着いたんだけど、困ったことが起きて」

土田が暴れでもしたのだろうか。あの男ならやりかねない。長くなりそうだ。堅志は情報端末をもって、棚の奥深くへと潜っていった。

「いったいどうしたの」

「土田さんがいないの」

堅志もあわててしまった。

「病室に？　でも、あの人まだ熱があったはずだよ」

香りの強い柔軟剤の棚だった。ここに五分もいると、完全に鼻が利(き)かなくなる。

「そうなんだけど、逃げちゃったみたい。それでね、今ここに師長さんがいるんだけど、ちょっとお話がしたいって」

嫌な予感がした。堅志は土田が入院するとき、自分の住所と連絡先、それに保険証の番号まで教えている。

「待って、土田さん、お金払っていったのか」

「ううん、ただ逃げたみたい。代わるね」

ザラッと布のこすれるような音がして、低く厳しい中年女性の声がきこえた。

「立原さんですか、看護師長の小泉です。もうしわけないんですが、土田さんの入院治療費とこの先一週間分の薬代を、規則で立原さんに請求しなければなりません。近いうちにこちらの病院にきていただけますか」

理不尽だった。倒れていた土田を介抱し、救急車を呼んだだけである。すべて同じハイツに住む隣人への善意から発したことだった。もっとも堅志には善意という意識はない。困っている人がいたから助けた。ただそれだけのことだ。

「納得はされないかもしれませんが、昨今は、医療費を払わずに逃げてしまう人が多いんです」

だから保証人のような書類を書かされたのだ。入院の経験がない堅志には初めてきく話だった。

「どうしても、ぼくが払わないといけないんですか。同じアパートに住んでるだけなんですけど」

看護師長はさばさばという。

「お気の毒ですけどね。うちの病院のほうでお住まいをたずねて、医療費をとり立てるということはしていないんです。いったんお立て替えいただいて、立原さんのほうから土田さんに請求してください」

はあっと、思わずため息が漏れてしまった。堅志はしぶしぶ質問した。

「……おいくらでしょうか」

「土田さんの健康保険証の提示がないので、十割負担で五万八千二百六十二円になります」

「そんなに！」

得意の時給換算を始めてしまった。今は千円と少々だから、一週間働いても返せる額ではなかった。日菜子もきいているだろう。こちらのピッキング作業も待ってはくれない。嫌でたまらなかったが、堅志はいった。

「わかりました。明日うかがいます」

「はい、よろしくお願いします」

看護師長はあっさりそういって、スマートフォンを日菜子にもどした。堅志は早口でいった。

「病院のお金を払ってもらわなくちゃいけない。ヒナちゃんは帰ったら、土田さんの部屋を確認しておいて。もしいるようだったら、ぼくから話があると伝えてくれ」

　ひっと恐怖にひきつる声がする。

「わたしにできるかな……ケンちゃん、喧嘩なんかしないよね」

「だいじょうぶ。そんなことはしない。仕事中だから切るね」

「お仕事がんばって。じゃあね」

　通話を切ってから、堅志はあやうくスマートフォンを床に投げつけそうになった。

「くそっ！　ふざけんなよ」

　ちいさい声で悪態をついて、周囲を見まわす。誰かにきかれていなかっただろうか。

堅志はとり乱したところを誰かに見られるのが怖かった。

　一時間後、また日菜子から電話があった。

　土田は部屋に帰っていないという。まさか六万円たらずの医療費で、家財をすべて捨てて失踪するとは思えなかったが、堅志は嫌な予感がした。なにか事情があるのかもしれない。堅志が仕事を終えて帰宅したのは、午後九時すぎだ。

103号室のまえには土田のママチャリがおいてある。病院からまだもどっていないのかもしれない。堅志は「どんなもの（農具！）でも買いとります」というチラシの裏に、サインペンでこう書いた。

何時でもいいので、帰ったら101号室を訪ねてください。　立原

望みは薄いような気がした。入院費用を踏み倒して逃げるような男だ。つい、二十代前半のころのフリーター仲間を思いだしてしまう。あのころ健康保険に加入して毎月保険料を支払っていた同僚は、半分にも満たなかった。病気をすれば、そのまま医者にいかずに放っておくか、違法としりながら、誰かの保険証を借りて病院にいったものだ。

土田はもう四十代なかばだった。この先病気をすることも多くなるのに、いつまで無保険でいるつもりなのだろう。チラシを貼った藍色の扉が、この時代に口を開いた底なしの穴のように見えて、堅志は思わず両手で自分の身体を抱いた。凍えるような風がその扉から吹きだしてきたような気がした。

16

その夜、こつこつとドアを叩く音がしたのは、十一時半すぎだった。

堅志はもう今夜はこないものと思い、スマートフォンでニュースサイトを読み飛ばしていた。消費増税はまた凍結されるのだろうか。ダイニングで料理の本を読んでいた日菜子がびくりと身体を震わせてこちらを見た。うなずいて堅志は立ちあがった。まだ秋はそれほど深まっていない。Tシャツに霜降りのスエットパンツ姿である。

「土田さん、ちょっと待ってください」

深呼吸をひとついれてから、堅志はドアを開いた。同時に押し殺した声がする。女性の声？

「夜分遅くすみません」

頭をさげているのは三十歳をすこしすぎたくらいの女の人だった。童顔なので若く見えるのだろうか。ぎょろりと開いた目に土田の雰囲気があった。

「わたしは土田紘一の妹で、沙智(さち)といいます」

突然のことで堅志は面くらってしまった。あの迷惑な中年男と対決するつもりで鍵(かぎ)

を開けたのだ。

「……サチさん、ですね」

「はい。あの、兄が今、入浴中なので、こちらにうかがったんです。兄は今日の午後まで入院していたんですよね」

「外は寒いですから、うちにあがってください」

日菜子が堅志の背中に隠れて声をかけた。初対面の人間に全身をさらす、目を見て話す。それはひどく臆病(おくびょう)な日菜子には不可能なことだった。

地味な紺のスカートにクリーム色のパーカーを着た沙智は、中学の国語教師のような雰囲気だった。靴は合成皮革でゴム底だ。自分たちと同じで裕福というわけではなさそうである。

こちらへと、視線をさげたまま、日菜子が土田の妹をダイニングチェアに座らせた。日菜子も沙智もひどくおどおどしているので、なんだかほんとうの姉妹のようだ。顔もスタイルも似ていないのに、臆病な雰囲気が共通している。

「あの貼り紙、お兄さんは見てくれましたか」

斜め前方のなにもない床を見たまま、沙智が返事をした。

「はい。見てから、はがしていました。すぐにいかなくていいの、といったんですけど、いいんだって」

そうだったのか。いちおう見てはいたのだ。無視するとはあの男らしい。

「病院でなにがあったんですか。きいてもなにも教えてくれなくて。どんな病気か、もう治ったのかもいわないんです」

堅志は日菜子と目をあわせた。妹にいってもいいのだろうか。だが、こうしてひとりで訪ねてきたのを見ると、兄の後始末に沙智は慣れているようだ。堅志はなるべくさりげなくきこえるように声をやわらかくする。

「咽頭炎で救急車を呼びました。退院の許可はおりていなかったんですが、お兄さんは病院から勝手にでてしまって」

唇を一度かんで沙智がいう。

「ああ、またですか」

「以前もそういうことあったんですか」

沙智は力なく笑った。顔を一瞬あげて、また伏せる。

「地元の病院に怪我で入院したときにも、同じようなことが。そのころは景気がよくて、自動車工場で働いていたからお金はあったはずなんですけど。兄は自分の好きなもの以外にはお金を絶対につかいたくないんです」

期間工で働いていたのだろうか。沙智はなにかに気づいたようだ。あっといって口を押える。

「あの、兄は治療費、払ったんでしょうか」

なんとこたえたらいいのかわからなかった。日菜子と目を見あわせる。日菜子はすぐにしたをむいてしまった。堅志は話をそらした。

「そのときの治療費は誰が払ったんですか」

「うちの親が立て替えました。兄は返すといってたけれど、まだ返していないと思います。自分の好きなマンガだけは絶対に新刊を買うんですけどね」

マンガ？　そういえば、土田の寝室は床から天井に届くほどマンガの単行本が積んであった。日菜子が助け舟をだすように口をはさんだ。

「土田さん、マンガお好きなんですか」

沙智は今度ははっきりと自然に笑った。あの男の妹とは思えないあたたかな表情だ。

「兄は高校生のとき、マンガの新人賞で奨励賞を獲(と)って、東京で十年がんばったんです。結局、奨励賞の作品以外はマンガ誌に載ることはなかったんですけど。今でもマンガは仕事のつもりで読んでいると思います。まだ夢をあきらめていないんです。いつかひと山あててやる。そうしたら、わたしにもうちの親にも家を建ててやるって」

夢があるのはいいことなのか、それともただの呪いなのか、堅志にはわからなかった。すくなくとも堅志にはなにひとつ未来への志などなかった。ただ時代の風に流されながら必死に生きていくだけだ。沙智が意を決したようにいう。

「治療費は立原さんが立て替えてくださったんですよね。あのチラシは、それを伝えるための……」

「いえ、まだです。明日病院にいこうと思っていました」

土田の妹が安心したようにいった。

「……それはよかった」

しばらく誰もなにもいわなかった。堅志は沙智にこんな恥をかかせる土田が憎らしくなった。

「あの、わたしこの冬に結婚するんです。今日はその報告のために兄と会う約束をしていました」

堅志と日菜子の声がそろった。

「あっ、おめでとうございます」

ぺこりと沙智が頭をさげた。

「ありがとうございます……あの、それで治療費はいくらだったんでしょうか」

語尾が聞こえないほどちいさな声だった。幸福な結婚の報告をした直後、兄が踏み倒した治療費の心配をしなければならないのだ。土田という男はなにをしているのか。堅志は思い切っていった。

「五万八千二百六十二円です。でも、沙智さんは関係ないですよね」

治療費は妹には請求できない。保証人でもなければ、法律上も支払いの義務などなかった。こくりとうなずいて、沙智は着古したパーカーのポケットを探った。なにかをとりだし、こちらにむけテーブルを滑らせる。紅白の水引がついたご祝儀袋だった。

お祝い　土田沙智さま　　土田紘一

日菜子が悲鳴のような声をあげた。

「沙智さん、それお兄さんからの結婚のお祝いでしょう！」

堅志もあわてていた。

「そんな大切なもの受けとれないですよ」

涙目で沙智は笑っていた。ちいさなてのひらを振る。

「いいえ、いいんです。形だけでも兄にもらえてうれしかったし、これでいいんです。なかに五万円はいっています。ちょっと待ってください」

ノーブランドの黄色い財布をとりだした。風水で金運があがるというのは、ほんとうなのだろうか。貧しい人間をだまして金儲(かねもう)けをしているとしたら、あの風水師たちは地獄に堕(お)ちるはずだ。くしゃくしゃの千円札を数え始める。

「沙智さん、ほんとにいいです」

八枚を重ねると、今度は小銭をとりだした。

「いえ、わたしはご祝儀袋だけもって帰れれば、それで十分です」

堅志は歯ぎしりをして、兄の入院費を用立てる沙智を見つめていた。

17

そのとき嵐(あらし)でも吹きこんだように、緑の扉が開いた。スエットを着た土田が髪を濡(ぬ)らしたまま立っている。

「なにをしてる？　沙智、帰るぞ」

ぎろりと目を見開いて、室内をにらみまわしている。テーブルのうえで視線がとまった。

「なんだ、それは……おまえにやったご祝儀じゃないか」

喉の痛みはだいぶよくなっているようだ。土田の身体は強い。沙智が涙目で笑っていう。

「ごめんね、お兄ちゃん。ご祝儀もうつかっちゃった」

「ふざけんな……その金はおれがおまえにやったもんだ。勝手につかうな。治療費なんか働いて返すから心配ない」

土田にも良心があるし、治療費のことは心にかかっていたのだろう。それでも、こうして意地を張ってしまうのだ。堅志にはそうやって周囲の人間と縁を切っていく土田の姿が目に浮かぶようだった。沙智はいった。

「これでいいの。今はこの五万円は、お兄ちゃんの治療費にあてるべきだと思う。そうですよね、立原さん」

こちらに振られても困る。日菜子のほうを見た。顔が蒼白(そうはく)で、目がつりあがっている。危ない。

土田が叫んだ。

「うるせー！　おまえは兄貴のいうことをきいてればいいんだよ。おれは誰の助けもいらねえんだ」

バンッと椅子の倒れる音が鳴った。窓には四角く夜の紺色が張りついている。日菜子が立ちあがっていた。両手をこぶしに握って叫んだ。

「貧乏なのは恥ずかしいことじゃない」

まっすぐに土田をにらみつけていた。

「健康保険にはいれないのも恥ずかしくなんかない……でも、土田さん」

土田が驚いて口を開けたまま日菜子を見つめていた。

「誰の助けもいらないほど強がるなんて、恥ずかしいよ。ひとりだけで生きられるなんて強がる人、わたしほんとに恥ずかしい」

日菜子は半年に一度くらい、静かな山が突然噴火するように心の底から怒ることがあった。その原因がいつも自分のことではなく、他人のためであるのが堅志の誇りだ。

日菜子はそれだけいうと床に座りこんで、声をあげて泣きだした。

それを見ていた沙智も泣きだした。堅志は日菜子のところにいき、子どものように熱をもった頭をなでてやった。この人はほんとうに素敵な人だ。

「土田さん、もうやめませんか。妹さんのお気もちを汲んであげればいいじゃないですか。ご祝儀はまた結婚式の日にでもわたせますよ」

土田は泣いているふたりの女性に困惑しているようだ。この男は異性とつきあった経験がほとんどないのかもしれない。

「沙智さんは、ほんとに土田さんのこと心配してました。いい妹さんですね」

土田がいかつい顔をこわばらせた。

「まあ、おれの妹だからな」

最後にひと言だけいっておきたかった。このままでは日菜子がかわいそうだ。

「ぼくはヒナちゃんがいったことは、ほんとうだと思います。土田さんは近くに家族もいないし、困ったことがあればこのハイツの人を頼ってください。みんな、できる限りのことは絶対してくれますよ」

堅志は緑の扉のむこうに目をやった。となりの102号室のシングルマザー、竹岡笑理と寝ぼけた雅紀が立っている。子どものことで土田とけんかしたばかりの笑理が、ぼそりといった。

「わたしはちょっとだけしか助けないよ」

日菜子が泣きながら笑い、沙智を抱き締めて、その夜はお開きになった。土田は最後に薄暗い奥の寝室に目をやった。本とCDが積みあげられた、土田の部屋とよく似た雰囲気だ。堅志は秘密をのぞかれたような気がしてすこし恥ずかしくなった。

　翌日の朝、堅志が仕事にでかけようと緑の扉を押し開けると、なにかがつかえていた。顔をだしてのぞいてみる。玄関先にプチプチの梱包材で包まれた四角いものがおいてあった。ガムテープで手紙が貼ってある。

　堅志は手紙をはがして読み始めた。

立原さま
今回はいろいろ迷惑をかけて、ほんとうにすまなかった。

治療費はいつか払うつもりだったが、どんな金額になるのか、恐ろしくてつい逃げてしまった。

あんたの彼女がいっていたことは、ほんとうかもしれない。

おれは自分の弱さを認められないほど弱かったんだ。

まあ、この先も弱いのは変わることはないだろうけど。

こいつは騒動の詫びに、あんたにやる。

十年ばかり昔のCDプレイヤーだが、当時は二十万円以上した高級品だ。

おれのコレクションの一番の上物で、
太くて暖かいのに、ちゃんと細かな音がきこえる。

あんたは音楽が好きみたいだから、つかってやってくれ。

土田紘一

堅志はずしりと重いプレイヤーを抱えあげ、ダイニングにもどった。今は携帯型をつかっているから、きっと音は素晴らしくよくなるはずだ。日菜子が不思議な顔をしていた。

「それ、なあに」

「土田さんからお礼のプレゼントだよ。ヒナちゃんが怒った顔が、すごくかわいかったって」

日菜子は顔を真っ赤にしていう。

「昨日のことは絶対に、二度といわないでね。そうじゃないと、ケンちゃんのパンツ洗濯しないから」

堅志は笑って、二十キロ以上はある音響機器をテーブルにおいた。

「じゃあ、ぼくがヒナちゃんのパンツもいっしょに洗濯するよ」

「ダメ」

堅志は玄関にもどり、スニーカーをはき直した。今日は帰宅するのがたのしみだ。

新しいCDプレイヤーと日菜子の笑顔が待っている。堅志はあざやかな緑の扉を押し開けて、秋の世界にでていった。

18

朝食の時間に、土田からもらったCDプレイヤーで音楽をきくのが、つぎの日から新たな習慣となった。堅志はものをためこむほうでコレクター癖があったから、本だけでなくたくさんのCDも部屋の壁際(かべぎわ)には積まれている。日菜子がトーストをかじりながらいった。

「こういう音楽、なんていうの、よくおしゃれな焼き鳥屋さんでかかるよね」

堅志が選んだのは、静かなピアノトリオだった。ベテランのピアニストなので、ばんばんと激しく鍵盤(けんばん)をたたくようなこともない。朝の時間をのんびりすごすにはぴったりだ。

「ジャズだよ。確かにおしゃれなそば屋と焼き鳥屋は、最近みんなそうだね。BGMにもマニュアルとかあるのかな」

音楽は真剣にきくものではなく、生活の背景になってしまった。気分をあげたり、さげたりするスイッチ代わりだ。堅志は自分がアナログレコードをきいたことがないように、いつかCDにふれたこともない世代があらわれるのだろうと思った。そういう若者には、わが家は遺跡にでも見えるのかもしれない。

「なんとなくおしゃれっていうだけじゃないかな。そこで働いている人たちもとくにジャズが好きそうには見えないよね」

好きでもない音楽をききながら、一日働くことを考えた。堅志は心のなかで自分にチェックをいれる。そんなことにこだわるから、自分はいつまでもアルバイトのままなのだ。日菜子が意外なことをいった。

「ケンちゃんはLPレコードとか、きいてみたいと思わないの」

ちょっと驚いてしまう。実はCDだけでは飽き足らず、堅志もアナログのレコードをきいてみたいと考えていた。ただレコードは中古でいくらでも手にはいるけれど、プレイヤーはとても高価だった。

「なんでわかるのかな。アナログのプレイヤーも欲しいと思ってるよ。すごく高いけど」

「ふーん、そうなんだ。この前テレビのニュースでアナログプレイヤーが映ったら、いいないいなって、ずっといってたよ。もしもだけど、ケンちゃんがどうしても欲しかったら、旅行の積立金をまわしてもいいからね」

堅志と日菜子はゆっくりとした日程で海外旅行にいくのを楽しみにしていた。これまで台湾とタイにいき、来年はヴェトナムを狙っている。ＬＣＣと格安ホテルの旅だが、料理も空気もアジアのエスニックな国が好きなのだ。

「それはダメだよ。プレイヤーは今すぐってわけでもないし、自分でなんとかする」

堅志はカフェオレをすすって、まだひと言足りないのに気づいた。相手をほめる、きちんとお礼をいう。それがふたりの生活の決まりだ。

「でも、気にしてくれて、ありがとう。ヒナちゃんはやさしいなあ」

日菜子はうれしそうに化粧をしていない顔で笑った。

「そんなことないよ。わたしも音楽好きだもん。この曲いいね、なんていうの」

スランプから回復したピアニストの音は、ひどく澄んでいる。キース・ジャレットはもう七十歳を越えたのだ。

「オンリー・ザ・ロンリー」

日菜子がまぶしいものでも見るように堅志を見た。

「なんでもよくしってるね」

「好きなミュージシャンの曲名くらい誰でもしってるよ」

お手製の野菜スープをのんで、日菜子が考える顔になった。

「そんなことないよ。だいたいの人はそういうこと気にもしないで生きてると思う。いい音楽をきいた、だったら作曲家や演奏家のことを調べてみようって、ケンちゃんは自然になるもの」

「ありがとう、でも、その、なんというか……」

堅志はそのあとの言葉をのみこんだ。そんなふうにほめられてばかりだと、自分がダメになるような気がする。けれど、そこで考え直した。日菜子となら、いっしょにダメになるのもまたいいかもしれない。

19

その日の昼休み十分ほどまえだった。堅志がボディソープの棚を歩いていると、背中から声がかかった。

「立原さん、ちょっといいですか」

振りむくと正社員の葛西俊哉（かさいとしや）だった。新卒採用三年目なので、年は五つしたである。童顔なので、大学を卒業したばかりに見えた。なにかミスをしたのだろうか。正社員が、アルバイトでいっぱいの倉庫にやってくることはあまりなかった。

「あっ、はい」

にこにこと笑って年下の正社員がいった。

「その仕事の続きは午後からにして、お茶につきあってください」

ますます怪しかった。液晶画面につぎにピッキングする商品がずらりとならんだタブレットをカゴのなかにおいて、ジャケットを着た上司についていった。葛西の足元は自分と同じスニーカーだ。

さしさわりのない世間話をしながら倉庫をでて、搬送用のおおきなエレベーターにふたりで気まずくのりこみ、最上階のカフェテリアにいった。外壁は全面ガラス張りで、東京郊外の緑と私鉄の駅が見おろせた。そろそろランチタイムなので、混み始めている。

日菜子がつくってくれた弁当をもってきたほうがよかっただろうか。でも、そうすると正社員といっしょに昼をたべることになる。社内の身分制を考えると、めずらしいことだった。

堅志の世代にとって、正社員とアルバイトのあいだには、封建制のころの武士と農民と変わらないほどの身分の格差があった。

「コーヒーでいいですか。ぼくのおごりです」

カウンターで葛西がきいてきた。ほんとうはカフェラテがいいのだが、堅志はうなずいた。

「はい、ごちそうさまです」

コーヒーをもって窓際にあるテーブルに移動した。天井から床までガラス張りなので、高所恐怖症の人間は近寄らない席だ。カフェテリアの家具はすっきりとモダンな北欧風で、ここで働くアルバイトのリビングには絶対おけない価格だろう。堅志もダイニングの椅子を、この黄色いアントチェアととり替えたかった。

二十五歳と三十歳。さして年齢の変わらない若者同士に見えるかもしれないが、葛西は雇われ先の正社員で、堅志はアルバイトにすぎなかった。ぎこちない時間が流れる。葛西が指を組んでいった。

「居心地悪いですか、立原さん。ぜんぜん悪い話じゃないんですけど」

年下の男が辛抱強い笑顔を見せた。堅志はなんとか態勢を立て直そうとした。

「いや、そんなことないですけど、葛西さんとふたりでお茶するなんて、初めてなものですから」

「そうですよね、急にすみません」

愛想のいい笑顔だった。これで堅志よりはずっと優秀な大学を卒業しているはずだ。この世界的Eコマースの会社は、どこの国でも就職人気が高かった。堅志も反射的にあやまっていた。

「いえいえ、こちらこそ、すみません」

ふたりは探りあうように笑った。正午とともに人がどっとくりだしてくる。

「昼休みがもったいないから、話をすませましょう。立原さんはアルバイトさんの本社特別研修をしっていますか」

本社が恵比寿ガーデンプレイスにあることはしっていた。ここは素直にいったほうがいいだろう。

「いえ、よくわかりません」

いいんだという風に微笑したままうなずいて、大学生のような葛西が口を開いた。この紺のジャケットはどこのものだろう。襟から肩のラインがきれいだ。

「いざなぎ景気を超えたというニュースがありましたね。実感はあまり湧かないかもしれませんが、サービス業ではどこも人手不足が深刻になっています。うちの会社でも長期的な成長をにらんだ人材確保のため、非正規で働いている優秀なかたに声をかけています」

身体のなかでたくさんの泡が弾けるようだった。これがチームリーダーの村井がいっていた、正規採用への狭き門だろうか。

「あっ、はい」

タイミングをはずした間の抜けた返事になってしまった。葛西は気にしていないようだ。

「わたしが見たところ、立原さんの勤務態度はまじめですし、お人柄も素晴らしいようです。仕事への理解も深いですし、商品の知識も豊富だ」

うれしいのだが、堅志は真剣な話をされるとついふざけてしまう悪い癖があった。

「いや〜それほどでも」と『クレヨンしんちゃん』の声が頭のなかで鳴ってしまう。気をもち直し、抑えめにいった。

「ありがとうございます」

葛西が内ポケットからビジネス手帳をとりだした。こちらに見えないように背を立てて開く。

「チームのみなさんにも話をきいています。リーダーの村井さんも、まじめでよく気がつくといっています。池田くんと向谷さんは、リーダーにふさわしいのは、村井さんよりも立原さんのほうだと口をそろえています。ひとつだけ弱点があるとすれば、村井さんがいっていた、リーダーシップをとりたがらない消極性というところかもしれません」

そうだったのか。こちらがしらないところで、会社は調べをつけていたのだ。わざわざ欠点をあげてくるのは村井らしい気の弱さだった。その行動は決していい評価を生まないだろう。

「立原さんはうちの社と未来をともにする気はありますか。世界中の社員といっしょに成長するつもりはあるでしょうか」

気迫をこめて、年下の正社員が押してくる。数十人の部下をひとりで管理する葛西だった。何人かはわからないが、優秀なアルバイトを正社員に推薦するようにいわれているのかもしれない。堅志は自分の真剣さと熱意が伝わるように、長めに間をとっていった。

「はい。がんばらせてもらいたいです」

葛西が笑顔になった。

「よかった。昨日はことわられたんです。自分は気軽なアルバイトのほうがよくて、正社員になるつもりはないって。誰とはいいませんがね」

堅志はつい質問してしまった。

「その人はいくつでしたか」

「確か二十六歳だったかな」

堅志は皮肉にいうしかなかった。

「五年後だったら、おおよろこびだと思いますよ」

だが、五年後にはそんな好条件の就職話などなくなっているのだ。東京オリンピック後の日本経済に自信をもっている人間など、どれくらいいるだろうか。

「さあ、これで話はおしまいです。ランチは別々にしましょう。特別研修は来週の火曜日からです。日給は通常どおりに支払われますから、ご心配なく。ただし研修へ参加したからといって、一〇〇パーセント正社員への道が開けたというわけではないので、そのあたりはおふくみおきください」

堅志は背筋を伸ばして、葛西の目を見た。

「わかりました。ありがとうございます」

立ちあがると、葛西が手を伸ばしてきた。この男は留学経験があるのだろうか。堅志はためらいながら手をさしだした。意外なほど強い力でにぎられる。

「それじゃ、立原さん、午後もがんばりましょう」

葛西が自分のコーヒーカップをもっていってしまう。堅志はほっと肩の力を抜いて、周囲を見まわした。なんだか今まで緊張で視野が狭くなっていたようだ。円テーブルをふたつおいた窓際のテーブルで、村井が古参のアルバイト数人と昼食をたべていた。目があうと、そのテーブルに座る中年の四人組の全員が冷ややかに堅志を見つめてきた。堅志はしかたなく誰にともなく会釈して、日菜子がつくった弁当をとりにもどった。

20

「よかったね、ケンちゃん。ほんとによかった」

本社研修に誘われたと報告したときの日菜子の反応は、ひどく素直だった。その日のうちに、研修の詳細と専用のQRコードがスマートフォンに送られてきた。堅志は画面を見ながらいった。

「まあね、でも葛西さんがいうとおりこれで決まったわけじゃないから」

まえ祝いなどして、空振りに終わったときのことが怖かった。人生のいろいろな局面で散々な目にあってきた堅志はなにかとネガティブ思考である。

「でもケンちゃんのところ、いい会社なんでしょう？」

「うん、まあ。小売業界じゃあ、世界中で評判は悪いけどね。うちの会社が本気でそのジャンルの通販にとり組むと、大手のチェーン店でもばたばた潰れるって」

日菜子が困った顔をした。堅志にも考えていることはわかる。

「スーパーだって、あぶないと思うよ。最近、東京の中心部だけだけど、生鮮食品の通販にも手を伸ばし始めているから」

心細そうに日菜子がいった。

「わたしが働いてるとこが潰れたら、嫌だなあ。悪い人はいないし、けっこういい職場だから」

「そうだね。でも、先進国はどこでもそんなに経済成長しないから、おおきく伸びるにはよその会社の市場と利益を奪わなければならないんだ。しかもネットはどんどん発達しているし」

その果てにどんな未来が待っているのだろうか。誰もが名前を知っているような巨大な国際企業数社が、すべての市場を押さえている世界。働いて金を稼ぐところも、金を払って必要なものを買うところも、まったく同じ企業なのだ。堅志は口と肛門が同じ器官の海中生物を想像してしまう。

「もしケンちゃんが正社員になったら、もうすこし広い部屋に引っ越しできるね」

レインボーハイツの1DKはかなり手狭になっていた。堅志には多くの本とCDが、日菜子には趣味の調理用具が、かなりの荷物になっている。

堅志はもらったことのないボーナスを想像した。もしいつかボーナスをもらうことがあったら、日菜子になにかプレゼントして、自分には本棚を奮発しよう。いつまでも壁際に積みあげておくのは、本たちがかわいそうだ。

「わたしね、ケンちゃんの夢がかなったら、なにかプレゼントするよ」

日菜子も同じことを考えていたのだ。堅志は笑ってきいた。

「なあに、それ」

日菜子はふくみ笑いしていった。

「今いったら、つまらないでしょう。たのしみにしておいてね」

堅志はそれ以上きかなかった。それに実をいうと男のつねとして、なにかをもらうより人にプレゼントをするほうが好きなのだった。それが日菜子なら、なおさらである。

21

研修当日の空は見事な秋晴れだった。

高い空にウロコのような細かな銀の雲が、小学校の朝礼のようにならんでいる。堅志はいつものコットンパンツとポロシャツに、薄手のジャケットを重ねていた。パンツはベージュで、ジャケットはお決まりの黒だ。なるべく服装で目立ちたくない。

渋谷でJRに乗り換えて、となり駅の恵比寿でおりた。空港のような動く歩道をのり継いで、ガーデンプレイスにむかう。高層ビルとデパート、ビアガーデンにかこまれた広場をゆっくりと歩いた。正面にヨーロッパの城のようなレストランが見える。日菜子がひと月スーパーで働いた金額で、あの店のディナー一食がたべられるだろうか。いつもの最寄り駅の風景とはあまりに差があるので、堅志はめまいがしそうだった。

世界的なEコマースの日本本社は、ガーデンプレイスの一番奥にあった。緑のなかに円形の車寄せとガラスの体育館のような建物が見える。エントランスにはガードマンがにこりともせずに何人も立っていた。笑ってはいけないという規則でもあるのだろう。

堅志はスマートフォンをとりだし、自分用のQRコードを呼びだした。自動改札のようなガラス製のゲートをドキドキしながら抜ける。正面に模造紙でつくられた手書きの案内がでていた。大学の文化祭の立て看板のようだ。たのしげな雰囲気も同じである。

矢印のほうにむかうとたくさんの研修生が集まっていた。折りたたみテーブルにはネームプレートがならんでいる。レインボーカラーのTシャツを着た正社員の女性が笑顔で堅志にいった。

「おはよう。ここにスマホをかざして」

いわれたとおりにすると、若い社員がプレートを手わたしながらいった。ケンジとカタカナとローマ字ではいっている。

「立原堅志さんね、はい、これ。特別研修たのしんで」

「ありがとうございます」

堅志は少々の違和感を覚えた。研修というよりは夏休みのリゾートホテルの朝のような雰囲気である。本社の人は誰もがポジティブで、笑顔にあふれ、みな自分の仕事が好きそうだった。

研修生たちの流れにのって移動していく。壁には誰かの誕生日や事業目標達成を祝う手製のリースが飾ってある。社内アクティビティの募集だろうか、バーベキューや紅葉狩り、キャンプの誘いも貼られていた。

研修生はみなセンスのいいカジュアルな格好で、ネクタイにスーツの男性はひとりもいなかった。女性もパンツにジャケットスタイルだった。靴はみなスニーカーかローファーだ。

何度か通路を折れると広いホールにでた。階段教室をうんとおおきくしたようなすり鉢型のホールで、千人くらいは楽に収容できそうだ。ばらばらと散らばって、研修生たちが座っている。

「ケンジ、きみはどこからきたの」

胸のプレートにハルオミと書かれた同年代の男だった。小太りで、きれいな長髪をうしろで束ねている。最寄り駅の名を告げていった。

「南関東センターから。ピッキングをしてるんです」

丁寧語がいいのか、もっとフランクなほうが正解なのか迷ってしまう。ハルオミがいった。

「そうか、おもしろそうな仕事だね。ぼくはこの会社のECのプログラミングをしているんだ。フリーランスだよ。よろしくね」

気軽な調子で、そういった。この男は一日に八時間立ち仕事でピッキングをするのがどういうことかわかっているのだろうか。堅志はそれ以上、なにもいわなかった。

静かにギターとフルートの音楽が流れだして、女性のアナウンスが続いた。

「世界中のストアをのみこむ悪名高いわが社の日本本社へ、ようこそ。特別研修最初のガイダンスを始めます。みなさん、お好きな場所に着席してください。なるべく前のほうへ、どうぞ」

堅志は周囲を見まわした。全部で三百人ほどはいるだろうか。ぞろぞろと研修生が客席前方に移動していく。堅志は正面後方に席をとった。

場内が薄暗くなると、巨大なスクリーンに会社のロゴマークが浮かんだ。それが破裂するように散らばり、世界を埋め尽くす。世界各地に散ったかけらはそれぞれの国で花を咲かせていく。絵柄に見覚えがあった。去年大ヒットを飛ばしたアニメスタジオのものだ。

彗星（すいせい）のように日本に降り注いだロゴのかけらは、列島中をサクラの花で埋め尽くした。メッセージは単純で明快、作画の技術は素晴らしい。だが、きれいなだけでなにも残らないのは確かだ。研修生はあちこちで拍手をして、指笛を吹く者もいた。『スター・ウォーズ』の新作でも観にきたようだ。

短いアニメーションが終わると、スポットライトを浴びて若い女性がステージ中央にすすみでてくる。長身で、スタイルがいい。歩きかたをどこかで見た覚えがある気がした。顔がスクリーンにアップになる。堅志は声をあげそうになった。

「ヒューマンエデュケーション部の研修担当、両角佳央梨です。今日一日みなさんのガイドをしますから、お手やわらかに。よろしくお願いします」

自信たっぷりの笑顔は大学のころと変わらなかった。あの笑顔の裏にはひどく弱く敏感な部分もあるのだが、同級生のまえでは決して見せなかった。佳央梨は闘う女性だった。フェアでないこと、理由のない差別は許さない。勝つためには、歯をくいしばって努力を重ねる。

堅志はステージのうえに立つ佳央梨と目があった気がして、あわてて視線をさげた。こんな形で学生時代のガールフレンドと再会したくはなかった。こちらは三十歳のアルバイトで、むこうは三百人の研修生を監督するディレクターである。

新卒就活に失敗して、アルバイト生活を送るようになってから、堅志は大学時代の友人とは数人をのぞいて連絡を絶ってしまった。佳央梨のその後のことなど、すっかり忘れていたのである。

ぱちりと佳央梨が指を鳴らすと、スクリーンに「0・9%」の数字が浮かびあがった。

「この数字がなにかわかる人？」

半数以上の男女が手をあげた。堅志も目立たないように、ちいさく右手を肩の高さにあげる。佳央梨がこちらをまっすぐに見ていった。

「じゃあ、そこのうしろの……」

ステージ脇にあるカメラが、佳央梨が指さす人物を探している。堅志は自信なさそうに手をあげる自分の姿を、巨大スクリーンに観て吐き気がしそうになった。

「……ケンジさん、この数字はなんでしょうか」

しかたなく堅志はおおきな声をだした。こちらにはマイクはない。

「今年のうちの会社の利益率です」

佳央梨が観客を意識した笑顔を浮かべ、手を打った。

「正解です。みなさん、ケンジに拍手を」

三百人の研修生が拍手をしてくれた。幼稚園の学芸会でもこれほど恥ずかしいことはないだろう。出来レースのようなものだ。ここにいる者なら、誰でも正解はしっている。おまけに元ガールフレンドは意図的に堅志を指名してきた。

佳央梨は赤面した堅志を無視して語り始めた。

「わが社のように世界に冠たるネット企業の利益率が、たったこれだけかと思う人がいるかもしれません。確かに1%もないのはひどすぎるという人も、実は多いんです。とくに世界中の公認会計士なんかに。たとえばアップルの利益率はなんと30%を超えています。素晴らしい数字ですね。ですが、わたしたちは反省などしません。なぜなら、わたしたちは利益を求めていないのですから」

佳央梨がゆっくりと間をとった。ホールのあちこちから、そうだ！と叫ぶ声が飛ぶ。

「わたしたちは利益を手元に残しません。一円でも安く商品をお客さまにお届けすること、さらに新しい成長分野に投資することのほうが、目先の利益よりずっと大切だと考えるからです。たくさんのお金を積みあげるよりも、もっと素晴らしいことが仕事にはある、お客さまの幸福のほうがずっとずっと重要だと考えているのです」

見事なつかみだった。ここにいるすくなくはない男たちが、佳央梨にまいってしまったことだろう。

「わが社は今、世界中でぐんぐん成長しています。成長には優秀で熱意のある働き手が欠かせません。みなさんがわたしたちとともに成長する仲間になってくださること、それがわたしの願いです。今日は一日、本社の隅々までごらんになってください。それでは、みなさんよろしくお願いします」

佳央梨が一礼すると、野太い返事がホールに反射した。女性たちの歓声も負けていない。誰かが、カオリさーんと叫んでいた。最後に佳央梨が堅志のほうをむいていった。

「そうそう、カフェテリアのおすすめランチメニューはCセットの小籠包と蒸し鶏そばです。うちのエドワード・佐々木社長が台北でたべた小籠包が忘れられずに、二つ星のホテルの総料理長を引き抜いてきたんですよ。みなさん、ランチもおたのしみに」

拍手のなか佳央梨が女王のようにステージを去っていく。堅志はとなりにいたハルオミに肩を叩かれたが、ぼんやりとして、なにも返事ができずにいた。佳央梨はいったいどういうつもりで、わざわざ自分など指名したのだろうか。本社研修の一日目はひどく長くなりそうだった。

22

午前中はふたつの講義を、ホールで聞いた。社内の専門家によるもので、アメリカでEコマースの後発組として生まれたこの会社の歴史とITビジネスの進歩の流れをまとめた、五十分ずつふたコマである。堅志はなんだか大学のころを思いだした。教授の話を聞き、ノートをとるだけでよかったなんて今では信じられない。正社員採用がかかった研修生の真剣さは恐ろしいほどだ。

講義の内容はほとんど一般的なビジネス書に記載されているようなものだったけれど、ひとつだけ目新しいニュースがあった。この世界最大のEコマース会社の会長が、ついに世界一の富豪になったというのである。これまでトップはマイクロソフトのビル・ゲイツが二十年以上にわたり守り続けていた。それがついに今年、会社の株価が急上昇して、世界一の富豪の座が入れ替わったのである。

資産はだいたい十兆円くらいらしいが、堅志にはさして興味はなかった。一億円が一万倍で一兆円だ。国家予算くらいでしか耳にすることのない単位である。だいたいそんなに金をもっていても、なんにつかうのだろうか。国でもないので防衛費や福祉予算は必要ない。

それでも、と堅志は講義のメモをとりながら考えた。資産トップの交代は、IT産業とネットワークメディアの変化についてはっきりと告げている。旧来型パソコンの基本ソフト販売から、スマートフォンをとおしてのEコマースに、成長の中心は移ったのだ。これからはスマートフォンがメディアと商業の中心になる。その変化についていけないものは、時代の激しい変化に振り落とされることだろう。それが自分たちの暮らしや文化、それに収入にどんな影響を与えるのか未来はまったく読めないけれど。

となりに座るハルオミがいった。

「うちの会長はすごいな。世界一の富豪か。アメリカに新本社を建てるらしくて、どの州でも自分のところにきてほしくて、減税と補助金の大盤振る舞いらしいよ」

富める者はますます豊かに、貧しい者はさらに貧しく。世界中で好景気とはいえ、給料のいいホワイトカラーの仕事は減っていた。古代の王さまのような創業者以外、給料などたいしてあがらないのに、富は普通の人間のしらない場所に積みあがっていく。

「アルバイトの時給もあがるといいんだけどね」

長髪をうしろで束ねたハルオミが不思議そうな顔をした。

「ケンジはダブルワークじゃないんだ？　倉庫のピッキングというけど、この特別研修に選ばれたということは、大学は卒業してるんだろ」

堅志は苦笑するしかなかった。大学ではあまり熱心な学生ではなかった。

「いちおう私立の経済学部。でも金融とか財政とかはぜんぜんわからない。副業はしてないよ。一日八時間立ち仕事をすると、そのあとで働く気にはならないな」

ハルオミは軽々といった。

「ぼくはフリーランスでいくつかの会社のプログラミングの仕事を請けおってる。この会社は将来性がありそうだから、正社員になるのは悪くないと思うけど、条件次第ではフリーを続けてもいいと思ってるんだ。N大工学部の大学院で、杉原先生の研究室にいた」

旧七帝大のひとつの大学院をでているらしい。誇りをもっているのは大学名より研究室の名前のようだった。堅志にはまったくわからない世界だ。アルバイト生活で身につけた処世術で対処する。

「それはすごいね」

わからないことはとりあえず感心しておけばいい。どうせほとんどの人間と、交わることのない世界を生きているのだ。さりげなく鼻の穴をふくらませて、ハルオミがいった。

「いやたいしたことないよ。そうそう、ぼくの名は本橋(もとはし)春臣、きみの名前は？」

となりの席から握手の手を伸ばしてくる。堅志がためらいがちに右手をだすと、がっちりと握り締めてくる。

「立原堅志……よろしく」

このエリートプログラマーとはいったいどんな関係になるのだろう。どこかでいっしょに仕事をすることになるのか。堅志は人との出会いの不思議を感じていた。

23

昼休みには本社最上階にある社員食堂にあがった。窓越しに恵比寿ガーデンプレイスの高層ビルと広場が見える。下界の眺めは四角い砂を無限に敷き詰めたコンクリートの砂漠のようだった。

堅志は本橋といっしょに列にならんだ。和洋中のカウンターがあり、もっとも社員の行列が長いのは、佳央梨がすすめたとおり中華ランチのところだった。堅志は高層階からの都心の眺望や開放的なカフェテリアの雰囲気に感心したが、本橋はまったく別なところに興奮していた。

「いや、なかなか本社はすごいね。このビルにはいってから、ぼくは一度も現金をつかってないよ。ランチも売店も自動販売機の支払いも全部、うちのカードにひもづけされたこれ一台だろ」

右手のスマートフォンをあげて見せる。気がつかなかったが、確かに本社はすべてキャッシュレスだった。

「給料の振込も引きだしも投資なんかも、全部これ一台なんだな。ここは未来の実験場だよ」

プログラマーは興奮しているようだった。堅志には今ひとつピンとこなかった。便利になるのはいいだろう。だが、それで余った時間で人はなにをするだろうか。巨大な情報量にふくれあがったSNSを見ればよくわかる。小人閑居して不善をなす。膨大にして凡庸な不善の山がSNSの正体だろう。

順番がまわってくると、堅志はスマートフォンの画面に自分のQRコードを呼びだし、飛行機の搭乗ゲートを抜けるように、小籠包と蒸し鶏麺のトレイを受けとった。

ふたりはタイミングよく空いた窓際のテーブルに滑りこんだ。フードコートでもそうだが、最初の三分が勝負だった。そこでタイミングよく空席をつかまないと、何十分もトレイをもってうろうろすることになる。

そういう意味では、大学卒業時の新卒採用の就職試験に失敗した自分は、この七、八年ほどトレイをもって正社員の席が空くのをぼやぼやと待っていたのかもしれない。人生には何度か勝負の時期があった。そこで逃げてしまうと、周囲の人からも社会の流れからもはずれて苦しむことになるのだ。そんなあたりまえのことがわかっていなかった大学生の自分を、叱りたい気分だ。

本橋は堅志のひとつしたの二十九歳であることがわかった。いきなり質問してくる。

「ケンジは結婚してるのか」

首を横に振る。ここですべて話してしまってもいいのだろうか。

「いいや。でも同棲はしてる。結婚もゆくゆくは考えてるけど、まだ決めたわけじゃない。だけど、どうして」

結婚しているか未婚かで、人を区別するような古い世代の男には、本橋は見えなかった。プログラマーは恥ずかしそうにいう。

「大学時代のゼミ仲間とつきあって、そのまま結婚したんだ。子どもはふたりなんだが、今度三人目ができる。女房には無理をいって、好きなことをさせてもらってるから、ぼくが正社員として、ここで就職できたら、うちのはよろこぶと思ってさ」

本橋はテクノロジーにしか興味のない理系タイプではないようだった。

「子ども三人はすごいな。やっぱりかわいいのかな」

小籠包に針のように細く刻んだショウガをのせて、本橋が口に放りこんだ。

「んーうまいな、これ。台湾でたべたのより、こっちのほうがいいや。あのさ、ぼくも子どもなんて好きじゃなかったんだよ。だけど、人の子どもと自分の子どもは違うってよくわかった」

「へえ、そんなものかな」

本橋はテーブルの辣油（ラーユ）を蒸し鶏麺に足していった。

「だから、子ども嫌いのやつにもすすめてるんだ。生まれてきたら絶対かわいいから、とりあえずつくっておけって。金なんて仕事を増やせばなんとかなる。フリーで子ども三人のぼくがいうんだから間違いない」

真っ赤になった蒸し鶏麺をすすって、本橋がむせていた。この男はいいやつだ。こういう人間にこそ正社員になってもらいたい。そこで、堅志は自分がひどく冷静なことに気づいた。ほんとうなら人のことなど気にかけている余裕はないはずだった。三十五歳をすぎたら、正社員として採用されるのは絶望的に困難になるだろう。だが自分は、これほど設備の整った本社ビルにきて、未来に夢を描いている朗らかな若者たちに混ざっているのに、不思議なほど高揚感がなかった。こんなことでは採用担当にやる気を疑われてもしかたないだろう。堅志は暗い気分で、おいしいに違いないはずの蒸し鶏麺をすすった。

正直なところ自分には、街の普通の醬油ラーメンのほうがうまかった。

台湾の二つ星の麵はきっと高級すぎるのだろう。

24

昼食が終わりかけたときだった。

テーブルのわきに立ちどまった人影があった。先に気づいたのは本橋である。

「ああ、両角さんですよね。先ほどのお話はすごくよかったです」

堅志は学生時代の恋人の名前をきいて、びくりと顔をあげた。背の高い佳央梨が濃いグレイのパンツスーツで立っていた。手にはKのイニシャルのはいったコーヒーマグをもっている。自然というよりは無理してつくった笑顔だった。堅志はこの表情を思いだしていた。なにかいいたいことがあるとき、佳央梨はよくこんな顔をしていた。

「あの、すまないけど、わたしはケンジさんと話があるんだ。大学が同じで、顔見知りなの。ちょっと友達の話なんかもしたいから、ハルオミさんは席をはずしてもらえるとありがたいな」

長髪のプログラマーは佳央梨と堅志の顔を交互に見た。なにかを感じとったようだ。

「あーそういうことですか。じゃあケンジ、午後のグループ討論では手を組もうな。作戦立てとくよ」

本橋が慣れないウインクをして席を立った。トレイをもったうしろ姿といれ替わりに座った佳央梨がいった。

「おもしろい人だね。めずらしいじゃない。ケンジがこんなに早く友達をつくるなんて。遠藤先生のゼミでも、最初の二カ月くらいほとんど誰とも口をきかなかったの、覚えてるよ」

「そんなことあったかな。もう昔のことだから」

腰の引けた返事になってしまう。昔の恋人と久しぶりに再会したのに、非正規と正社員の壁を感じて素直に話もできない。自分の器のちいささにがっかりして、居心地がわるくなった。堅志には、大学を卒業してそのまま正社員になった友人はすべて、光のなかを歩いている恵まれた人間に見えるのだった。それに対して自分は日陰者だ。三十歳で独身で貯金はわずか、年収はこの八年間、ずっと二百万円台である。自信をもって振る舞えといわれても、無理とこたえるしかない。

「うちの会社の試験のときのことも忘れちゃった？」

堅志は窓の外、都心の緑に視線を逃した。秋の空はきれいに澄んで、遠く地平線のうえにいくつか淡い雲を浮かべているだけだった。山手線の黄緑と成田エクスプレスの紅白が高速ですれ違っていく。

「いや、覚えてはいるけど……」

佳央梨が堅志の目をまっすぐに見つめてきた。学生時代はこれほど強い目をしていただろうか。つきあい始めたのは大学二年生の終わりで、ふたりとも初体験の相手だった。ひと月近くかけて、初めてきちんとできたときには、うれしくて手をとり涙ぐんだものだ。

「わたし、ケンジも誘ったよね。うちの会社に。いったでしょう。まだ日本では無名だけど、アメリカにおもしろいネット通販の会社がある。今度、日本法人をつくるから大量に新卒を採用するらしいよって」

堅志も逃げ切れなくなった。目をふせて、返事をした。

「覚えてるよ」

佳央梨は腹を立てているようだ。

「あのとき、大学の近くのカフェでこうもいったよね。就職試験さえ受ければ、まず合格するらしいって。実際、二百人くらい受けて落ちたの十人もいなかったんだよ。

ケンジなら絶対に受かってた。そしたら、今日の挨拶（あいさつ）だって、わたしじゃなくケンジがやっていたかもしれないのに」

堅志は顔をあげた。このまま押しこまれたら、佳央梨のペースで話がすすんでしまう。

「そんなことない。カオリの実力だよ。ぼくなんかぜんぜんだ」

「クニトモくんにきいたよ。ケンジはずっとフリーターで、今はうちの配送センターでアルバイトしてるって」

永野国友は堅志とも佳央梨とも気のあう友人だった。たまののみ会では店選びにも気をつかってくれるのだ。高級店は避け、堅志の財布の中身にも配慮してくれる。

「そうだよ。見てのとおりだ」

佳央梨のパンツスーツは海外ブランドの高級品だろう。生地の艶（つや）と仕立てが違う。堅志はユニクロのポロシャツとパンツ、それに一着しかないジャケットだった。見るからに安手のものだ。冬服はすぐに差がわかる。

「どうして、あの日こなかったの」

佳央梨の目は悲しそうなだけでなく、ひどく真剣だった。あの日のことなら、何度も考え、何度も後悔していた。このネット通販会社の会社説明会当日である。採用試験を兼ねていたので、直前まで堅志は行くつもりだった。実際リクルートスーツに着替え、濃紺のタイを締めて、下宿をでたのである。あのころはまだ恵比寿の本社ビルではなく、仮本社は渋谷区東にあった。

目を閉じるとあの日の空がはっきり浮かぶようだった。今にも雨になりそうな重い灰色の空で、ひどく冷たい風が吹いていた。渋谷駅の新南口まで堅志はやってきた。佳央梨との待ちあわせは、改札をでた正面のコーヒーショップである。

駅のエスカレーターをおりて、目のまえの横断歩道でタクシーがとおりすぎるのを待った。そのとき堅志のなかでなにかが壊れる音がした。自分をかろうじて支えていた細くて弱いつっかえ棒が、音を立てて折れたのだ。

堅志はそのまま引き返し、渋谷駅にもどった。山手線を二周して、渋谷におりたときには、もう会社説明会は終わっていた。堅志は逃げたのだ。佳央梨からの着信とメールは数十件をかぞえたけれど、堅志は返事をしなかった。自分でも突然やってきた逃避心に驚いていたのだ。嫌だ、逃げたい、この社会やビジネスが代表するものすべてから逃げてしまいたい。そのとき堅志を襲った心の働きはあまりに強力で、逃げてもどこにもいけないと頭でわかっている本人でさえ、まったく逆らえなかった。

「謝ることしかできないよ。いきなりすっぽかしてごめんなさい」

佳央梨は見事にこの会社に合格し、就職した。堅志は新卒採用の末期になってから、ようやく本気になって就職活動を本格化させたけれど、もう手遅れだった。

「わたしはケンジといっしょに働くのが夢だったよ。面談の担当者にもうひとり優秀な学生がうちのゼミにいますって推薦したくらい」

明るいカフェテリアで頭をさげた。自分には人よりも弱いところがあるのだろう。普通でいるために、人なみに働くために、必死にならなければいけない。この自分の弱さがどこからきているのか、よくわからなかった。弱さは自分という人間の本質に、分けることもとりはずすこともできない形で溶けこんでいるのかもしれない。

「ほんとにごめん。でも、今もう一度あんな機会があったとしても、別の選択はないと思う。渋谷駅で冗談じゃなく死にそうになったんだ」

佳央梨は意外そうに笑っていった。

「なにいってるの。会社説明会くらいで死ぬはずないでしょう」

人は会社説明会で死ぬことはあるのだ。春の暗い曇り空でも、リクルートスーツでも、赤信号の横断歩道でも、人は死ぬことがある。それは光のなかで生きる佳央梨にはわからないことだった。

「まあ、いいよ。ずいぶん昔のことだから。あのね、この話をしようかどうか迷ったんだ」

　佳央梨の表情が変わった。真剣にこちらのことを心配している。

「南関東配送センターに葛西くんという若手社員がいる」

　堅志はあっと思った。表情にださないようにするので精いっぱいだ。

「彼の指導担当がわたしだった。その葛西くんからあるアルバイトの話をきいたの」

　それは驚くほどのことではないのかもしれない。あの私鉄沿線で最大の非正規雇用を抱えているのは、あのセンターだ。数百人のアルバイトが働いている。自分はその他大勢のうちのひとりにすぎない。堅志はひどくのどが渇いていたが、コップの水は空だった。

「わたしはその名前をきいて、ほんとにびっくりした。立原堅志、あなただったから」

　会社説明会でふた手に分かれたふたりの道は、しだいに距離を開けていった。佳央梨は就職を決めたが、堅志は決まらずに卒業をむかえ、自然に恋人としての関係は消滅していった。

「カオリがここに推薦してくれたのか」

　正社員採用をにらんだ特別研修だった。昔の恋人は気の強そうな顔で、整った前歯をのぞかせて笑った。

「ふふふ、心配ないよ。もし葛西くんが推してなかったら、わたしのほうから『その人よさそうだね』ってプッシュしたと思うけど、彼の口ぶりでわかったから。ああ、葛西くんはケンジを研修に送りだすって心のなかで決めてるなって」

事実はそのとおりかわからなかった。佳央梨が男のプライドを傷つけないように、事実の角をだいぶ丸めている可能性はある。けれど、職場の上司が堅志の力量や人格を買ってくれているのは確かなようだ。

「……そうだったんだ」

返事のしようがなかった。

「まあ昔あんなことがあったんだから、完全に無視というのは変だと思って声をかけさせてもらったんだ。ねえ、ケンジ、さっさと研修すませて、うちの会社においでよ。わたしはケンジが仕事のできる人だってわかってる。うちのゼミでも一番頭の回転が速かったのはケンジだから。じゃあ、わたし、いくね。研修がんばって」

盗むように笑ってさっと席を立つと、空のマグカップをもって、佳央梨はいってしまった。うしろ姿がシャープだ。都心の緑とガラスの高層ビルによく似あう。堅志は正反対の日菜子のことを思いだしていた。彼女は郊外のスーパーや公園のほうが似あっていた。今ごろどうしているだろうか。

ぽんっと肩をたたかれて、堅志は跳びあがりそうになった。

「よう、なんだかいい感じだったじゃないか。ちょっと映画みたいだったぞ。両角さんって美人だよな。なに話してたのか、ちょっときかせろよ」

腕時計を確認した。昼休みの終了まで、あと十二分ある。堅志は恋愛と会社説明会と倉庫の上司の部分をきれいにとりのぞいて、大学時代の佳央梨のエピソードをおもしろおかしく話してきかせた。

25

その日パートの早番だった日菜子は、理由のない胸騒ぎを感じながら、スーパーの仕事を終えて同じ駅ビルの三階までエスカレーターを乗り継いでいた。大型書店は客寄せの目玉で、最上階にある。その店は関東地方の駅まえに二十店ほど展開する大手のチェーンだった。

明るいフロアに客の姿はすくなく、夕方のこの時間は書棚のあいだが広く見えた。本は無数にあり、背表紙が輝くようだ。それでも書籍だけでは売上が厳しいのだろう。

入口そばのいい場所には、和風の手ぬぐいと和服の端切れでつくった小物いれがならんでいる。その反対側はなぜかスコットランド製のツイード小物の棚だった。財布やペンケースやトートバッグといったあたりで、日菜子がすこしいいなと思う品もある。単価が高く本よりも利益率の高いファッション雑貨で、なんとか本の売上の落ちこみを埋めようとしているのだ。本の世界も、つぎつぎと新刊が上梓(じょうし)され、これ以上はないほど栄えているように見えるのに、ほかの世界と同じように追いつめられているのだ。

豊かなのに貧しい。真新しくてピカピカなのに、衰えは始まっている。センスがよくて賢そうでも、中身は空っぽ。堅志がいうとおりだった。世界はいつも、正反対のものが何層も同時に折れ重なってできあがっている。貧しさと豊かさ、夢と敗北のミルフィーユだ。

ネットにもいくらでも料理サイトはあるのだが、日菜子は料理テキストはやはり紙の本がいいと考えていた。画面のうえでは赤線を引いたり、自分なりに改良した点をメモしたりできないからだ。だいたい紙の本のほうが作者の気もちや心の温度を感じやすいのではないか？

日菜子が毎月のようにこの店で買っているのは、料理本と文庫本とマンガの単行本だった。料理の本はカラーでページ数も多く、千円以上と高価だった。だが、日菜子の唯一（ゆいいつ）の趣味だし、ゆくゆくは自分で店をだしてみたいという夢もあったから、削ることはできなかった。

文庫本とマンガについては、堅志とつきあうようになってから考えが変わった。一冊の文庫本を読むには、四、五時間はかかる。時間当たりの単価なら百円ほどの安さだった。マンガはもうすこし速く読めるけれど、こちらは気軽に何度もたのしめた。その一冊の作品に、創（つく）り手はときに何年もの時間をかけるのだ。一冊五百円ほどの文庫本やマンガは、玉子と同じで物価の優等生だった。圧倒的に安く、コストパフォーマンスが高いのだ。図書館で文庫本を借りることもあったけれど、お気にいりになった作家のものは、自然に書店で買うようになった。

日菜子はたっぷりと時間をかけて、高価な料理本一冊と文庫本を二冊選んだ。続きをたのしみにしているマンガの新刊はまだ店頭にでていなかった。大切に胸に抱えるようにして、三冊の本をもってレジにむかう。ほかにならぶ客はいなかった。ふたつならんだレジの片方には休止中のプレートがおいてある。

日菜子は本をカウンターにおいた。

「いつもお買いあげ、ありがとうございます」

ひどく爽やかな声がふってくる。こんな声をしたレジ打ちはどういう人だろう。顔をあげてカウンターのむこうの人を見た。同じ年か、すこし年上の男性がにこにこと笑っていた。髪はけっこう長めで、韓流っぽく額を隠している。流行りのマッシュルームカットだ。背は堅志よりすこし高いくらいだった。

日菜子の声は消えいりそうに細くなった。

「……いえ、別に」

「いつもクッキングブックと小説ですよね。この作家の新作、あのPOPを見て選んでくれたんですか」

確かに平おきの文庫のところに紙製の手づくりスタンドが立っていた。『今年下半期のおすすめナンバー1』。見だしのしたには、この小説のどこがいいか、短いリード文が書かれていた。いい料理本のようにどこがおいしい読みどころか、その文章は見事に指摘していた。包丁自慢の料理人がさばいた魚のようだ。

「……ええ、もともとこの作家が好きなんですけど、いつもと違うテーマだから、買おうかどうしようか迷っていて、POPで買う気になりました」

日菜子はチェーン店のロゴマークが染め抜かれた青いエプロンに目をやった。胸のバッジには支店名のあとに「副店長　板垣」とある。

「それはよかったです。あれ書いたの、実はぼくなんです。その小説ほんとにおすすめですよ。でも、時間のあるときに読んでください。へたに夜読み始めると、続きが気になって眠れなくなりますよ」

振りむくと日菜子のうしろにアイドル声優のムックをもった女子高生がならんでいた。レジのむこうで板垣がいった。

「カバーはおつけしますか。何種類か選べるんですが」

カラフルな紙見本がレジわきにおいてある。日菜子は本は裸で読んで、はずしておいた表紙をあとでかけ直す派だった。

「いいえ。そのままで」

くたびれた千円札で支払うと、書店の紙袋を二重にしてわたしてくれた。

「またPOP書きますから、ぜひ見てください。今日はどうもありがとうございました」

日菜子はぺこりと一礼して、本屋さんのレジを離れた。今まではただのチェーンの大型書店だったのに、板垣と言葉を交わしたおかげで、自分にとって大切な「本屋さん」になったのだ。

日菜子は紙袋を抱えて、エスカレーターに乗った。レジに目をやるとつぎの客を済ませた板垣が胸のまえで一瞬ちいさく手を振ってよこした。日菜子は自分がなぜ顔を赤くしなければならないのか、腑に落ちない気分で階下へおりながら、再び会釈を送った。

わたしの頬はどうして熱いのだろう。

26

その日の夕食は、ふたりとも言葉すくなだった。

それぞれの胸に口にはだせないものが積もって臆病になり、それがいつもよりやさしい空気を食卓に生んでいた。

「このハンバーグおいしいね」

目玉焼きをのせた普通のハンバーグだが、玉ねぎだけでなくレンコンも刻んでいれてある。ソースは柚を利かせた和風の醬油味だった。

「ありがと、ケンちゃん。今日の特別研修どうだった？」

堅志は返事に困った。大学時代の恋人に出会った。彼女は懸命に正社員になることをすすめてくれた。おまけにぼくたちはおたがいに初体験の相手だったんだ。そんなことをいえる訳がなかった。ラタトゥイユを箸でつまんだ。

「こっちのも和風なんだね。すごくおいしいや」

トマトとナスは本家と同じだが、ゴボウとしし唐と小松菜でつくった和風ラタトゥイユである。トマトは意外なほど醬油味とあうのだ。ゴボウをかじりながら、頭のなかをまとめる。堅志は顔がゆるまないように注意しながらいった。

「研修は普通だったよ。でも、本橋くんというおもしろいプログラマーに会った。子どもがふたりいて、今度三人目が生まれるから、正社員になりたいんだって。奥さんに尻を叩かれてるらしい」

「まあ、たいへんね」

うまく切り抜けることができそうだ。堅志はおどけていった。

「いや、それがそうでもないんだ。彼は腕がいいし、国立大学の大学院をでてる。この会社だけでなくほかにいくつかクライアントを抱えていて、収入はぼくとは比較にならないみたいだった。あっさりいわれたよ。ケンジはダブルワークじゃないんだって」

日菜子は自分が傷ついたような顔をする。

「倉庫で一日立ち仕事したら、もうひとつ仕事なんてできないよね。優秀な人なんだろうけど……」

世のなかをしらない、あるいは冷たい人と続くのだろうが、日菜子は口を閉ざしてしまった。しりあったばかりの人間でも、堅志の友人を悪くはいいたくないのだろう。日菜子はやさしい女性だ。

けれど……堅志は考えてしまった。自分が就職試験から逃げなければ、こうして郊外の安い造りのハイツではなく、都心のマンションで佳央梨や本橋のような暮らしを送っていたのかもしれない。なぜ、自分はこうなったのだろう。不安を笑顔で隠していった。

「ヒナちゃんのほうはどうだった？」

日菜子はパートの仕事にいき、普通の一日を過ごしただけだ。書店のレジで出会った若い副店長は別になんの関係もない。この先、特別なことなどなにも生まれないだろう。その割には板垣という男の笑顔が、日菜子の胸には焼きついていた。

「わたしも普通。レジ打ちにはドラマチックなことなんてないから。ときどき変なお客さんがくるくらい」

「へえ、どんな人？」

「いつもなにかに怒っていてすぐ店員を怒鳴りつけたりする男の人とか、いつも酔っ払って、割引シールがはってある総菜だけ買っていく主婦とか」

映画の主人公になるような人は、スーパーにはこないのだ。ほとんどは普通に暮らす人たちで、ときどき、自分の不幸を隠すこともできないほど追いつめられた人がやってくる。堅志が心配そうにいった。

「ヒナちゃん、そういうときはだいじょうぶなの」

「うん、まあね」

堅志の表情は真剣だった。

「おかしなやつにからまれたら、すぐに助けを求めるんだよ。スーパーの責任者もいるし、男の従業員もいるんだよね」

日菜子は逆に自分の頼りなさを指摘されている気になった。

「わたしだって、だいじょうぶ。そういう札つきのお客はみんなわかっていて、それとなく注意しているから。レジ打ちには危ないことなんてないよ」

危険なことはないけれど、一生どこにもいけない仕事であるのも確かだった。わたしは生涯時給いくらで働くのだろうか。ハンバーグを満足そうに平らげる堅志に目をやる。

「ケンちゃんは絶対、正社員になってね。アルバイトで終わるような人じゃないんだから。いろんなことができるすごい人だって、わたしは知ってるよ」

鈍いナイフをつきつけられたように堅志はひやりとした。いつものようにたがいをほめる言葉に過ぎないはずだが、素直に受けとれない。

「ありがとう、でもヒナちゃんはぼくを買いかぶっているよ。そんなに立派な人間じゃないし、すごく弱いところがある。いつも肝心なときに、勝負から負け犬みたいに逃げてしまう癖があるんだ」

そうして就職活動からも、採用試験からも、同級生や佳央梨からも逃げた。会社というこの世界を動かしている機械から逃げて、今はアルバイトでその日暮らしを送っている。日菜子が好都合だったのは、自分と同じように、どこにも居場所をもたない人間だったからではないのか。

おいしかった手づくり料理から急に味が消えてしまった。残せば日菜子が心配するだろう。堅志は黙って箸を動かし、なんとか食事をすませた。礼儀正しい笑顔でいった。

「今日は慣れない都会で慣れない研修だったから、疲れたよ。お風呂（ふろ）はいって早めに寝るね。明日も研修は続くし」

「研修がんばってね。お弁当はいらないんだよね」

「……うん、社員食堂があるからだいじょうぶ」

台湾からスカウトしたという二つ星ホテルの総料理長の小籠包の話をしようとして、堅志は思いとどまった。日菜子の弁当は決して負けていないが、気にするかもしれない。

大人になるというのは、誰かを単純に好きにはなれないことなのだろうか。

堅志は部屋のなかの生ぬるい空気ではなく、夜の外気が吸いたくてたまらなくなった。けれどふたりで暮らしていると、いきなり理由もなく外出することもできない。ひとりになるために風呂にはいった。湯船に頭を沈めなにかを叫んだけれど、なにをいったのかはすぐに忘れてしまった。

27

あの人の朝でていくときの顔が暗かった。

日菜子は自分ひとりだけの弁当を詰めながら、そう思った。昨夜の残りのラタトゥイユに玉子焼き、ひき肉の残りはそぼろにしてごはんのうえに敷いてある。日菜子の肉そぼろには甘さを弱めるために梅干がいれてある。塩ゆでした枝豆を散らせばできあがりだ。

特別研修が始まってから堅志の様子がすこしおかしかったが、日菜子は気にしないことにした。研修とはいってもきっと会社では人物を見ているのだろう。これから正社員として何十年もいっしょに働けるか、試験をしているのである。日菜子は自分を誰かに計られる怖さと不安をよくしっていた。いつも失敗してきたので、試験というだけで身体がかちかちに硬直してしまう。

堅志は賢くて強い人だけれど、一生が決まるような試験を毎日受けていたら、誰だってナーバスにもなる。もし自分が同じ立場だったら、きっとひどく落ちこんで夜も眠れないだろう。こちらのことを気づかってくれる堅志は、むしろ強すぎるくらいだ。あの人なら、だいじょうぶ。

日菜子はお弁当のはいったお手製のトートバッグを、ママチャリのまえかごにいれて、レインボーハイツを出発した。北風は冷たく凍えるようだが、最初の五分を耐えてしっかりとペダルを踏み続ければ、身体の奥に火がともるのがわかっていた。パート先のスーパーにむかう日菜子の身体には、一日を新たに始めるエネルギーが満ちていた。

商品の棚出しを終えて、レジ打ちに交代したのは十一時だった。ほとんど中年の主婦が占めるパートタイマーのなかで、日菜子はいつも損な役割を押しつけられていた。若く大人しく、反抗もせず意見も表明しないので、自然と不利な役まわりに落ち着いたのだ。

昼どきの混雑するレジをまかされるのは、ほかのパートなら二、三日に一度だが、日菜子は早番のときは毎回である。ただ当の日菜子はといえば、ほとんど気にしていなかった。まだ二十代なのだから、たくさん働くのはあたりまえだ。四十代の主婦のほとんどが、肩こりや腰痛（ようつう）を抱えている。日菜子は心はともかく、線は細くとも身体は丈夫だった。

壁にさげられた、駅にあるような円い時計が十一時半をさしたときだった。さあ、これからランチタイムでレジは戦争になる。このスーパーは安くておいしいお弁当で、このあたりでは有名なのだ。がんばらなくちゃ。

顔をあげずに、つぎの緑のかごを見た。チキン南蛮とミニサラダ。バーコードをとおさなくても、日菜子には価格がわかっていた。計六百円で消費税こみで六百四十八円。品数がすくないので、さっさと自分でレジ袋にいれてしまう。もち手を重ねてねじって、さしだすといった。

「六百四十八円になります」

「あっ、あなたは昨日の……」

胸のバッジもエプロンもつけていないシャツ姿だが、三階にあるチェーン書店の副店長・板垣だった。レジ番と客の関係が逆転していた。こんなときはどうすればいいのだろう。日菜子は発火でもしたように顔が熱くなるのがわかった。

「あっ、どうもお世話になっています」

こんな返事でいいのだろうかと思いながら会釈した。板垣は無邪気に笑っている。

「奇遇だな。このスーパーで働いていたんですね。ぜんぜんしらなかった」

財布から千円札を抜いて、トレイにおいた。釣りはレジスターが用意してくれる。小銭をつかんで、手わたすとき板垣の指先を爪の先でひっかいてしまった。

「すみません」

レジ袋をとって、板垣が笑いながらいった。

「保木さんはあがり性なんですね。また、うちの店にきて、ぼくの薦めた本を買ってください。待ってますから」

板垣はさっとレジわきの細い通路を抜けていく。日菜子は自分のエプロンの胸につけられたバッジを右手で隠した。スーパーのロゴマークと三桁(みけた)の数字、それに日菜子の苗字(みょうじ)がプリントされている。

あの人に名前をしられてしまった。日菜子の胸のざわめきはつぎのかごにとりかかっても、なかなか静まらなかった。

28

「そろそろ講義にも飽きてきたね」

本社の最上階にあるカフェテリアで、本橋がそういった。トレイには二日続きの小籠包と北京(ペキン)ダックの身をつかった炒飯(チャーハン)がのっている。堅志はパスタにしていた。アサリがたっぷりとはいったボンゴレビアンコだ。堅志はスプーンをつかわない派だった。フォークだけで器用に身をとり、殻を皿の隅に寄せながらいう。

「まあ、確かにね。学生時代以来だから、ずっと座って話をきくのはしんどいな」

午前中の講義はふたコマだった。IoT技術が物流に与える変化について、それから世界的な巨大企業の盛衰についてがテーマである。後者は興味深かった。一九二〇年代の世界大恐慌(だいきょうこう)までさかのぼり、ニューヨーク株式市場の時価総額トップ10の変遷(へんせん)

が示されたのだ。レクチャーをしてくれたのは、経営学が専門の老齢の名誉教授だった。堅志は三年のときのゼミで、その教授の本をテキストとして読んだ記憶があった。本橋がレンゲにのせた小籠包を吹きながらいった。

「しかし栄枯盛衰って、ほんとだよな。企業のピークが二十年から三十年とはね」

大恐慌から百年近く、そのあいだひと世代で産業のトップはいれ替わっている。電力や鉄道といった公益企業から、自動車や電機といったメーカーへ、日本からの輸入品でメーカーが倒れると、アメリカは金融とハイテク電子機器へ舵を切った。電子産業もさらにハードからソフトへと転進している。現在はここに日本本社をおくEコマースの会社を始めとする四つの先端的なソフト企業が、王者の位置についていた。そちらは堅志の専門だ。

「今では十年かもしれないね。アメリカは金融立国だったけれど、リーマンショックで銀行と証券はひと月で崩れ落ちた。それから十年でつぎのハイテクソフト企業を育てたのが、すごいところだ」

あの金融危機で、日本中の数百万人を超える若者が就職に悪しき影響を受けたことだろう。別の大陸で起きた経済嵐が、翌週には普通にまじめに暮らしていた人々まで吹き飛ばす。グローバル化というのは、そういう時代だ。つぎの嵐がいつ発生するのか、誰にも予想はつかなかった。

「だけど、ケンジは理屈には強いよな。昨日は味方についてくれて助かったよ」

　前日の午後はグループ討論だった。これからこの会社をどうしたいのかとか、どう働きたいかといった抽象的な議題ではなかった。四十年まえに危機を迎えた、誰も名前をしらないアメリカの物流会社の事例が題材である。たくさんの資料と数字、当時のアメリカの経済状況が五枚のペーパーにまとめられていた。

　その資料を基に、経営者としてどうやってかつての名門企業を再生するかという討論である。前日まで配送センターの倉庫で男性下着やシャンプー、リンスのピッキングをしていた堅志には手にあまる難題だった。

　本橋も理系のプログラマーなので、その手の問題は苦手だ。堅志たちのテーブルを囲むのは六人。なかにはアメリカの経営大学院でＭＢＡを獲ってきたという猛者もいる。流れは四対二となった。大胆なリストラで人員削減をしてコストを削り、新たな分野に戦略的に展開しようというのが、ＭＢＡがリーダー役を務める改革派。堅志と本橋はコストがかかっても人材を確保したまま、物流の在りかたそのものを見直そうという本業回帰派である。白熱の議論は二時間続き、結果が発表された。

　その会社は実在するので、どう生き延びたかは経営学の歴史に記録されている。研修の担当は堅志のほうをむいていった。

「おめでとう、立原さんと本橋さんの勝利だ」

四人が悔しそうな顔をした。落胆とあせりは手にとるようにわかる。ここにいる六人はみなこの会社で正社員として働きたいのだ。担当者はいう。

「この企業は人員削減の厳しいリストラには手をつけなかった。希望退職者をつのるゆるやかな社員数の減少はあったけれどね。物流の拠点を見直し、コンピューター技術を導入して、徹底的な効率化を図って復活した。今では、うちの会社の中西部六州の配送を担う巨大企業として再生しているよ。業績は絶好調だ。みんな、立原さんと本橋さんに拍手！」

ぱらぱらと気のない拍手が続いた。本橋は堅志にウインクをして寄越す。敵をつくるのが苦手な堅志は口を開いた。敗者への救済はいつだって必要なのだ。つぎにいつ自分が敗れて救われるか、わからないのだから。

「それはたまたまの結果に過ぎません。実際にはリストラをして業績を急回復させた物流企業もきっとあったはずです。本業回帰だけが正解であると思いこむのは危険です。成功体験は別なバイアスになるので、つぎに議論するときには一度リセットする必要があるんじゃありませんか」

三十代なかばのMBAが口元を引き締めたままうなずきかけてきた。本橋はやや不服そうだ。担当者がいった。

「立原さん、お見事でした。今回のディベートの音声は録音させてもらってるんだけど、そのまま新人研修の教材につかえるくらいのレベルだったよ。負けた側も勝った側もいい討論ができた。おめでとうをいわせてください」

担当者が堅志にうなずきかけてくる。堅志はどうにもその場から逃げだしたくてたまらなくなった。日菜子からならいいけれど、他の人間にほめられるのはどうも気がすすまなかった。

カフェテリアの喧騒（けんそう）のなか、本橋が思いだしたようにいった。

「だけど、昨日のハイライトはグループ討論じゃなくて、両角さんだよな。白状しろよ、ケンジ。おまえ、あの人となにかあっただろ」

あったもなにもない。佳央梨の名誉のためにも、事実は決して口にできなかった。それを話せば、かつて自分がこの企業の採用試験から逃げたことまで、話さなければならなくなる。

頭上から女性の声が降ってきた。

「そこ、空いてるかな」

堅志は一瞬で背中に汗をかいた。佳央梨がトレイをもって立っている。皿のうえにはアサリがたっぷりのボンゴレ。目ざとい本橋がいった。

「どうぞ、どうぞ。今、両角さんの話をしていたところなんです。ふたりはやっぱり気があうのかなあ。今日はパスタの気分なんですね」

佳央梨はわざとらしい笑顔を浮かべ、堅志のとなりにトレイをおいた。

「そうね、ここはパスタもおいしいもの。ボンゴレビアンコどうだった、ケンジ」

堅志の声はききとれないほどちいさくなった。

「……おいしかったよ」

堅志と同じようにスプーンをつかわず、フォークだけでたべ始める。本橋が余計なことをいった。

「なんだかたべかたまで似てるな」

あたりまえだ。大学の後半の二年間、週末同棲に近いような親密なつきあいだったのだから。佳央梨が平気な顔で爆弾を投げてくる。

「でも、愛妻弁当とかもってきてなくて、よかったよ。クニトモくんから結婚してないのはきいてるんだよね」

さあ、この場をどうやって切り抜けようか。コーヒーを買いにいくのはいいが、席をはずしているあいだに本橋が佳央梨になにをきくかわからなかった。昼どきのにぎやかなカフェテリアで、堅志はじりじりと燃える導火線を心に隠し談笑していた。

29

「企業研究のディベートはなかなかだったみたいね」

佳央梨はフォークの先で器用にアサリの身を殻からはずしていく。本橋がおどけた声をあげた。

「もし、ぼくがこの会社に合格できたら、半分はケンジのおかげかもしれないですよ。それくらいあざやかだった。オブザーバーも舌を巻くくらいでしたから」

堅志は視線でもうよせと訴えたが、本橋はあっさり無視した。

「ボストンでMBAとったやつ、なんか嫌味だっただろ。アメリカではとか、本場ではってうるさかったよな。いい気味だ、ざまあ、見ろ」

「あれはたまたまぼくたちが勝っただけだ。偶然だよ」

あの場でいったことは謙遜（けんそん）ではなく本心だ。本業回帰が絶対の正解ではない。勝つことにも、ほめられることにもなれていない堅志は、ひどく居心地がわるかった。

「そうかしら」

意味ありげに、佳央梨がフォークの先をうえにむけていった。

「研修の結果は、すべてリアルタイムで担当者に共有されてるんだ。わたしは立場上、すべての研修生の成績を見てるけど、Aプラスがついているのは、今のところ十人といないのよ」

本橋がうれしげにいう。

「ぼくとケンジがそのなかにはいってるんだ」

にっと前歯を凶暴にむきだして、佳央梨が笑ってみせた。

「さあ、それはどうかなあ」

佳央梨がおかしなからみかたをしてくるのが気がかりだった。本橋にはないしょで、釘を打っておきたい。

「ねえ、本橋くん、悪いけど食後のコーヒーを買ってきてくれないか。昨日のディベートがそんなによかったんなら、いいだろう。ぼくがおごるから、ホットのカフェラテ三人分」

堅志は自分のスマートフォンでQRコードを呼びだすと、本橋に向かって机のうえをすべらせた。本橋はそれには手をつけずにいった。

「いや、こっちこそおごらせてくれ。ケンジはこういってるけど、両角さんはラテでいいんですか」

「ええ、ラテは好きよ」

「なんでケンジは両角さんのコーヒーの好みまでしってるんだろうな」

ぶつぶついいながら、本橋がテーブルを離れていく。カフェテリアのテーブル越し、窓の外に広がる都心の樹々が色づきはじめていた。堅志は声量は抑えたが、つい激しい口調になってしまった。

「カオリ、どういうつもりなんだ。ほかの研修生がいるまえで、昔の話をしたり、変にからんできたりしてさ」

かつての恋人は素しらぬ顔で、パスタをフォークの先で巻いている。オイルソースにからんだちいさなアサリが哀れだ。

「へえ、わたし、なにかしたかしら」

「仮にも研修生を評価する立場で、情実にもとづいた判断をしたり、過去の個人的な関係がばれたりしたら、そっちだって問題があるんじゃないか。今だって、研修生の成績の話をばらしてる」

カタリと音を立てて、佳央梨がフォークをおいた。ナプキンでていねいに唇をぬぐっていう。

「わたしは情実にもとづいた判断をした覚えはないし、過去の関係のために評価を変えるようなこともしていないよ。ケンジはもっと自分の力を信じたほうがいいんじゃないかな。わたしはあなたがこのチャンスをまた放りださないか心配で、あなたのフォローをしてるだけ。それがうちの会社にとっても利益になる、そう信じてるの」

またいいまかされた。大学時代から、口げんかで佳央梨に勝ったことはなかった。

「そうはいうけど……」

「あのね、担当者は、ケンジのことをとてもほめていたんだよ。それもディベートにあざやかに勝ったからじゃない。あなたが負けた側にもきちんとフォローして、チームとして、つぎにまた戦えるように気を配っていたところを、ちゃんと評価していたんだよ」

堅志は昼どきのにぎやかなカフェテリアで、したをむいてしまった。そんなつもりで敗者に手をさしのべたのではなかった。つぎはきっと自分が負けるはずだ。そのとき厳しい反撃をもらうのが嫌だったのである。堅志はこの十年近く、仕事でも対人関係でも、なにかに勝利したことはなかった。負け続けの人生だ。

「あーなんだか、いらいらしてきた」

驚いて顔をあげた。佳央梨の目の光が強くなっている。心なしか目の端がつりあがっているようだ。まずい、火がついてしまった。けんかでも、試験勉強でも、ベッドでも、こうなると佳央梨は手がつけられなかった。

「どうして、そんなに自分を低く評価するのかな。誰もケンジのことを責めていないし、欠点を探そうともしていないよ。それなのに、あなたは自分からダメなところをあげては、謝ってばかりいる」

佳央梨のいうとおりだった。なぜかはわからない。自分のなかには絶対的な弱さがあって、それだけは誰にも負けないのだ。いつもネガティブで悪い結果ばかり予想し、人生をかけた大切な勝負からはずっと逃げ続けてきた。

「いい？　ケンジのことを応援してくれる人もいるんだよ。自分の思いこみだけじゃなく、ときには外の世界に全部ゆだねてみたら。きっとあなたの実力を、みんなが正確に判断してくれるよ。それは情実とかひいきとかじゃなくてね」

佳央梨が真剣な顔で堅志の目を見つめてくる。ここが会社の最上階にあるカフェテリアでなければ、腕を伸ばして堅志の手をとりそうだった。

「いい、わたしからの真剣なお願いだよ。ケンジ、もうすこしだけ自信をもって」

ため息をつきそうになった。自信をもつとか、誰かと全力で競うというのは、堅志の生きかたのなかには存在しないものだった。魚に飛べといったり、鳥に地に潜れというようなものだ。堅志の返事はあやふやになった。

「……それは、その、がんばってみるけど……」

トレイにコーヒーカップをみっつのせて、本橋がやってくるのが見えた。上機嫌でにこにこしている。

「最後にひとつだけいい？　本橋くんからきいたんだ。ケンジは今、同棲してるんだよね」

驚いた。本橋は案外おしゃべりな男だ。こちらにむかってくるテディベアのような丸っこい身体が憎らしくなる。佳央梨が自分のプライベートに探りをいれてくるのも想定外だ。佳央梨がわざとらしい笑顔をつくった。本橋の視界にはいっているのを意識しているのだ。

「誰とつきあおうが自由だけど、その人、あなたの力を認めて、きちんと引きだそうとしてくれる人なのかな。それとも、ただいっしょに沈んでいく人？　一生の問題なんだから、ちゃんと考えたほうがいいよ」

鋭い矢が胸に刺さった。ひどく内気な日菜子のことを思いだす。世界にまともに顔をむけられない。その弱さが堅志と日菜子の共通点だった。日菜子は決して、厳しい闘いの場に堅志を送りだすことはないだろう。もしかしたら、ふたりで一生あのレインボーハイツに住むことになるかもしれない。それは嫌だという気もちと同時に、そうやってちいさな穴のなかでぬくぬくと暮らす、あきらめに似た幸福感も十分に想像できた。

三十歳になった自分の人生を、これからどう生きていけばいいのか、まったくわからなくなる。だいたい人生なんて言葉自体が、堅志には重すぎるのだ。

目のまえにコーヒーカップがおりてくる。本橋がにこやかにいった。

「なんだか、いい雰囲気だったな、おふたりさん。ぼくがいないあいだにデートの約束でもしてたんじゃないよな」

堅志はすこしむかっときて、皮肉をいった。

「誰かさんが、ぼくの最近の恋愛事情をリークしてくれたから、両角さんに責められたよ。自分のためにならない女性とはつきあわないほうがいいってさ」

本橋はまるで反省していなかった。スティックシュガーとスプーンを配りながらいった。

「そいつは正論なんじゃないかな。いくらかわいくて、そこそこエッチがよくても、生涯のパートナー選びは慎重にしなくちゃな。昔からいうだろ」

腕利きだというプログラマーは、小鼻を広げていった。

「男の価値は女で決まるって」

佳央梨が勝ち誇ったようにいう。

「ラテありがとう。それはそうだよね、本橋くん」

堅志はあわててカフェラテをすすり、舌の先を火傷(やけど)した。視線を遠く渋谷方面の街なみに逃がして、心のなかで日菜子のいいところをかぞえようとした。いつもならかんたんなのに、そのときにはなかなか思い浮かんでこない。あせりながらラテをのむと、口のなかでさらに火傷が広がった。

30

日菜子は駅の近くにあるカフェにきていた。コーヒー一杯が五百円もする、ひとりならくることのないおしゃれな店である。日菜子は外でお茶をするときは、ひとりならいつも一杯二百円の店にいく。倹約は日菜子の第二の天性だった。

「へえ、まあまあのカフェだね」

藤沢裕実が店内を見まわして、小馬鹿(こばか)にしたようにいった。カフェのなかには木枠のフレームが組まれ、そこから観葉植物の鉢がさがっていた。ガラス張りの温室のような雰囲気だ。

日菜子の声はちいさかった。

「……それは都心のとがったカフェにはかなわないよ」

奮発して六百円のカフェオレを注文していた。スタンドコーヒーの二百円のものより、とり立てておいしいというほどでもない、普通のオレだ。保険会社に勤める裕実がこの私鉄沿線に住む客と商談があるというので、久しぶりに約束したのである。裕実は身体の線にぴたりとあったパンツスーツで、日菜子はパート帰りだが、去年セールで買ったカシミアのセーター姿だった。

「みんなはどうしているの」

日菜子はこの街を離れる機会がすくなかった。あまり都心へいきたいとも思わない。裕実は仕事柄外出が多いので、ひんぱんに学生時代の友人とも会っているようだ。

「みんな、変わらないよ。英美子はレスでダンナに文句たらたらだし、友里は最近韓流アイドルにはまってコンサートツアーを追っかけてるみたい」

旧姓・川村英美子は、四人組のなかよしのなかで唯一の既婚者だった。セックスレスは出産後からで、まだ解消されていないらしい。堀友里は家がお金もちなので、優雅なニート生活を続けているようだ。それなりにつらいこともあるだろうが、ふたりとも幸福そうだ。

「日菜子の彼はどうしてるの」

最近、どこか元気がないように見える堅志のことを考えた。

「今、バイト先の会社の特別研修にいってるの。うまくいけば、正社員になれるかもしれない」

「それは……よかったじゃない」

そういう裕実の表情が冴えなかった。日菜子は気にかかったがスルーした。あまり人の内面に干渉するのは好きではない。というより人と積極的にかかわるのが怖かった。日菜子は母親に自分を否定されて育てられた。世のなかは怖いところだし、おまえは不器用で賢くもないし、女としての魅力がとぼしいから、いつも控えめで謙虚でいなければ、必ずひどい目に遭う。子どものころから、そう教えられてきたのである。

「ケンジくんが働いているのって、あそこだよね」

アメリカに本社をおくEコマースの会社の名前をあげた。

「そうだよ」

「じゃあ、正社員になれば、もう未来は安泰だね」

簡単にそうことが運ぶのだろうか。外資系の企業は実力主義で、成績が悪ければすぐに首を切られることもあるときく。

「そんなことないと思うけど」

裕実は意外なことをいった。

「なんだか、日菜子がうらやましいな。ケンジくんってまじめでしょう。大学もいいところだし、きっと正社員になれるよ。わたしね、実は日菜子と自分は同じパターンにはまってるって思ってたんだ。同じ悩みを抱えているんだって」

日菜子は顔にはださないように注意したが、内心驚いていた。保険会社の営業職でばりばり仕事をしている裕実と、郊外のスーパーでレジ打ちをしている自分が同じとは、到底考えられなかった。

「ほら、日菜子の彼もアルバイトでしょう。みんなには秘密にしてるけど、わたしがこの二年くらいつきあってる彼もアルバイトなんだ」

初耳だった。急に興味がわいてくる。日菜子のように控えめな性格でも、やはり人の色恋には興味が湧く(わ)ものだ。

「彼、どんな仕事してるの」

裕実が笑った。感じの悪い笑いかたではなかった。女子同士なら、彼の話をしてどんなふうに笑うかで、その男をどんなふうに感じているのかだいたいは想像がつく。セックスレスの英美子が夫を笑うときは、ほとんど皮肉かあざけりを含んでいる。今の裕実の笑いには好意があった。

「ばらばらだよ。ほんとに大学生のアルバイトみたい。ガードマンとか、引っ越し屋さんとか、ときにはバーテンダーとか。ほんとのアルバイトだから。彼の本業は役者なんだ。まだぜんぜん無名だし、お金にもならないんだけどね」

そちらのほうだったのか。日菜子は驚いていた。一番堅い就職先を選び、一番身を削って働いているように見える裕実が、もっとも不安定な仕事をする男を選んでいる。それが人間のおもしろいところなのかもしれない。

「役者さんだと、うちの彼より一段とたいへんかもしれないね」

堅志はただ新卒採用に失敗しただけで、今も正社員として普通に働くことを望んでいた。俳優志望ではこの先も本業はあくまで演技のなかにあるはずだ。

「うん、なかなかね。ずっと夢だけ見て生きていくのか、それともどこかで方針転換をするのか。近くにいるわたしにもぜんぜんわからない。そうだ、今度下北沢のミニシアターで彼の芝居があるから、ケンジくんと観にきておいでよ」

「わたし、あまりお芝居とか観たことがないんだけど。すごくむずかしい演劇とかじゃないよね」

裕実が手を振って笑いながらいう。

「ぜんぜん違うよ。本人たちは商業演劇のつもりだから、ちゃんと売れ筋を狙ってるんだけど、なんだか自然におかしな方向にずれちゃってるっていう感じかな」

日菜子は自然に口にしていた。

「だけど、なにか自分の人生でほんとうにやりたいことに出会えた人って、すごいよね」

生涯をかけるテーマや夢。自分にはそんなものはなかった。それは一部の才能のある恵まれた人だけのものではないだろうか。だが、堅志はどうなのだろう。日菜子は堅志のなかに普通の男性とは違ったなにかを感じていた。堅志は心の奥深く、誰にも口にしない秘密や夢を抱えているように見える。それは、一年いっしょに暮らしたくらいではわからないほど、深くに沈んでいるのだ。

裕実も自分なりの思いを抱えているようだ。

「わたしもそれはときどき思うよ。男の人って、自分の人生をすべて棒に振ってもかまわないっていうふうな決断をするときがあるよね。損とか得とかじゃなく、世間の目なんか気にしないで。ああいうとき、やっぱり男ってすごいんだなって思う。まあ、うちの会社でいっしょに机をならべてる人には、そんなことぜんぜん思わないけどさ」

日菜子は思わず笑ってしまった。女性が男性を見る目は両極端なのだ。ひどく高く評価するか、あるいはまったく評価外か。それからふたりは世のなかの数々の男たちの話をした。日菜子はよく笑い、ときに腹を立てたが、冷めたオレをすすりながらつねに考えていたのは、堅志のことだった。

あの人の胸の底にある思いはなんなのだろう。人生のなかで実現したいと堅志が願う夢や価値はなんだろう。自分はその役に立つのだろうか。あるいは役に立たなくてもいいけれど、堅志はそれがかなうとき、保木日菜子という女性を必要としてくれるだろうか。

ふたりで暮らして一年がたったけれど、日菜子は自信をもってイエスとこたえることはできなかった。

カフェをでたとき、空はすっかり暗くなっていた。駅まえのネオンがまぶしく低い雲を照らしている。これから役者の彼とのみにいくという裕実に日菜子はいった。

「わたし、むこうに自転車とめてきたんだ。ここでね」

食屋があるんで、そこにいきましょう。さっと食事をして帰ることにします」

板垣が腕時計に目をやった。日菜子はその黒い文字盤の時計がロレックスであるのに気づいた。日菜子にはスイス製の高級時計は無縁だ。これは堅志には絶対に秘密にしなければいけない。日菜子はそう決心したが、それでも胸の弾みはとまらなかった。

板垣と日菜子は駅の反対側にあるレストランにむかって、適度な距離をとりながら肩をならべて歩きだした。

31

堅志はスマートフォンをかざして、自動改札のようなガラスの保安ゲートを抜けた。ここで働くのは、毎日出入国を繰り返すようなものかもしれない。社内の文化も完全に、日本風というよりは米国流だった。

すっかり暗くなった恵比寿ガーデンプレイスの広場をとおり抜け、JR恵比寿駅にむかう。アメリカ橋の横断歩道をわたると、その先は空港のような動く歩道が数百メートルも続いて、駅の改札まで運んでくれる。自分の住む街とはあまりに違うので、動く歩道で運ばれる堅志自身がすこしだけ高級になった気がするほどだった。

二本目の動く歩道にのり継いだときだった。ぽんっと肩を軽くたたかれて、堅志は跳びあがりそうになった。振りむくと、佳央梨が笑っていた。息が荒く、頬が赤い。

「やっと追いついた。ガーデンプレイスで気がついたんだけど、ケンジがやけに速足だから。そんなに急いで、なにか約束でもあるの」

一日の研修をようやく終えた気安さだろうか。それとも社外にでてしまえば、もう研修生と正社員の関係がリセットされて、大学時代の友人にもどったのか、自分でもわからない。堅志は気軽にこたえていた。

「そんなものないよ。ただ帰って、晩飯くって寝るだけさ」

ベッドのとなりに日菜子がいることはいわなかった。

「そうなんだ。わたしと同じだね。あのさ、わたし、ランチタイムにちょっときついこといいすぎたかなって反省してるんだ。時間があるなら、夕ごはんいっしょにたべない。わたしのおごりだよ」

日菜子にあまり心配をかけるのは嫌だが、すこしくらいならいいだろう。本橋ぬきのふたりきりで、社内のことを詳しくきいておきたい気もする。まだ本社のなかで日本人がどんな風に働いているのか、まるでわからなかった。人事制度や評価の仕方も未知のままだ。堅志はそう理屈をつけてから返事をした。

「ああ、軽くならいいよ。おごりでなく割り勘で。カオリにはいろいろと会社のことをききたいしね」

佳央梨がにっと笑っていった。

「会社ではほとんど両角さんだったから、なんだか調子がおかしかったよ。わたしのほうはケンジはずっとケンジのままだったのに」

動く歩道の同じステップのうえに、学生時代の恋人同士が立っていた。ビール会社の広告が背後を流れていく。こういうとき昔のトレンディドラマなら、劇的にアレンジしたテーマ曲が流れて一気に盛りあがるんだろうなと、堅志は考えた。

「恵比寿西に静かで会社の人がこないガレットの専門店があるんだ。駅からちょっと歩くけど、そこでいいかな」

「うん、ぼくは恵比寿には詳しくないから、セレクトはカオリにまかせる」

「お店を選ぶのは、大学のころだって、いつもわたしだったよ。ケンジはもともと食欲そんなにあるほうじゃなかったよね」

「そうだったかな」

こまかなことは忘れてしまった。もうオリンピック二回分も昔の話である。堅志は動く歩道で佳央梨と駅にむかってなめらかに運ばれながら、日菜子にはこのことは絶対に秘密にしようと考えていた。

あとで今夜は夕食は外でたべるとラインしておこう。日菜子はどんなに堅志が遅くなってもひとり分の夕食を必ず用意しておいてくれるのだ。堅志は日菜子がいじらしくなったが、同時に奇妙なほど胸がわくわくしていることに驚いていた。

佳央梨とはこの先もなにもないはずだ。そう思うのだが、やはり胸のときめきは抑えられなかった。堅志は恵比寿駅まえの明るい街の灯を眺めて深呼吸した。動く歩道のように始まったばかりの夜が自分をどこに運んでいくのか、まったく予想はつかなかった。

32

その夜、堅志がレインボーハイツに帰り着いたのは、十一時をすこしまわったころだった。佳央梨との話が盛りあがってしまいこんな時間になってしまった。鮮やかな緑色の扉には、貼(は)り紙がしてある。佳央梨と夕食をとったことがばれて、日菜子に閉めだされたのかと、一瞬胸がどきりとした。近づいて文面を読んでみる。

1 0 1号室のおふたりさんへ
先日はたいへんお世話になりました、1 0 3の土田です。

妹が明日、こちらにくるんですが、おふたりにお礼をしたいといっています。

夕食をいっしょにたべるのは、どうでしょうか。

駅の近くにいい店をしっています。明日の七時半でどうでしょうか。

いきなりですが、よろしくお願いします。


スマートフォンとSNSの時代に、手書きの貼り紙か。堅志は苦笑いしてしまった。しかもいきなり明日の夕食の誘いである。偏屈で人嫌いな土田らしい手紙だった。だが、考えてみると、ラインの交換を堅志も日菜子も、土田とはしていなかった。

玄関を開けて、室内にはいると日菜子がなぜかばたばたとあわててやってきた。風呂あがりのようだ。タオルで髪をはさむようにふいている。貼り紙を見せながらいった。

「こんなのがドアに貼ってあった。ヒナちゃんは見なかったの」

日菜子はかすかに赤い顔をしている。

「……うん、わたしが帰ってきたときにはなかったみたい」

堅志は就活用のジャケットを脱いで、ハンガーにかけた。毎日着ているので、なんだかジャケットに慣れてきた気がする。あまり窮屈にも感じなくなってきた。

「へえ、そっちは何時に帰ったの」

日菜子の返事は妙に歯切れが悪かった。

「うーん……一時間くらいまえかな……駅でお友達に会って、夕ごはんたべてた」

「ヒナちゃんが外食なんて、めずらしいね」

「ほんと、偶然ってあるんだね、びっくりした」

堅志は女友達だと頭から思いこんでいるので、その先はきかなかった。貼り紙をわたしていった。

「それより、これ、どうしよう。ちょっと面倒だけど」

日菜子は文面を走り読みしていった。

「いいんじゃないかな。きっと土田さん、勇気をだして、わたしたちを誘ったんだよ。わたしはスーパー早番だし、ケンちゃんも七時なら帰れるよね」

特別研修には残業はなかった。まっすぐ帰れば余裕で間にあう。堅志はシャツのボタンをはずしながらいった。

「うん、明日はさくっと済ませよう。まだ研修中だしね」

「わかった。わたしも用意しておくね」

「了解、ぼくもお風呂いってくる」

日菜子から顔をそらして、ユニットバスにむかう。佳央梨は香水をつけていなかったけれど、どこか他の女のにおいが残っている気がして、堅志はすぐに身体を流したかった。


その夜、堅志は日菜子の隣でなかなか寝つけなかった。

佳央梨に代表される伸び盛りの外資系企業の正社員の世界と、日菜子と世捨て人のように暮らすアルバイトの世界を、つい比べてしまう。恵比寿にあるガラス張りのインテリジェントビルと郊外の駅まえに建つ巨大倉庫を考えてみる。高い年収といつまでたってもさしてあがらない時給、アルバイトではボーナスもない。佳央梨にきいたけれど、正社員のボーナスは働きに応じて株式で配られるそうである。社員の誰もが自社の株価をあげようと必死だそうだ。ちなみにあの会社の株は、去年一年間で五〇パーセント近い上昇を記録している。

寝息を立てる日菜子の横顔を、堅志はちらりと見た。もちろん完璧な美女などではないが、童顔なので二十八歳になっても少女のような素朴なかわいらしさがあった。

見ていてほっとする穏やかさが、日菜子にはある。

そこに意志的な顔立ちをした佳央梨を重ねてみる。鼻筋は佳央梨のほうが彫りが深い分、まっすぐで高いだろう。目は日菜子のほうがおおきい。唇が肉感的なのは、佳央梨のほうだ。癒し系の日菜子とクールビューティの佳央梨。まるで対照的な女性だった。

堅志は不思議だった。大学生のときには採用試験から逃げだし、二十代のほとんどをアルバイト生活で送ってしまったこんな自分を、ふたりの女性が選んでくれた。それが奇跡的な出来事のように思える。

なぜ、佳央梨はこんなふうに落ちぶれた同級生をいまだに気にかけてくれるのか。なぜ、日菜子は将来などないその日暮らしの自分を選んでくれたのか。堅志にはどちらもまったくの幸運であるようにしか思えない。

手を伸ばし、日菜子の頬にそっとてのひらを添わせてみる。ひどくやわらかで、指を押し返してくる弾力があり、なによりあたたかかった。自分以外の人間が、隣で眠っている。いっしょの暮らしがいくら長くなっても、堅志にはそれが驚きだった。

33

特別研修三日目の前半は、映画鑑賞だった。

このネット通販の会社をつくったファウンダーの生涯は、アメリカのケーブルテレビ会社によって映画化されたという。本社の宣伝部もその映画には積極的に関与したそうで、公式推薦の作品となっている。アメリカ映画らしい、庶民のひとりが素晴らしいアイディアを発見し、努力と苦闘の末大成功を収めるストーリーだった。堅志は自分でもくすぐったくなるような感想文を書いて提出した。

後半は現在進行形のEコマース事情の講義がふたコマ続いた。こちらはかなりの情報量で、堅志も頭をフル回転させなければついていけないほどだった。変化が速く、毎週のように新業態のネット通販があらわれるネット先進国の最先端について、堅志は興味深くきいた。

定時に特別研修を終えると、ガラス張りの保安ゲートで本橋が待っていた。束ねた長髪の先をキャップのうしろに垂らし、スタジアムジャンパーを着ている。

「やあ、ケンジ。今日は両角さんとはからみがなかったな」

内心ひやりとしたが、気安く返事をした。

「お疲れさま、そっちも帰り？」

にやりと笑って、プログラマーがいった。

「ああ、今日はつきあってもらうぞ。両角さんにはきいてるからな。昨日、いっしょにめしをくったんだってな」

まったく佳央梨はなぜ、これほど自分たちのことをオープンにするのだろうか。鎖ででも縛りつけておきたいのか。

「それ、両角さんにきいたのか」

「そう、たのしそうに教えてくれたよ。彼女、ケンジの昔の恋人なんだってな。それなら最初からそういってくれればいいのに」

そんなことをいえるはずがなかった。もし、佳央梨が結婚していたり、新しい相手がいる場合には、なにがあっても隠しておきたい情報のはずだ。本橋が堅志の腕をつかんだ。

「いいから、ちょっといっぱいやっていこう。ぼくがおごるから」

堅志は腕時計を見た。まだ時間がある。

「今夜は地元で食事会があるんだ」

「なんだよ。じゃあ、三十分でいいや。新情報もあるしな」

恵比寿ガーデンプレイスを抜けて、動く歩道にのった。ふたりがむかったのは駅の裏にある立ちのみのバルで、スペイン風のタパスがたくさん揃った人気の店だ。午後五時すぎでも店は半分ほど埋まっていた。スペイン産の発泡ワインを注文した。つまみはイカとチーズのフライに、生ハムだ。乾杯をすると、本橋がいった。

「おれが情報をちゃんと仕いれてきたからな。両角さんは、二年ばかり昔に婚約破棄したんだって。なんでも、相手の男がろくでもなかったらしい。結婚直前でも四股とかね」

堅志はのみかけのカヴァを吹きだしそうになった。

「なんなんだ。そういう情報はいらないから」

そういいつつ、内心では佳央梨もそれなりに苦労したんだなと考えていた。この不思議な満足感はなんなのだろう。

「それで、しばらくのあいだ両角さんは仕事に燃えて、今のポジションに昇進したらしい。そこへ自分が担当する特別研修に、おまえがいきなりやってきた。大学時代の恋人がな。なんだかハリウッドの恋愛映画みたいじゃないか。女のほうが優秀なエリートで、男のほうが……」

思わず堅志は苦笑いしていった。

「はっきり、落ちこぼれのアルバイトっていっていいよ」

イカフライを口に放りこんで、本橋が笑いでごまかした。

「まあ、そんな感じだ。そういうロマンチックな偶然を、運命というんじゃないのか。ふたりは今また、出会うべくして出会ったんだよ」

ものはいいようだった。本橋は他人事なので、おもしろくてたまらないらしい。

「そんなロマンチックな偶然が、そうそううまくいくもんか」

本橋は横目で堅志を見た。背後の壁に貼られたイビサ島のポスターでは、ブラジリアンビキニをつけたモデルが砂まみれでカクテルグラスをかかげている。

「いっしょに暮らす女性がいるからか」

返事に詰まった。日菜子のことは極力口にださないようにしている。こちらの世界の住人ではないのだ。恵比寿と郊外では同じ国とは思えないほど生活が違う。

「だけど、ケンジはぼくとは違うだろ。相手の人には悪いけど、結婚もしていないし、子どももだっていない。いくらでもやり直せるじゃないか」

堅志は急に酸っぱく感じる発泡ワインをのんで黙りこんだ。急に別れることになったら、日菜子はどうするだろうか。きっと泣くだろうが、騒ぎ立てることはなく、さっと自分から身を引いてしまいそうな気がした。短いあいだだったけれど、ありがとう。ケンちゃんといっしょで、わたしは幸せだったよ。頭のなかに日菜子の声で、その台詞が再生されて、堅志はあやうく涙ぐみそうになった。

「そうかもしれないけど、問題はそんなにかんたんではないんだよ」

本橋はまるで堅志の心模様など気にかけなかった。これが空気を読まない強さだろうか。

「奥さんがいなかったら、おれが立候補したいくらいだよ。両角さんは美人だし、優秀だし、ベッドのほうもすごそうだ。頭がいい人ほどやらしいからな。おっと、そっちのほうは、ケンジのほうがよくわかってるよな」

もうアルコールがまわってしまったのだろうか。堅志も頭のなかで日菜子と佳央梨のベッドでの振る舞いをつい思いだしてしまった。耐える日菜子と情熱的な佳央梨。どちらにも素敵な味わいがあって、一方が優れているとは決められない。堅志はグラスの残りをひと息で空けて、にやついているプログラマーにいった。

「もうこの話は終わりだ。それより新しい情報ってなんなんだよ」

「あー、ついおもしろいほうを先に話しちゃったな。秋までの採用計画の人数に比べて、今のところぜんぜん新戦力が足りないらしい。うちの会社、日本でも急激に伸びてるからな。今回の特別研修に呼ばれてるやつは、よほどの問題を起こさない限り、全員採用らしいぞ。正社員としてさ」

最後の言葉で、堅志の胸が痛いほど波打った。あれほどあこがれていた昇給とボーナスと年次有給休暇と厚生年金のある正社員への道が、これほど容易に開けるとは。これまでの百社を超える履歴書書きと、はねられ続けた三十を超える面接はなんだったのだろう。

「そうなんだ。それはいい情報だな。ありがとう」

特別研修はまだ続くけれど、これですこし肩の荷がおりた。優秀さを無理やり証明しようと背伸びしなくとも、自然体でカリキュラムをこなせるだろう。堅志が腕時計を見ると、本橋が気をきかせていった。

「そろそろ時間だろ。うちの奥さんが、ディベートでＭＢＡもちのエリートをやっつけた話をしたら、ぜひケンジに会いたいってさ。今度、うちの近くの公園でバーベキューでもやらないか。いいところがあるんだ」

最後に生ハムを丸めて口に放りこむと、堅志は千円札を二枚テーブルにおいた。

「おれのおごりっていったんだから、いいって」

卑屈に見えないように笑顔で返した。

「いや、いいんだ。誰にも借りをつくらない主義なんで。じゃあ、また明日」

堅志は恵比寿駅近くのバルをでると、改札目指して大股で歩いていった。

34

地元の駅をおりると、もう空はすっかり夜の色だった。帰宅者の群れとホームを歩きながら、空を見あげる。郊外でも星のすくない空だ。

駅まえで、日菜子の姿を見つけた。ふんわりとしたロングスカートに、白いジージャンを重ねている。土田はたぶん洗濯したてのジャージで、今度結婚するという妹の沙智は紺のタイトスカートのスーツだった。以前と変わらない国語教師のようなスタイルだ。

集合時間の七分まえだが、堅志は声をかけた。

「お待たせしました。なんだか、めずらしい組みあわせですね」

無理もない。偏屈な土田といっしょに食事をした人間など、あのハイツには誰もいないはずだ。沙智がさっと頭をさげた。

「いつぞやは兄がご迷惑をおかけしました。父と母に話をしたら、ぜひきちんとお礼を伝えてくれといってました」

隣に立つジャージの大男に目をやった。居心地わるそうに、暗くなった夜空を見あげている。そうか、開きたくもない食事会は故郷の親からの命令だったのか。

「おう、久しぶり」

照れ隠しで、ぶっきらぼうにいうと土田が駅にむかって歩きだした。背中越しにいう。

「おれがたまにいくレストランがあるんだ。駅のむこう側で、ちょっとばかり歩くんだが、なかなかの店なんだ」

北口から七、八分ほど歩くと、静かな住宅街だった。マンションと一戸建ては半々で、たまにまぶしいコンビニが目を引く。そのなかにめずらしいログキャビン風の建物がある。手前には数台の駐車スペースがあり、白線が走っている。

「ここだ。たいして高級な店じゃないが、どれをくってもうまいぞ」

重い木のドアを開いて、土田が先に店にはいった。ドアにつけられたカウベルが鳴った。テーブルと椅子(いす)は分厚い無垢材(むくざい)で、床にはあちこちにエスニック風のラグが敷かれている。客はすくなく、ちょうどいれ替わりにでていくところだった。

「紘(こう)ちゃん、いらっしゃい」

店主は、年齢のわからない小柄な女性だった。黒いタートルネックにデニムエプロンを締めている。驚きは、土田がしたの名前で呼ばれたことだった。

「お客さまはひと組だけなので、どこでもお好きな席に座ってください」

日菜子が店のなかを熱心に観察していた。どうやらかなり気にいったようだ。天井ではゆるやかにシーリングファンがまわっている。うえはロフトになっているようだ。

「おー、勝手にやるから、おばちゃん、料理始めてくれ」

土田はカウンターにいくと、人数分のグラスと水差しをもってきた。席はフロアの中央にある八角形の大テーブルにした。土田が水を注いでくれる。

「料理はコースで頼んでるから、たのしみにしていてくれ。酒はビールとワインがあれこれある。最初はビールでいいよな」

またグラスとビールをとりにいく土田の姿が新鮮だった。この店では自分の部屋にいるよりもリラックスできるようだ。日菜子がいった。

「ここ、すごくいいお店ですね。ぜんぜんしらなかった」

駅の反対側にあるし、住宅街の隠れ家的な店なので、無理もなかった。ビールのグラスをまわし、とりあえずの乾杯をしたあと土田がいった。

「これからもひいきにしてやってくれといいたいところだが、この店もあとふた月足らずでおしまいだ」

　沙智がいう。

「どうしてなの、お兄ちゃん」

　ヘルメットでもすっぽりはいりそうな大鉢にサラダを盛って、店主がやってきた。

「紘ちゃんはおばちゃんって呼んでくれるけど、わたしはすっかりおばあちゃんで、もう引退することにしたんです。このひざがいけなくてね」

　これが四人分なのだろうかというくらいの野菜の分量だった。レタスはほぼ丸々一個、セロリも太いものを丸々一本スライスしてある。土田が先にさっと動いて、カウンターからドレッシングの鉢をもってきた。

「紘ちゃんはいつも気をきかせて、先に動いてくれるんですよ。やさしい子だから」

　堅志は日菜子と目を見あわせた。自分の部屋の玄関先に自転車をとめたというだけで、小学生の男の子を怒鳴りつけるのが、いつもの土田紘一だった。意外である。

「へえ、そうなんですか。わたしもお手伝いしていいですか」

　そういうと日菜子も席を立って、配膳(はいぜん)の手伝いを始めた。土田はドレッシングをスプーンでかきまぜながらいった。

「こいつは十種の野菜のサラダなんだけど、このドレッシングがうまいんだよ。野菜嫌いのおれでも、こいつがあればいくらでもくえちまう」

大鉢のサラダにたっぷりとまわしかける。濁ったオリーブ色で、細かな繊維がたくさん見えた。土田がいった。

「嫌いな野菜もあるだろうから、あとは各自勝手にやってくれ」

堅志は小皿にバランスよく野菜をとった。フォークでキュウリをとって、ひと口たべてみる。オリーブオイルとガーリック、野菜とフルーツの甘み。確かに土田のいうとおり、サラダがおかずになるような濃厚なドレッシングだった。塩味はアンチョビだろうか。自分もばりばりとレタスをたべながら土田がいった。

「店を閉めるのはしかたないけど、このドレッシングだけ誰かに教えてやってくれないかな」

日菜子がもどってきて、テーブルに紙ナプキンと塩と胡椒のミルをおいた。席に着くと、さっそくサラダを口にいれた。

「あっ、このドレッシングおいしい」

土田が自分でつくったかのようにいばった。

「そうだろ、どんどんくってくれ。このあとのラザニアも、牛カツもうまいから」

そうか、イタリアンの店なのか。堅志は店の細部を見わたしていった。壁際には古い型の高級オーディオセットが見える。スピーカーはイギリス製のタンノイだ。

「あれ、土田さんがセッティングしたんですか」

「ああ、全部中古品だ。新品なら百万はくだらないが、全部で二十万とかかってないぞ。あとで音をきかせてやる」

天井も高く、壁はすべて太いログを組みあげてつくられている。これなら音がいいのは確かだろう。すくなくとも今、堅志が住む安普請のハイツよりはずっとましなはずだ。黙ってサラダをたべていた日菜子が真剣な表情でいった。

「あと二カ月でお店を閉めるって、もったいないですよね」

ラザニアとイタリア風野菜の煮物をもってきた店主がいう。

「実は去年まではうちの旦那(だんな)といっしょにふたりでこの店をやっていたんですよ。でも、むこうのほうが先に逝(い)ってしまって」

土田がしみじみといった。

「おばちゃん、なかなかもてる人でさ、旦那のほうが十歳も年下だったのに、病気で先にな」

日菜子は四等分にラザニアをとりわけながらいう。

「そうだったんですか。じゃあ、お店は今、おひとりで」

「そうなんですよ。料理のほうはいいんだけど、こうして給仕するのがたいへんでね。でも、新しい人を雇う気にもなれなくて。息子夫婦は千葉で暮らしているし、まあ、わたしの代でこの店はおしまいだね」

堅志は日菜子を見たが、日菜子にはこちらが目にはいらないようだった。真剣な顔でラザニアを味わっている。静かにいった。

「これも、おいしい」

どうも日菜子の様子がおかしかった。こんなふうに考えごとを始めてから、いきなりなにか重大なことをいいだすのが日菜子の癖だ。同棲(どうせい)を始めるときも、堅志がそんなことを考えるまえに日菜子のほうから、いきなりいいだしてきたのである。

「あの、わたし、今駅ビルのスーパーでアルバイトしているんですが、その空き時間こちらで働かせてもらえませんか。お給料はなしでいいです。その代わり、おばさまにお料理を習いたいんです」

なにをいっているのだろうか。無給で働く。その代わり料理を教えてもらう。堅志には意味が分からなかった。確かにもともと日菜子は料理好きである。店主が返事をするまえに、土田がいった。

「この店も貸しにだされることになるし、食器も厨房(ちゅうぼう)の機械も全部そろってる。居抜きで借りて、店をやるのも悪い話じゃないよなあ」

堅志は土田の顔を見た。満足そうなひげ面が憎らしいほどだ。最初からこの店と日菜子を結びつける気だったのだろうか。

堅志は店の名前が刷られた紙ナプキンを読んでいった。

「ピッコロ……なんて読むんですか」

銀髪の店主がいった。

「ピッコロ・フェリチタ。イタリア語で、ちいさな幸せという意味なの。わたしと十歳したの夫が駆け落ちして始めた店なのよ。わたしは、坂上光枝。あなたの名前はなんていうのかしら、お嬢さん」

日菜子はさっと木の椅子から立ちあがると叫ぶようにいった。

「わたしは保木日菜子です。土田さんと同じレインボーハイツに住んでいます」

堅志はあきれて、同棲相手の自己紹介を眺めていた。自分も名のったほうがいいのだろうか。確かにおいしいラザニアをたべながら、土田のほうを見る。四十代の独身フリーターは目があっても、素知らぬ顔で視線をそらすだけだった。

35

その夜、眠りにつくまえに堅志はとなりにいる日菜子にきいた。

「さっきのお店の話だけど……」

明かりを落としたベッドで横顔をそっと盗み見た。胸がどきりとするほど真剣な顔で、日菜子は天井をまっすぐに見つめている。遅れてきき返してきた。

「ん、なあに」

「ヒナちゃんはほんとうにあの店をやりたいのかなと思って」

じっとハイツの安っぽいクロス貼りの天井を眺めてから、日菜子はいった。

「ほんとは自分でも、よくわからない。でも、なにかを見つけたって気があのときはしたんだ」

堅志は驚いていた。普段なら引っこみ思案で、自分からあんなに熱心に仕事の手伝いを申してることなど考えられない。あのログハウス風の感じのいい店は初入店だったし、当然店主のおばあちゃんとも初対面である。

「なにかを見つけたって、どういうこと？」

日菜子はこちらのほうを見なかった。自分の考えに夢中なのか、それとも堅志を今は見たくないのか、視線があわない。堅志は身体を硬くして、日菜子の言葉を待った。

「最近、いろいろとあったでしょう。うちのハイツはおかしな人ばかりだから」

そう日菜子がいったタイミングで頭上から、叫び声がきこえた。

「この浮気者、なんでほかの女ばっか、いくの」

二階の日本人の男とフィリピーナの恒例の夫婦げんかだった。堅志はあまりの間のよさに短く息を吐いて笑ったが、日菜子はにこりともしなかった。

「でも、なにより迷っていたのは、ケンちゃんのことだった。ケンちゃんが今の会社で正社員になれたら、それはうれしいけど……」

日菜子がちらりと視線を送ってきた。目があうとすぐにそらしてしまったけれど。

「……わたしはいくらがんばっても、ずっとスーパーのパートのままなのかな。ケンちゃんは成長していくけど、こっちはずっと足手まといのままでいいのかなって……なんだかおいてきぼりになった気がして」

いっしょに暮らしている女性がそんなふうに思い詰めていたとは、想像もつかなかった。けれど堅志には日菜子の気もちは痛いほどわかった。普通に就職していった学生時代の友人たちに、この八年間つねに感じてきた引け目と同じだったからだ。「友がみなわれよりえらく見ゆる日よ花を買ひ来て妻としたしむ」。石川啄木（たくぼく）の歌には胸を刺されたものだ。日菜子は外の世界のことを忘れさせてくれ、いつでも自分と親しんでくれる相手だった。堅志はひと言だけこたえた。

「つらかったね」

日菜子はすぐにいった。

「ううん、つらくないよ。ケンちゃんが正社員になるのは、とてもうれしいことだもん。それを素直によろこべないわたしの心が狭いんだよ」

日菜子はまた天井を見つめている。眉（まゆ）がぎゅっと寄せられると同時に、丸くておおきな眼球のうえに涙があふれてきた。

「わたしはダメだ。一番好きな人の夢がかないそうなのに、心からよろこべない。いつまでも自分と同じダメ人間でいてほしいって、心のどこかで思ってる」

日菜子は泣き声をあげずに涙をこぼした。目じりから耳へと夜の澄んだ滴（しずく）が落ちていく。怒った子猫のようにふーふーと息を吐いて声を殺して泣いていた。こんなとき、となりで横たわる恋人はどうすればいいのだろうか。男らしい男なら、なにも心配することはないといって、両腕で力いっぱい抱き締めるのかもしれないが、堅志にそれは困難だった。手を伸ばし、そっと肩に手をおく。それくらいしかできない。

「そんなに自分を責めることないよ。正社員になれると決まったわけでもないし」

このまま特別研修を続けていれば、まず採用は間違いないという本橋からきいた噂は隠しておいた。今は口にするのにふさわしいときではない。同時に佳央梨のことも伏せておく。ずるいかもしれないが、今は日菜子のことだけを考えていたかった。

「あきらめたらダメだよ。ケンちゃんはいつかおおきな仕事をする人だもん。みんなにはわからないかもだけど、わたしにはわかる。いくら賭けてもいいよ」

日菜子の信頼はうれしいけれど、胸が苦しくもある。自分自身への期待を裏切り続けたこの十年間は、堅志にとって軽いものではなかった。

「それで自分もなにか始めようと思って、あの店の手伝いをするっていったのか」

涙で濡れていた横顔がぱっと輝いた。日菜子は片方のひじをついて、上半身を起こした。

「そうなの。わたしもケンちゃんに負けないようにがんばってみよう。あのおばあちゃんの話をきいて、そう思った。わたしにも料理ならできるかもしれないって」

「ヒナちゃんはいつか自分で店をやりたいっていってたもんな」

暗いベッドのうえで、先ほどまで濡れていた目が強く光りだした。

「でも、そんなの夢のまた夢で、自分にはできるはずないって思ってた。だけど急に目のまえに幸運がふってきた気がして、気づいた瞬間に跳びついてたんだ。あの、わたし、挑戦してみていいかな。ずっとためてきた貯金もすこしはあるし」

一年で半分は潰れ、三年でさらに残りの半分は潰れる。どこかで耳にした飲食店の厳しい生存競争を思いだした。堅志と日菜子はいっしょに暮らしているが、財布は別々だった。日菜子の貯金額はしらない。

「いいんじゃないかな。当分のあいだはあの店……なんていう名前だっけ」

にっと白い前歯をのぞかせて、日菜子がいった。

「ピッコロ・フェリチタ。ちいさな幸せという意味だって」

「はは、ピッコロ大魔王みたいだ。しばらくはあのおばあちゃんの手伝いにいくだけなんだよね。だったら、そのあいだにゆっくり考えてみたら」

日菜子の気が変わるかもしれない。あの老店主とは反りがあわないかもしれない。店の権利金は日菜子が想像しているよりも高額かもしれない。障害はいろいろとあるだろう。よほどの覚悟と信念がなければ、店などやっていけるはずもない。そう考えると、どの駅まえにもあふれている普通の飲食店が、みなむやみに立派に思えてきた。堅志には自分よりも他者を、自然に高く評価する癖がある。

堅志の返事を全面的な肯定だと思ったようだ。日菜子がぱっと腕を広げて、堅志に抱きついてきた。

「わあ、うれしいよ、ケンちゃん。わたしと違って、ケンちゃんは心が広いなあ」

濡れたまつげを寝間着のTシャツに押しつけて、日菜子が力いっぱい抱き締めてくる。堅志は日菜子の頭をなでていった。

「さあ、明日も研修がある。もう寝よう」

「うん、おやすみ、ケンちゃん」

日菜子がダブルベッドの自分の側にもどっていった。眠りに就くまえに日菜子がいった。

「手を握っていてもらっていい？」

堅志は日菜子のちいさくやわらかな手を握った。ほんとうに寝てしまうと、いつの間にか結んだ手は離れてしまうのだが、寝落ちするまえの短いひととき誰かと手をつなげるのは、しみじみと幸福だった。

36

金曜日は特別研修最終日だった。

午前中はパネル討論会が開かれた。いろいろな部署から集まった入社五年目までの社員による、主に職場の雰囲気を伝えるためのカジュアルな討論会だった。堅志より若い社員もいたけれど、みな堂々としたものだった。軽いジョークを織り交ぜながら、自分の仕事と働く環境をアピールしていく。

となりに座る本橋が堅志をひじで突いていった。

「今日でしばらくはお別れだな。そうだ、日曜日の午後、このあいだいったバーベキューパーティーをやるから、きてくれよ。彼女といっしょでいいから」

パネリストの誰かがうまいことをいったらしい。広い会場が沸いている。堅志は小声でいった。

「急だな、ずいぶん」

「ああ、うちの奥さんがぜひおまえの顔を見たいんだってさ。散々吹きこんだからな。いつかおれと組んででかい仕事をするようになる優秀なやつだって」

堅志は心のなかで否定の声をあげた。日菜子も本橋も、自分を買いかぶり過ぎている。それほどたいした人間でないのは、堅志自身がよくしっていた。

「手ぶらでうちの近所の公園にきてくれればいい。会費はその場で集める。肉も野菜も酒も、全部用意してくれて、後片づけまで全部セットになったバーベキューサービスがあるんだ」

入社後のことを考えると、本橋に近づいておくのはいいアイディアのような気がした。なにより堅志が苦手なプログラム系の質問をするには、本橋はベストの相手だ。

「うん、わかった。彼女にきいてみる」

「その彼女の名前、なんていうんだ」

研修初日の広いホールだった。視線の先にはスポットライトを浴びたステージがある。こんなところで名前をだすのは、ひどく場違いな気がした。

「日菜子、保木日菜子っていうんだ」

本橋がぐいぐいとひじで押してくる。目じりをさげていった。

「美人か？」

こういう質問にはなんとこたえたらいいのだろうか。堅志は困った。

「そんなんじゃないけど、かわいいよ。ぼくには十分すぎるくらい」

天井を見ながら泣いていた横顔を思いだした。ちゃんと美人だといっておけばよかっただろうか。

「ふん、おまえもなかなかやるな。じゃあ、日曜午後一時。公園の地図はあとでスマホに送っとく。天気予報ではばっちり快晴だ」

堅志は本橋を見てから、広い会場に佳央梨の姿を探した。最前列の右端、関係者席に黒いスーツ姿が見える。このままこの会社で正社員として働くことになったら、自分と元恋人の関係はどうなってしまうのだろうか。佳央梨が右手をあげて、なにか部下に指示している。

堅志の視線に気づいたのだろうか。軽くこちらにうなずいてよこした。本橋が低く口笛を吹いた。

「ひゅう、やっぱり両角さんはいいな。ケンジとお似あいだ」

「やめてくれ」

堅志は機械のようにそういったが、佳央梨の引き締まった腰のラインからどうしても目を離すことができなかった。

特別研修の終わりはカフェテリアで開かれた全員参加の打ちあげパーティーだった。フロアのあちこちに先輩社員による飾りつけが施され、文化祭のような雰囲気である。会場の入口にはおおきく「SEE　YOU　AGAIN」と書かれた横断幕がさがっていた。

研修生もみなあの噂をきいているようだ。伸び盛りの業績と増え続ける業務に反して、人手が圧倒的に足りず、ほぼ全員採用になるらしい。日本本社の社員は四分の一ほどが外国人で、インターナショナルな雰囲気も好ましかった。堅志がこれまでアルバイトとして働いてきた会社はどれもブラック企業すれすれのところばかりで、恵比寿駅から歩いて数分のこのオフィスのような開放感などまるでなかった。

白ワインのグラスを片手に、にぎやかに盛りあがる未来の同期を眺めた。多くの若者がラメいりの三角帽をかぶり、希望にあふれた顔で乾杯を交わしている。本橋がワイングラスをかかげていった。

「おめでとう。おれたち、無事に切り抜けたな」

乾杯をしてワインをひと口のんだ。きりりとよく冷えた辛口だ。

「ああ、なんとか。研修は思っていたよりずっとフレンドリーだったし、妙なプレッシャーはなかったかな。これが外資系のやりかたなのか、よくわからないけど」

堅志はひそかに恐れていたのだ。スパルタ式の研修なら、きっと圧力に耐えかねて手ひどいミスを犯していただろう。個性をあまり尊重しない組織では、いつもうまくいかなかった。本橋は強気だった。

「まったくだ。こんなに明るいのに、社内では競争が厳しいっていうのも、おれ好みだよ。実力主義のほうがやる気になるしな。そうそう、日曜のバーベキュー忘れるなよ」

　堅志はうなずいた。

「ああ、だいじょうぶ。楽しみにしてるよ」

　日曜日に日菜子以外の誰かと会うなど、何カ月ぶりのことだろうか。堅志も日菜子も友達がすくなかった。

「おお、両角さんだ」

　ぎくりとして、堅志は本橋の視線の先を追った。佳央梨が背の高い男性といっしょに、グラス片手にこちらにやってくる。皆と同じような紺のブレザーを着ているのに、その男性はすぐに外国人だとわかった。着こなしの雰囲気がどこか違う。

「たのしんでる？　紹介するね、こちらはジェレミー・高。台湾系アメリカ人で、わたしのボス。ヒューマンエデュケーション部の部長よ」

　年齢は三十代半ばだろうか。百八十五センチはありそうなメガネをかけた面長の男が、笑顔で右手をさしだしてくる。握手はあまり好きではないが、堅志はその手をとった。意外なほど強い力で握り締めてくる。てのひらはあたたかかった。

「ジェレミー、彼はわたしの大学時代の友人で、立原堅志。今回の研修ではトップに近い優秀な成績を収めているの」

堅志は日本人で賛辞を平然とは受けられなかった。居心地の悪さからつい意味不明の照れ笑いを浮かべてしまう。

「そうですか。たのしみだ。ケンジについてのレポートは読ませてもらったよ。ぜひ、うちの会社を選んでもらいたいものだ」

気おされて、堅志はなんとかこたえた。

「ありがとうございます。光栄です」

部長の日本語は滑らかすぎるほどだった。きっと数カ国語を楽にあやつれるのだろう。ボタンダウンの襟の先を片方しかとめていないのが、すこし抜けていて好印象だった。それともこれも作戦なのだろうか。堅志の視線に気づくと、若き部長は軽くウインクを寄越した。

やはり自分が他人に与える印象を完璧にコントロールしているのだ。この男はトップを狙っていると堅志は確信した。自分などとは対照的だった。距離が遠すぎるので、反感さえもてない。ジェレミー・高が探るように堅志の目をのぞきこんできた。微笑んでいう。

「なるほどカオリが優秀だというのが、よくわかりました。ケンジはとても思慮深いところがあるようですね。いっしょに働くのが、ほんとうに楽しみだ」

過大評価だといいそうになり、堅志は口をなんとか閉じた。代わりに本橋がいった。

「教育担当部署のトップなんですね。両角さん、ぼくも紹介してください」

「はいはい、で、こちらが本橋春臣さん。同じくプログラマーとして最優秀の成績よ」

ジェレミーは驚いてみせた。

「なるほど、今回の研修は豊作だ。ハルオミは確か杉原博士の研究室にいたんですよね。期待しています。あの研究室にはわたしの友人もいたんですよ」

本橋の顔色がぱっと変わった。内心で大喜びしているのがわかる。これはパーティーでのただの顔見せや自己紹介ではなかった。ジェレミー・高はとんでもなく優秀なのだ。佳央梨がセレクトした目ぼしい研修生の履歴と研修中の報告に、すべて目をとおしてこの打ちあげに参加しているのだろう。研修生は誰でも最初に自分に目をかけてくれた人物のことを忘れない。堅志は会社という場所が恐ろしくなってきた。本橋と高部長が笑顔で握手している。佳央梨がいった。

「ジェレミー、わたし、ちょっとこのふたりと話があるから、先にいっていて」

「ああ、わかったよ。また、あとで。ケンジ、ハルオミ、ゆっくり楽しんで」

長身を左右に揺らしながら部長がいってしまった。ふたつおいたテーブルで談笑を始める。佳央梨が肩をすくめた。

「どう、なかなかのものでしょう。アメリカ人は外交辞令が上手だから、とにかく人をほめるけど、今のは本気だったから。あの人三百人分のレポートを自分から進んで読んできたのよ。ほかにもたくさん仕事があるのにね。で、上位一〇パーセント分のプロフィールは丸々暗記してきた。まあ、本人は読むだけで頭にはいるから、苦労はないっていってるけど」

世界には桁違い（けたちが）いに優秀な人間がいるものだ。自分がこれから働こうという会社には、そんな人材がごろごろしているのだろう。さすがに世界各国で破竹の快進撃を続けるだけのことはある。果たして自分には、それだけの実力があるのだろうか。堅志はにぎやかなカフェテリアで急に背筋が寒くなってきた。

「いっておくけど、わたしはケンジや本橋くんのことを無理やり、ゴールデン枠に押しこんだりしてないからね。ケンジがわたしの友人であろうとなかろうと、ジェレミーは紹介してくれといってきたはずよ」

本橋は上機嫌である。グラスを干していった。

「わかってる、わかってる。ケンジもおれも優秀なのははっきりしてる。そんなのひと目でわかるだろ。両角先輩のコネだなんてぜんぜん思ってませんよ」

佳央梨が笑いながら乾杯を求めてきた。

「いい返事を待ってるわ。しばらくのお別れだけど」

堅志はぬるくなった白ワイン、本橋は新たな赤ワインのグラスで、佳央梨と杯を打ちあわせた。金属のような澄んだ音がする。とにかくこれで特別研修を乗り切った。成績は悪くはないようだ。ひとつ肩の荷がおりた。来週からはまた最新型の倉庫のなかで、一日八時間のピッキング作業が待っている。

それにしても、妙に本橋と佳央梨がにやにやとしているのは、なぜだろう。あの台湾系のアメリカ人なら似あうウインクも、慣れない長髪のプログラマーがおこなうとまるでちぐはぐだった。

37

日曜日は快晴で、秋というより真夏のような日ざしが照りつけていた。堅志と日菜子は地下鉄の階段をあがり、スマートフォンの地図を見ながら海辺の公園にむかう道を歩いていく。

日菜子はさしいれの手料理をさげ、堅志もディスカウントショップで購入したビールの六本パックを保冷剤でくるんで持参している。

「なんだか、ビーチにいく途中の道みたいだな」

目を細めなければいられないほど、あたりの建物にはね返る光が明るかった。半袖Tシャツ一枚でもいいくらいの陽気だ。日菜子の歩く様子がなんだかおかしかった。腕の振りが妙にかくかくしている。

「どうしたの、ヒナちゃん」

日菜子はひとつ深呼吸をしてからいった。

「バーベキューなんて何年かぶりだし、ケンちゃんのお友達にも会うし、昨日の夜から緊張して眠れなかった」

堅志は笑っていった。

「遠足まえみたいに?」

日菜子らしかった。いくつになっても子どものようなところがある。

「そう。わたし、いつもより一時間半も早く起きちゃった」

「でも料理は昨日つくっていたよね」

はずかしげに顔を伏せて、日菜子はいった。

「寝ていられなくて、朝シャワーして、久しぶりにがっつりメイクしたんだ。どうかな、おかしくない？」

日菜子はいつも十分ほどのかんたんメイクしかしない。厚化粧ではないが、アイシャドーも唇の色にも若干違和感があった。童顔なので化粧だけ浮いてしまっている。だが堅志はもちろんそんなことはいわなかった。

「いいんじゃないかな」

日焼け対策につばのおおきな帽子をかぶっているし、初めて日菜子を見る人はこれが普通だと思うのだろう。マンションが続く通りを海のほうにおりていくと、おおきな公園が目のまえに広がった。ゲートを抜けると、芝生の広場があり、植物園があり、子ども用の水遊びの施設もあった。初めてきたけれど、設備の整った素敵な公園だ。遊歩道沿いに奥にすすむと、サッカー場ほどの広さがある芝生のうえに、点々と屋外用のテーブルと椅子がならんでいた。

「おーい、ケンジ、こっちだ」

本橋が手を振っている。となりでぺこりと頭をさげたショートカットの女性が奥さんなのだろう。お腹のおおきさからすると妊娠中期だろうか。勝気そうで仕事ができる雰囲気だ。足元には女の子がふたりまとわりついている。すでにバーベキューは始まっていた。肉と野菜が盛んに煙をあげている。

「こんにちは。立原堅志といいます。こちらがぼくの彼女で、保木日菜子さん」

十人足らずの面々が会釈してきた。顔をしっているのは、本橋とグループ討論のときにいっしょになった男性だけだ。その男が笑顔でいった。

「なにのみますか、立原さん。彼女かわいいじゃないですか」

男の名前はおぼえていなかった。シャツはキッスが胸にプリントされたロックTシャツだ。ジーン・シモンズの舌はこんなに長かっただろうか。

「じゃあ、ビールを。ヒナちゃんはどうする？」

日菜子はテーブルを見わたして、消えいるような声でいった。

「わたしはあまり強くないので、アップルタイザーで」

キッスのTシャツの男がのみものをいれながらいった。

「立原さん、グループディスカッションのとき、すごかったんですよ。きいてますか」

「いえ、ぜんぜん」

研修中の自分のことなど、たいして話していなかった。

「いや、あんなのたいしたことないよ」

「すごかったですよ。あの物流会社の再建案は満点だったんじゃないかなあ」

堅志は手わたされたビールの紙コップを受けとった。日菜子もたのしそうだ。

「そうだったんですか。彼はあまり仕事のこと話さないので」

「ロックTシャツの男がいった。

「じゃあ、今回の研修はよほど成績の悪いやつ以外、ほとんど合格するって話、きいてますか。立原さんは合格間違いなしだと思うけど」

急に困ったことをいいだした。日菜子の目の色が変わった。

「そんなに気をもたせるようなことはいわないでくれよ。先のことはわからないし、ただの噂じゃないか」

日菜子はキッスのTシャツに、にこりとうなずきかけた。

「みんな、合格するといいですね。わたし、お肉焼くの手伝ってきます」

堅志のほうは見ずに煙をあげるグリルのほうにいってしまう。始まったばかりで、もうマイナス点を稼いでしまった。いれ替わりに本橋がやってきた。白いプラスチックの椅子に腰かけていった。

「ケンジもなかなかやるな。日菜子さん、かわいいじゃないか。二十代初めにしか見えないぞ」

本橋は日菜子の年齢をしっていた。

「ああ、そっちの奥さんもな」

本橋は芝生でふたりの女の子の相手をしている妻に目をやった。五歳と三歳くらいだろうか。色違いのチェックのワンピースを着ている。

「カズ、ちょっときてくれ。紹介するよ」

ギンガムチェックのマタニティワンピース姿の若い母親が、足元にじゃれつく女の子を連れてやってくる。妊娠中のせいだろうか、肌は驚くほど透明で生命力にあふれていた。

「うちの奥さんで和葉（かずは）。で、女の子がうえから佳登（けいと）と花憐（かれん）だよ。名前は海外で暮らすときにも通用するようにしたんだ」

海外生活か。堅志は考えたこともなかった。和葉がいった。

「ケンジさんのこと、うちのからいろいろうかがっています。あいつは絶対出世するやつだ、今からコネをつけておくんだって、すごく現金なんですよ」

堅志は苦笑するしかなかった。最初は母親のワンピースのかげに隠れていた女の子が、じりじりと距離を詰めてきた。堅志の紙コップを見て、姉のほうがいった。

「それ、おいしい？」

ビールは果たしておいしいのか。考えたこともない。

「うん、冷たくていいんだよ。でも、子どもにはおいしくないと思う」

「じゃあ、どうしてのむの」

真剣に考えるような質問ではないが、堅志は真面目（まじめ）だ。

「自分の頭がきゅうくつになったときに、大人はのみたくなるんだ」

堅志を見あげる目には濁りがなく、空の色が映っている。

「わかんない」

「子どものうちは頭がやわらかいから、きゅうくつにならないんだよ。お酒ものまなくていい」

「わかんない」

とりあえず挨拶（あいさつ）はできたようだった。

「ヒナちゃん、ちょっときて」

持参のエプロンをしめた日菜子がやってきた。本橋の妻と子どもたちを紹介する。公園の緑を背に家族を紹介しあうというのは、アメリカのホームドラマのようだ。日菜子は子どもたちを、なでるような視線で見つめている。

「カズハさんは、三人目なんですよね。赤ちゃん、いいなあ」

和葉がお腹を抱えていった。

「夏は暑くてたいへんだったけどね。産むときはすごく痛いのに、なぜか前回のことは忘れちゃうのよね。気がついたら三人目。でも、これでもういいかな」

日菜子は堅志のほうを見ずにいった。

「わたしも、三人くらいほしいなあ。にぎやかなのが好きだから」

初耳だった。いっしょに暮らして一年以上になるが、将来の子どもの話を自分からするのは慎重に避けていた。日菜子はすんなりと本橋家の子どもたちに受けいれられたようだ。芝で転げるように遊び始める。ふたりの女性と女の子がふたり。絵にしてもいいような、のどかで心あたたまる光景だった。

本橋が浮かない顔でいった。

「日菜子さんって、いい子だなあ。なんだか胸が痛むよ」

「どういう意味だよ」

本橋がサングラスをかけた。長髪をうしろで束ねているので、怪しげな音楽プロデューサーのようだ。

「おれの立場からすると、素直に応援できないって意味さ。おまえには悪いけど」

なにをいっているのだろうか。堅志は気にかかったが流してしまった。快晴の日曜日の公園なのだ。右手にはビールのコップがある。面倒なことは考えたくもない。乾いた芝のうえで、日菜子が三歳の女の子をメリーゴーラウンドのように両手をもって回転させている。自分と彼女の子どももあんなふうにかわいくなるのだろうか。なんだか夢のような景色だ。和葉が紙皿をもってきてくれた。

「はい。ジンギスカンとチョリソ」

冷凍ではなく生の羊はくさみがなく、やわらかだった。草原の民が「美」という文字に羊をいれたのが理解できる味である。甘辛い味をビールで流しこんで空を見あげた。青い空の草原に白い羊雲がぽつぽつと距離をおいて浮かんでいる。

公園の入り口のほうを眺めていた本橋が、ぽつりといった。

「今日の主役の登場だ」

入り口のほうに目をやる。海外のリゾートで着るようなたっぷりした白いドレスにカーディガンを羽織り、つば広の帽子にサングラス。片手にさげているのはシャンパンの縦長の紙袋だ。歩きかたと腰の位置の高さでわかった。のどかな気分が吹き飛んで、堅志の身体（からだ）が一瞬で冷たくなった。

「両角さんもくることになっていたのか」

サングラスで本橋の目の色は読めない。

「すまないな、ケンジ。両角さんがどうしてもというんで、呼ばない訳にはいかなかった。将来の上司になるかもしれないんだしな。なんだか彼女、日菜子さんの顔を見ておきたかったみたいだ」

日曜日の気分が台なしだった。あたりの風景から色が消えたようだ。堅志は小声でいった。

「先にこっちにひと言いうのが筋だろ」

「それはそうだけど、そしたらケンジがこなくなるだろ。両角さんだって大人だ。こんなところでドンパチ始めるはずもない。なんとかうまく乗り切ってくれ」

堅志は目のまえの紙皿を見た。もう食欲はどこかに消え失せている。長身の佳央梨が長い手を優雅にこちらに振ってくる。堅志はてのひらだけ振ったが、本橋はおおきく腕を振りまわしていた。他人事のようにいう。

「さあ、姫の登場だ。板ばさみの王子の奮闘ぶりを見せてもらおうか」

堅志は本橋を無視していった。

「ビールをもう一杯くれないか」

にやにやしながら、サングラスのプログラマーがいった。

「ああ、どんどんのんでくれ。日菜子さんには悪いが、おれは両角さんの味方だからな」

「うるさい、外野は黙っててくれ」

　堅志はぴしゃりといって、ビールを一気にのみ干した。このあとはもうのんでいる暇などないだろう。この緊急事態をなんとかハンドリングしなければならないのだ。日曜日のバーベキューを血で血を洗う修羅場にするわけにはいかなかった。
　七、八メートル手前で、佳央梨が右手をあげて叫んだ。
「さしいれのシャンパン、よく冷えてるからすぐのみましょう」

　早くも部下のように本橋が駆けつける。シャンパンの袋をうけとると、なかから箱にはいったボトルをとりだした。華やかな花の絵がついている。

「おー、ペリエ・ジュエのロゼだ。このボトルのアネモネは、エミール・ガレが描いたんだよな。豪勢なさしいれ、ありがとうございます」

　栓を抜き、プラスチックのコップに注いでいく。本橋は最初のコップを佳央梨にわたしてから、つぎを堅志ではなく日菜子にさしだした。

「両角さん、こちらがケンジの彼女の保木日菜子さん」

　白いドレスを着た佳央梨の笑顔が一瞬フリーズした。視線を日菜子の頭からつま先までさっと掃くように走らせる。日菜子はシャンパンときいて恐縮しているのだろう。

手を振っていった。

「本橋さん、わたしはお酒はいいから」

本橋は堅志を見て、にやりと笑った。

「日菜子さん、アルコールがぜんぜんダメなわけじゃないでしょ。一本何万もするシャンパンの名品だ。ひと口だけでも、味見してごらんよ」

「……はい」

日菜子がピンクに泡立つ酒を受けとった。本橋はやけに調子がよかった。

「つぎはモテ男のケンジだな」

いちいち嫌味なやつだ。堅志は黙ったまま憮然とコップを受けとった。

「おーい、カズ。こっちきなよ。いいシャンパンが届いたぞ」

グリルで肉を焼いていた本橋の妻・和葉が妊娠中期のお腹を抱え、ゆったりとこちらにやってくる。日菜子が目を丸くしていった。

「妊娠してるのに、のんじゃっていいんですか」

和葉は余裕の笑みをみせた。

「うん、普段はのまないんだけどね。ひと口だけいただこうかな。わたし、ほんとはお酒大好きなんだ」

「それで、おれの分っと。じゃあ、乾杯しよう。ここにいるみんなが、いい仕事といい恋ができますように。ああ、あとおれたちが会社に受かりますように。乾杯！」

「乾杯」「乾杯」「乾杯」

元気のいい発声が続いた。堅志はコップに口をつけ、日菜子の様子を見ていた。黙ったままで、乾杯とはいっていなかった。佳央梨が深くひと口ピンクのシャンパンをのむと、ぐっと戦闘態勢の笑顔になった。これから新人研修でも始めるようだ。

「保木さんはケンジからきいてるかしら。わたし、彼と同じ大学で同じゼミだったんだよね」

内気な顔にさっと影がさした。急に日菜子の頭上に雨雲が生まれたようだ。堅志は会社の採用担当に佳央梨がいることさえ話していなかった。それどころか、かつての恋人の存在さえ日菜子はしらない。

「……いえ、ぜんぜん」

本橋は興味津々（しんしん）の様子で、妻の和葉は心配そうに、初対面のふたりを見ている。佳央梨がたたみかけるようにいった。

「それでね、うちの会社の新卒採用の試験をいっしょに受けようって約束していたの」

「ほんとかよ。おれはきいてないぞ」

本橋が割りこんでくる。もう十年近くも昔のことだ。堅志はあわてていった。

「いや、まあいいじゃないか。どうせ受からなかったんだし」

堅志は視線で必死になって昔のガールフレンドをとめたけれど、佳央梨は涼しい顔でいった。

「受からなかったんじゃなくて、受けなかったんでしょう。わたしといっしょに試験会場にいくはずの日に、ケンジはすっぽかしたんだから」

これなら就職試験に失敗していたほうがまだよかった。明るい海辺の公園で、バーベキューのいい匂(にお)いに包まれて、手には高価なシャンパンをもちながら、堅志は窮地に追いこまれていた。地獄というのは、いろいろな形をとるものだ。気がつけば弁明している。

「当日まで、ぼくもその気だった。朝だって準備はしたんだ。でも、どうしても待ちあわせの場所にはいけなかった。人間ってそういうときがあるよね」

「おれにはないな」

堅志は本橋をにらみつけた。佳央梨も同じフラットなトーンで続けた。

「わたしにもない」

和葉がとりなすようにいった。

「まあまあ、いいじゃない。誰だって、すこしおかしくなることもあるでしょう。立原さんは頭がいいし繊細だから、そういうこともあるんじゃないかしら」

困った顔で和葉は日菜子に目をやった。日菜子はめずらしくきっぱりという。

「わたしにもよくわからないです。堅志さんはなにを考えているのか、わからないところがあるから」

ケンちゃんでなく、堅志さんと呼んだ。腹を立てているか、不機嫌な証拠だ。日菜子の頭上の雨雲はどんどん発達しているようだった。佳央梨が同情するようにいう。

「昔からケンジは、なにを考えてるのかわからないタイプだった。そういうところがミステリアスでいいって、最初のうちは思うんだけど、いっしょに暮らしてるとほんと困るよね」

堅志は佳央梨の目を見た。手榴弾(しゅりゅうだん)でも投げそうな残酷な色をしている。十分な間をとって、効果を計ってからいい放ってきた。

「わたしもケンジといっしょに週末暮らしていたことがあるから、よくわかるよ。日菜子さん、かわいそう」

爆風でなにもかも吹き飛んだようだった。日菜子はそれからロボットのようにカクカクした動きで、ほとんど中身の減っていないコップを野外テーブルにおいた。佳央梨と堅志のいる方向に視線をむけずに、消えいるような声でいった。

「……わたし、お肉みてきます……大学時代のお友達なら……ごゆっくりどうぞ……」

後頭部でもなぐられた人のようにふわふわとした足どりで、乾いた芝を歩いて、二台並んだグリルのほうにいってしまう。本橋がつぶやいた。

「今のはテクニカル・ノックアウトだな」

堅志はシャンパンの最後のひと口をのみほしていった。

「両角さんも、本橋くんも、なんてことしてくれるんだよ。ひどいじゃないか」

白いドレスの佳央梨が、にっと素早く笑顔をみせていった。

「あら、わたしはほんとうのことしかいってないよ。きちんと話をしてなかったケンジの問題なんじゃないかな」

ぎゅっと力をこめて佳央梨をにらんだけれど、効果はまるでないようだった。

「ちょっと彼女のところにいってくる」

堅志は放りだすようにプラスチックのコップをおいて、小走りで日菜子のあとを追いかけた。

38

バーベキューの会は血の惨劇に終わった。佳央梨は十分な成果を得たと考えたのだろう。持参したシャンパンが空いてしまうと、夕方から用事があるといってさっさと帰ってしまった。

堅志は本橋といっしょに、白いドレスを見送った。本橋がしみじみいった。

「なんていうか、爆弾低気圧みたいだったな。ケンジ、ご愁傷さま」

返す言葉がなかった。残された堅志は悲惨だった。もう日菜子は目をあわせようともしてくれない。先ほどまでの倍の勢いで懸命に肉と野菜を焼き、すべての人にサーブしていた。もちろん堅志にも紙皿はまわってくるのだが、手わたすときでさえそっぽをむいていた。

堅志は日が暮れるまで、あたりさわりのない会話で神経をすり減らし、日菜子の様子をさぐっていた。まったくとりつくしまもない。夕方になって、本橋が解散を宣言した。日菜子といっしょに後片づけをしようとすると、三児の父のプログラマーがいった。

「ここは後片づけもサービスでやってくれるんだ。つぎに会うのは、入社式か、採用後のオリエンテーリングだな。そのまえに一度、のみにいこう」

堅志は力なくうなずいた。

「わかった。そのほうが会社のことか、いろいろわかって助かるよ」

あの会社の内部事情に堅志はうとかった。プログラマーとしてネット通販のオペレーションの細部に関与できる本橋と違って、堅志は巨大倉庫に何百人といるピッキング作業員のひとりにすぎない。日菜子が近くにいないのを確認して、本橋がいった。

「今日のことはすまなかったな。両角さんがあんなことをいうなんて、想像もしてなかった。あれは日菜子さんへの宣戦布告だよな」

肩をすくめることしかできない。だいたい自分がなにをしたというのだ。

「ぼくはもういくよ。今日はもうくたくただ」

日菜子は本橋の妻・和葉と話をしていた。足元には佳登と花憐が子犬のようにじゃれついている。堅志は声をかけた。

「ヒナちゃん、そろそろ帰ろう」

「えーっヒナ姉ちゃん、もう帰っちゃうの。このあとうちにきてよ。マンション近くだから」

本橋夫妻の住まいがどんな様子なのか興味はあったけれど、堅志はいった。

「もうお母さんもくたびれているんだよ。お腹の赤ちゃんも休ませてあげないとね。いこう、ヒナちゃん」

日菜子は黙ってうなずいて、ふたりの女の子の頭をなでた。きっと日菜子はいい母親になるだろう。堅志は冷静にそう考えたが、そのとき日菜子といっしょにいる子どもの父親が誰になるのかはわからなかった。


帰りの地下鉄のなかでも日菜子は無口だった。日曜日の夕方で車両はそれなりに混雑している。堅志と日菜子は並んで座っていたが、妙に車内が暑くて嫌な気分だった。シートについた背中に汗が流れる。堅志は何度か日菜子に話しかけてみたけれど、相手から返ってくるのは、熱のないひと言だけだった。そうだね、うん、ううん。

のり換えの渋谷駅についたときには、堅志はバーベキュー場にいたときよりも疲れていた。こんな夜に、不機嫌どころか、腹の底に怒りを抱えた同棲相手といっしょに部屋に帰るのは、人生のなかでも二番目か三番目の苦行だろう。多くの恋人たちは、こういう夜をどうやってのり切るのか。

レインボーハイツに帰っても、堅志と日菜子の行動はばらばらだった。堅志は寝室でヘッドホンをつけて音楽をきき、日菜子はダイニングのテーブルで料理の本を読んでいる。風呂はそれぞれシャワーですませた。ベッドにはいったのは深夜一時ごろだが、堅志は酔い覚めで目が冴えて、まったく眠気を感じなかった。

明かりを落としたベッドのとなりには、日菜子のやわらかなシルエットがある。不機嫌な恋人といっしょにベッドで無言で横たわるのは、三番目か四番目の苦行になるのかもしれない。今日は想像していたのと、まるで違う、おかしな日だった。いつもなら週末の夜は、だいたいセックスをしているのに、今夜はそんな雰囲気はまったくなかった。

身じろぎもせずに十五分ほどが経過した。眠れないのなら、起きて家にあるディスクで映画でも観ようかと思ったときだった。まったく身動きをしていなかった日菜子がいった。

「ケンちゃん……」

「うん、なあに」

反応が早すぎただろうか。日菜子も眠っていないのは呼吸でわかっていた。

「……両角さんのことだけど」

ひどくちいさな声で、日菜子が昔の恋人の名前を口にした。堅志は息をのんで、つぎの言葉を待った。やはりもうすこし早くベッドを抜けて、映画を観ればよかった。

そうだ、あの会社でも定額制の動画配信サービスをやっている。堅志は会員になった
ばかりだった。

「あの人がいってたことは、ほんとうなんだよね」

大学時代同じゼミにいて、週末同棲して、おまけに同じ会社を受けようとしていた
ことである。

「うん、ほんとだよ」

もう昔のことだ。それ以外になにをいうことがあるのか、堅志にはわからなかった。

日菜子が暗い天井を見あげたままいった。

「ごめんね、ずっと口をきかなくて」

先に謝られて、堅志は驚いてしまった。日菜子といっしょに暮らしていると、こう
いうやさしい驚きがいくつもある。

「ぼくはだいじょうぶ」

日菜子が身体を起こした。ひじをついて、こちらに顔をむけている。暗がりのなか
目だけが濡れたように光っている。

「昔のことはもうどうにもできないことだから、そんなので怒られたらケンちゃんも

困るよね。大切なのは今がどうかだもんね」

よかった。日菜子はきちんと現状を理解してくれている。堅志は日菜子のほうに身体をむけた。

「ほんとにそうなんだよ」

日菜子がこちらをまっすぐに見つめてきた。濡れた目の光が強くなっている。目の縁にたまって、その光が落ちそうだ。泣いているのか。堅志の鼓動が速くなった。

「最初はいきなりあんなことをいう両角さんに腹が立った。でも、すこししたら、間違ってるのはわたしだって思ったんだ」

日菜子の目から丸い光がこぼれた。堅志はあせっていった。

「どういうことなの、ぼくにはわからないよ」

「海辺の公園でバーベキューをしながら、高級なシャンパンをのむ。それで世界経済とか、Eコマースとか、新しいブランドの話とかを、みんな普通にしていたでしょう。わたしにはわからないことがたくさんあった。ああ、このなかで四大にいってないのは、わたしだけだなあって気がついちゃった」

堅志は必死だった。日菜子をひとりでこれ以上遠くへやる訳にはいかない。

「そんなこと問題じゃないよ。ヒナちゃんはヒナちゃんだ」

日菜子の目からまた光がこぼれた。

「ありがとう、ケンちゃんはやさしいね。でも、あそこにいて場違いだったのは、両角さんでなく、わたしだったんだ。そう気がついたら、腹が立って、悲しくて、情けなくて。それで思い切りお肉焼くのがんばっちゃった。今日のはどれもよく焼けていたでしょう」

堅志は正直、肉の焼き加減など覚えていなかった。

「うん、おいしかったよ」

「ありがとう、半分以上残したくせに、やっぱりケンちゃんはやさしいや」

日菜子にはばれていたのだ。佳央梨の爆弾発言で食欲がきれいに吹き飛ばされたのだから。

「帰りの電車のなかでも、思っていた。ケンちゃんのとなりにいてふさわしいのは、きっとわたしじゃなく両角さんなんだろうな。あの人は仕事とかできそうだし、外国人とも普通につきあえるんだろうなって」

日菜子はそういうと、こちらに背中をむけて、静かに泣きだした。肩は震えているけれど、泣き声は決して漏らさない。深呼吸して、声を整えていう。

「わたし、悔しいよ。今もね、ケンちゃんのとなりで寝るのは、両角さんみたいな人のほうがきっといいと思ってる。きれいだし、頭がいいし、堂々と自分の意見がいえるし、きっとエッチだってすごいんだろうなって。わたしより胸もおおきいし」

堅志は日菜子の背中に張りつくように身体を添わせた。手のおきどころは、こういうときは微妙にむずかしい。性的なニュアンスはだしたくない。左手は自分の枕にして、右手は日菜子の腰骨のうえにそっとおいた。

「ヒナちゃんはぼくを買いかぶっているんだ。もう三十歳になったアルバイトだよ。ここで就職できても先は見えてるだろうし、できなければ一生年収二百万円台で暮らすことになる。ぼくだって、むこうの正社員の世界は場違いなんだよ」

日菜子の背中が熱をもっていた。堅志は日菜子と呼吸をあわせた。こうすると、相手のことがすこしだけわかるようになる気がする。

「ううん、やっぱりケンちゃんとわたしは違うんだ。ケンちゃんは壁のむこうの人で、今ほんのすこしだけこっちにきてるだけ。いつかそのときがきたら、壁のむこうに帰る人だよ。わたしにはその壁は越えられないんだ」

堅志はだんだんと腹が立ってきた。それほどの越えられない壁があるのだろうか。日本はあからさまな階級社会でもないし、世界的に見ても格差はすくない社会だ。

「そんなにヒナちゃんが気になるなら、もう一度勉強してどこかの大学にいけばいいじゃないか」

日菜子が淋しそうにいった。

「大学の話は、ほんのカケラだよ。生きかた、考えかた、お財布の中身、選ぶ服や手土産、細かなことが全部違うんだもの。わたしが今日のバーベキューにもっていったのは、タッパーにいれたセロリとナスとキュウリの漬物。両角さんはロゼのシャンパンだった。あの銘柄だって、本橋さんもケンちゃんもしってたよね。わたし、お肉焼きながらスマホで調べたよ。ほんとに何万円もするシャンパンだった」

一気にそういうと、日菜子はかすれた声でいう。

「日本にだって壁はあるんだ。壁を越えられる人には、見えないんだけどね」

日菜子が哀れだった。日菜子と堅志は同じように貧しいのに、そこでもさらにふたりの間には壁があるという。自分がどれほど説明しても、日菜子のなかでその壁は決して倒れないだろう。

「ねえ、ヒナちゃんはぼくにどうしてほしいの」

日菜子がくすりと笑った。

「わたしって、ほんとバカだね。最初からそれだけいうつもりだったのに、こんなに長い話になって」

堅志は断固としていった。

「ヒナちゃんはバカじゃない。もしヒナちゃんがバカなら、世のなかのたいていのやつはバカだ」

「泣かせないでよ。ケンちゃんは好きにしていいよ。わたしのことなんて気にせずに、自由に生きていいんだよ。両角さんのところに帰ってもいいし、ほかのもっと素敵な人といっしょになってもいいの」

自分の声が真夜中の悲鳴のようだ。

「そしたら、ヒナちゃんはどうするんだ」

「わたしはケンちゃんといっしょにいられただけで、十分しあわせだったから。それだけで生きていけるもん。わたしの人生でも一番いいときには、あんな人といっしょだった。そう思えるだけでいいんだよ。ケンちゃんはしあわせになってね」

そういうと日菜子は静かに泣きだした。堅志の目にも涙がにじんで困った。腰においていた手をあげて、日菜子の心臓のうえにおいた。日菜子は泣きながら、その手を動かし右よりもすこしだけおおきな左の乳房を握らせた。そのままの格好で日菜子は泣き続け、いつまでも堅志はしびれたように日菜子の熱い身体を抱いていた。このまま朝がこなければいいのに。そうしたら、こうして抱きあったまま夜のなかで生きていける。この夜のなかでなら、人と人のあいだには壁など存在しなかった。

ふたりは朝方、疲れ切って眠りに就いた。その眠りはひと晩煮詰めたコーヒーのように苦く、香りのない、息苦しい眠りだった。

39

とんとんとリズムよく鳴る包丁の音で目を覚ました。堅志はカーテンを閉め切った窓に目をやった。いまいましいことに今朝もよく晴れたいい天気のようだ。朝方まで起きていたので、頭と身体に霧がかかっている。腕をあげるだけで、だるくてたまらない。

今日からはまた、巨大倉庫でピッキングをする日々が始まるのだ。ネット通販の末端の名もなき仕事である。顔を洗って食卓にいくと、日菜子が笑顔で声をかけてきた。

「ケンちゃん、眠たくない？　昨日はわたしのわがままで遅くなって、ごめんね」

あやまっているが、顔の表情は硬かった。堅志には、日菜子が仕事の前日遅くまで話をしたことを悪く思っているのがわかっていた。堅志ではなく、きっと今も自分を責めているのだ。日菜子とはそういう女性だった。

「おいしそうな朝ごはんだね。ヒナちゃんはぜんぜん悪くないよ。昨日の公園で悪かったのは、全部むこうのほうだから」

いきなり登場した佳央梨もよくないし、バーベキューのことを佳央梨に教えた本橋もよくない。なによりよくないのは、昔の恋人が研修担当だったことを秘密にしていた堅志だった。テーブルのうえにはネギを刻んでいれた玉子焼きと具沢山の味噌汁、それに明太子が並んでいた。明太子は値が張る一本のものではなく、端切れを寄せ集めたものだ。日菜子はそこに醬油漬けにした青唐辛子を刻んで混ぜこんでいた。食欲がないときでも、いくらでもごはんがすすんでしまう堅志の好きな副菜だった。味噌汁も焼きナスにたっぷりの油揚げが浮いた、堅志の好きな組みあわせだ。相手をきちんとほめて、感謝すること。ふたりの交際のルールを思いだし、堅志はおおげさなくらいの声でいった。

「うわっ、ヒナちゃん、今朝のおかずは全部ぼくの好きなのばかりだ。うまそうだな。ほんとにありがとう」

日菜子は薄い肩を竦めて、照れくさそうにするとエプロンをはずして食卓についた。日菜子の身体は凹凸のはっきりした佳央梨と違って、日本女性らしく慎ましくしなやかだ。

「ケンちゃんも早くたべないと、仕事に遅れるよ」

堅志は日菜子の正面に座った。味噌汁をのむと、香ばしい匂いがした。ナスは直火であぶって皮を焦がしてむき、いれてあるのだろう。どうりで香りがいい訳だ。日菜子は今朝何時に起きて、この朝食を準備してくれたのだろう。

「すごくおいしいよ。さすが、ヒナちゃんだな。料理の腕はすごいよ」

「ありがとう。そんなにほめてもらえると、つくりがいがあるな」

いつものままごとのような会話がもどっていた。その割には、日菜子は自分でつくった朝食にほとんど手をつけていなかった。味噌汁をすこしずつすすっているくらいだ。

「あのね、ケンちゃん。わたしの仕事のほうなんだけど、今日からスーパーのパートがないときは、ピッコロ・フェリチタに手伝いにいくね」

やはり日菜子は本気なのだ。堅志は非難がましくきこえないように注意していう。

「そのお手伝いはお金をもらわないんだよね」

日菜子は明るい顔でうなずいた。

「うん、あのお店の看板料理を教えてもらえるから、それで十分。常連さんの顔も覚えられるしね」

店を引き継ぐ気が満々だった。堅志はあまり気がすすまなかった。飲食店の日々の営業のたいへんさは、アルバイトですこし覗(のぞ)いただけでも身にしみていた。

「うーん、ヒナちゃんに客商売ができるのか、ちょっと不安だなあ……」

日菜子の顔が曇った。今ここで説き伏せるのは、よくない気がした。佳央梨のことではこちらに減点がある。そこで堅志は話を変えた。

「でも、新しい料理のレパートリーも増えるし、しばらくがんばってみたらいいよ。ぼくのほうもピッキングの仕事がんばる。正社員になれそうだからって、手は抜けないからね」

時給仕事でも、立派な仕事だ。なにより堅志は日々の生活費を稼がなければならなかった。日菜子とのふたりの暮らしは、ふたりの給料をあわせて、ようやくわずかなプラスになるに過ぎない。水面から首だけだして息をしているような生活だった。経済的な余裕などない。

堅志は日菜子のよろこぶ顔がみたくて、炊(た)き立てのごはんをお代わりした。

入館証をセキュリティゲートに押しあてて、倉庫のなかにはいった。エレベーターでロッカールームにあがると、待っていたように年下の上司・葛西が声をかけてきた。

「おはようございます。両角さんから今朝メールがきました。立原さん、特別研修でトップの成績だったんだそうですね。おめでとうございます。これでもう合格したようなもんですね」

堅志は思わず周囲を見まわした。誰かがきいているかもしれない。ここのアルバイトはみな正社員への登用を望んでいた。堅志がいち早く合格したなどということが噂になれば、ひどく居心地の悪いバイト先になってしまうだろう。男同士の嫉妬や仲間はずしは、女性よりずっと激しい。おかしな理屈をつけてきて、自分たちは正しく、悪いのはこちらだと一方的に決めつけられる。この十年弱、いくつものバイト先で火の粉をくぐってきた堅志は、ひどく慎重である。葛西はもう同僚のような砕けた口調でいった。

「しってました？　両角さんって、ぼくが新人のときの指導社員だったんですよ。顔は美人なんだけど、すごく厳しくてまいったもんです」

葛西は周囲を確かめて、声を低くした。

「それと両角さんからきいたんですけど、立原さんとあの人、大学時代にすこしだけおつきあいがあったんだそうですね。よくあんな怖い人とつきあえたなあ。立原さん、尊敬しちゃうなあ」

底抜けの笑顔だった。共犯者という言葉が、堅志の頭に浮かんだ。正社員になり、この職場を離れるまで、あとすくなくともひと月半ほどはあるだろう。特別研修の合否の発表は四週間後である。なんとかその期間だけでも、無事に切り抜けたかった。

「さあ、どうだったのかなあ。両角さんもそのころは普通の女子大生だったので、特別ということはなかったですよ」

堅志は共犯者の笑みを浮かべて、さもわかるでしょうという顔をした。

「それに、ぼくたちはそれほどがっつりつきあっていた訳ではないので。葛西さんもその件は秘密にしておいてもらえませんか。その、個人的な関係が評価に影響しているなんて噂を立てられると、困りますので。こちらにしたら一生の問題ですから」

まったく自分にあきれてしまう。こんな立ち回りができるのなら、最初から立派に会社員も務まっただろう。なぜ、あんなに会社や社会というものに恐怖を感じていたのか、二十代前半の自分が不思議なほどだった。葛西は白いポロシャツの胸に社員証をさげている。日系アメリカ人のような一〇〇パーセントの笑顔の写真がついていた。その笑みを堅志にむけてくる。

「わかっています。ぼくは立原さんの味方ですよ。研修生三百人のトップなんて、すごいじゃないですか。期待しています」

他のアルバイトがやってきて、葛西にだけ挨拶した。葛西は元気よく返した。

「おはようございます」

堅志は黙ったまま会釈だけ送った。葛西は堅志にだけきこえる声でいった。

「すべて了解です。よかったら、今日のランチいっしょにたべませんか。両角さんとあと本社の様子をすこしきいておきたくて。合格の内祝いにぼくがおごりますから」

堅志は気が重かったが、なんとか笑顔で返事をした。

「ええ、ご馳走(ちそう)になります。では、あとで」

ロッカールームにアルバイトが集まり始めていた。葛西が管理者の顔に戻っている。

「立原さん、今日はいつもと別のチームで得意のCDのピッキングです。がんばってください」

英文表記しかついていない輸入盤のジャズやクラシックのCDを選び取るのが、堅志は得意だった。学生時代から中古CDショップを荒らしていたのだ。

「はい、がんばります」

堅志はそういうと、自分のロッカーにむかった。なぜか他人の視線を感じた気がしたけれど、無視してごく控えめに振る舞った。まだここは敵地なのだ。気をゆるめることはできなかった。

40

日菜子がピッコロ・フェリチタに着いたのは、九時半だった。ランチ営業は十一時半からで、仕込みは二時間まえから始まるときいていたのだ。ログハウス風の重い木の扉を引くと、元気よくカウベルの音が店内に響いた。

「おはようございます、保木です」

奥のキッチンからジャージ姿の光枝がでてきた。白髪混じりの髪は黄色のバンダナでまとめている。

「あら、よくきたわね。ちょうどいいわ。今、うちの秘伝のドレッシングをつくってるところだから、ヒナちゃんも見においで」

前回きたとき大人気だった特製のドレッシングでたべるサラダはこの店の名物だそうだ。日菜子はエプロンを結びながら、ぴょんと跳びはねていった。

「えーそんなに大切なレシピ、見せてもらえるんですか」

光枝はまぶしいものでも見るように日菜子に目をやった。ため息をつくという。

「ほんとうはうちの息子に教えたかったんだけど、料理のセンスがからきしでね。やっぱりこういうことは、ほんとうに好きじゃないと続かないもんだからね」

日菜子は一度たべているので、あのやたらおいしかったドレッシングのいくつかの材料はわかっていた。味の決め手は、アンチョビとニンニクと玉ねぎの摺りおろし、それに果物がいくつかだ。あとは普通のワインビネガーとオリーブオイルである。キッチンにいくと、光枝はおおきなミキサー二台を同時につかって、ドレッシングをつくっていた。

「これは日もちがしないから、二日に一度はつくらないといけないんだよ」

材料はスマホで写真やメモをとらずに、頭のなかに叩きこんだ。果物はリンゴとレモンだった。野菜は玉ねぎと人参。隠し味はオリーブの塩漬けだった。

「レモンはね、汁だけじゃなく皮もほんのすこしだけいれるんだよ。こうすると苦味で味に奥ゆきがでる」

そういうと光枝が目分量で、レモンの皮の切れ端をミキサーに放りこんだ。これはうちに帰ったら、自分でも試してみなければいけない。誰にたべさせようか。そのとき真っ先に浮かんだのは、当然のことながら堅志だったが、そのつぎに浮かんだ顔に日菜子は我ながらびっくりしてしまった。

それは底抜けの笑顔で笑いかけてくる、スーパーのうえの書店の副店長・板垣だったのだ。これはいけない。日菜子は自分をいさめた。手料理をたべさせてあげたくなるのは、日菜子が誰かを好きになる第一歩だった。それはこの四、五年変わらない恋の始まりの法則である。堅志のときも、そのまえの人のときもそうだった。

「アンチョビはね、ちょっと大胆なくらいいれていいから。イタリアンは怖がって塩をつかっていたら味が決まらないのよ。びびり塩は禁物」

光枝の言葉に日菜子はうなずいた。恋なんて冗談じゃない。わたしは新しい人があらわれたって、びびったりしない。ケンちゃんがいれば、それでいいのだ。日菜子はそう心のなかで自分にいいきかせ、二台のミキサーがピアノの連弾のように立てるハーモニーに耳を澄ませていた。

ランチメニューは三種類だった。Aのパスタはペスカトーレ、Bのリゾットはブロッコリーとアサリ、Cはミートボールのホワイトソースで、どのセットにもミニサラダではなく、通常の皿に山盛りの野菜がついてくる。ドレッシングはもちろんピッコロの特製だ。

ランチの仕込みの手伝いを終えて、日菜子はそのままフロアにはいった。客から注文をとり、奥の光枝に伝え、カウンターにだされた料理をテーブルに運んでいく。目が回るほど忙しく、記憶力と注意力をすべてつかわなければ、ランチの修羅場は切り抜けられなかった。日菜子の手伝いがない先週までは、客が自発的に給仕をしてくれていたという。光枝がひとりですべてを切り盛りしていたからだ。

日菜子は客の数をだいたい数えていた。席は二回転半はしている。四十人は超えそうだ。そのうち女性客が六割強だった。これが平日の五日間続くなら、ランチだけでも売り上げは堅そうだ。レストラン経営では、料理の原価率は三〇パーセント程度だという。そうなると残りで、この店の賃貸料と水道光熱費と人件費をださなければならない。果たして、夜はどれくらいはいるのだろうか。コマネズミのように働きながら、日菜子はずっと考え続けていた。

堅志がいよいよ正社員として働き始める。そうなると、日菜子も負けていられなかった。いつまでもパートではいけない。自分の仕事と胸を張っていえる職を見つけたい。この数年、堅志にもいわなかったけれど、それが日菜子の願いだった。

ランチの戦争が終わりを迎えたのは、午後一時半ごろだった。駅のほうからきた会社員のランチピープルが仕事にもどり、主婦とフリーランスの数人が残るだけになる。日菜子は奥の厨房(ちゅうぼう)にいき、スツールに腰をおろした光枝と話していた。

「お疲れさん、ヒナちゃん。どうだったかい、初めてのランチ営業は?」

日菜子は涼しい店で汗をかいていた。

「ほんとにいそがしかったです。身体だけでなく、頭もすごくつかうんですね」

光枝が豪快に顔を崩して笑った。

「そりゃあ、そうさ。飲食はバカじゃ務まらない。あとは飽きずにひたすら毎日続けないとね。開いてるか開いてないか、わからないような店にお客はこないからね」

ランチの営業は二時半までだった。ラストオーダーは二時だ。残り時間は十分ほどである。

「ディナータイムは何時からですか」

「うちは早めにしてるよ。夜が遅くなるのは嫌だからね。六時始まりで、九時にはオーダーストップ。十時には切りあげる。あまりだらだらとワインをのむような店じゃないんだ」

昼の営業が三時間、夜の営業が四時間か。それぞれ仕込みに二時間はかかる。後片付けもあるし、一日の半分以上は働きづめの厳しい仕事になるだろう。それを週に六日繰り返すのだ。日菜子は今日も営業しているすべての飲食店に頭がさがる思いだった。

「夜のお客さまは、どういった感じですか」

「予約半分、飛びこみ半分というとこかね。どっちにしても、ランチできてくれたお客が気軽に顔をだしてくれることが多いよ。夜のほうはお客もこっちものんびりできる。まあ住宅街だし、夜のお客はそんなに多くはないね。うちはランチ営業が勝負の店なんだよ。夜だけでくえたら楽なんだけどねえ」

格安のランチメニューは、営業マンが配る名刺みたいなものなのだ。昼のあいだにしっかりと名刺をばらまいておかないと、夜の営業がつらくなる。お金を稼ぐというのは、たいへんだった。けれど光枝にはお金のために働いているという雰囲気はない。それはランチにきてくれるお客とのやりとりでもわかった。友人のように常連さんと挨拶（あいさつ）をかわし、むこうのほうも自分から食器を運んでくれる。日菜子を迎えた言葉も温かかった。

日菜子は自分も週に六日、十二時間以上働けるだろうかと考えてみた。とてもすぐにこたえをだせそうにない。生半可な決心ではできない仕事だった。

「すみません、夕方から駅ビルのスーパーでパートの仕事があるので、夜はお手伝いできないんです。早番のときはこちらにうかがいますから」

光枝は探るような目で日菜子を見つめた。

「どうだい、初日はくたくただろう。ほんの三時間ばかりと最初は思うかもしれないけど、自分なりのリズムをつかむまでは、みんなばてちゃうんだよ。まあ二週間もすれば慣れちまうんだけどさ。明日もこられるかい、ヒナちゃん」

日菜子はきっぱりとうなずいていった。

「はい、勉強させてもらいます」

おおきく口を開いて笑い、光枝がいう。

「あんまり無理しないでいいんだよ。こりゃあしんどい、と思うなら、またお客さんにもどればいいんだからね」

気のつかいかたがやさしくて、どこか堅志に似たところがある女店主だった。だから人見知りの日菜子が最初から親しく言葉をかわせたのだろうか。フロアのほうからカウベルの音がからからと鳴った。日菜子は腕時計を見た。これが最後のランチ客だろう。

「いってきます」

足早に厨房からフロアにむかう。客はふたり連れのようだ。氷が浮いた水のグラスをテーブルに運んだ。グラスをおくときも客の顔ははっきりとは見ない。

「あれ、日菜子さん！」

エプロンのポケットを探って伝票をとりだそうとしたところで声がかかった。耳にした覚えがある声だ。日菜子はあわてて顔をあげた。分厚い天板のテーブルに板垣が座っていた。いっしょにいるのは同じ書店で働く若い男性店員だろうか。似たようなシャツを着ている。

「あっ、板垣さん……」

それからしばらく言葉がでてこなかった。自分でも顔が赤く染まっていくのがわかる。こんなところでみっともない。そう思うといっそう顔が赤くなった。

「……ご注文はお決まりですか」

おかしな受けこたえになっていないだろうか。日菜子は不安になって、ボールペンを折れそうなほど握り締めた。板垣がいった。

「Aランチがふたつ。食後にアイスコーヒーをふたつで」

「はい、ありがとうございます」

すぐに厨房にもどろうとしたけれど、板垣がうれしそうにいった。

「日菜子さん、ここでも仕事を始めたんですか。ぼくは週に一度はここの店のサラダをたべにくるんだけど、初めて会いましたよね」

板垣のむかいに座る若い店員は、このふたりどういう関係だろうかと興味深そうな顔で、こちらを眺めている。

「ええ、店主の光枝さんにお料理を教わる代わりに、すこしお店のお手伝いをしているんです」

板垣は無邪気にいった。

「へえ、そうなんだ。あれからどうしてるかなと思っていました。でも、これでランチタイムにも会えそうですね」

もう限界だった。若い店員の視線も、顔の熱さも耐えられない。

「ありがとうございます」

小石でも投げるようにそれだけいうと、日菜子は注文を伝えに厨房にむかった。うかつだった。駅からすこし離れているとはいえ、ランチが評判の店なら板垣が足を運ぶのも自然なことだろう。ピッコロ・フェリチタには板垣が、堅志が正社員になる会社にはあの両角佳央梨が、漏れなくついてくる。

日菜子は光枝にAふたつと注文をとりついで、自分の足が震えるほど疲れているのに初めて気がついた。

41

「いきなり呼びだして、悪いな」

渋谷のカフェのテーブルのむこうには、大学時代の友人・山根博康（やまねひろやす）がにこにこと人当たりのいい笑顔を浮かべていた。かれこれ十年以上のつきあいになるけれど、いつも笑っているという印象は変わっていない。今は中堅どころの出版社で編集者となっていた。分厚い黒縁のセルフレームがトレードマークである。

「いや、こっちはぜんぜん忙しくないから」

堅志は倉庫のピッキングのアルバイト帰りだった。山根はつかいこんだショルダーバッグから、古びた文庫本を一冊とりだした。堅志にはその本に見覚えがあった。菊川仁（きくかわじん）の十年ほど前の小説だ。同じ本を単行本でももっている。

「まだたまには文章を書いているんだよね」

学生時代にいくつか自分で書いた文章を、山根に読ませたことがあった。当時からこの友人は出版社の編集志望で、いくつか赤字をいれて、ていねいな感想とともに戻してくれた。

「ごくたまにだよ。生活に忙しくて、なかなかね」

「この本は読んでるよな」

題名は『長すぎた坂道』。大学卒業時たまたま就職氷河期にぶつかり、以後十数年を浮草のようにアルバイトを転々として生き抜き、最終的には小説家になった菊川の半自伝的な作品だった。堅志は身を切られるような思いで読了している。

「うん、おもしろかったとひと言ではいえないような小説だった」

重すぎる手ごたえが、菊川作品の特徴である。編集者がカフェのテーブルに身を乗りだしてきた。

「そこなんだよ。堅志なら、この作品のよさを誰よりもわかると思ってさ。この小説は素晴らしい出来なんだけど、ここ二年ばかり絶版状態だったんだ。出版不況で大手の文庫でも地味な作品はどんどん消えていく。たまたまうちの編集長と菊川先生が知りあいで、こちらの文庫でだし直すことになったんだ」

ネットニュースで似たような話を読んでいた。Eコマースやアプリ業界のように日が当たるところもあれば、日がまったくささずに影の色濃いところもある。世界は光と闇（やみ）のふたつだけに分割されて、居心地のいい中間地帯は消え去りつつあるのだ。堅志はいった。

「好きな作家の本は、今でも単行本で集めてるよ」

山根は肩をすくめた。

「そういう奇特な読者は日本全国で数千人といないだろうな。そんなことより菊川先生の文庫の話だ。編集はぼくにまかされてるんだけど、文庫解説を誰に頼もうか迷っていてね。レギュラーの書評家は何人かいるんだけど、みんなこの小説のよさが身に沁みているという感じじゃあないんだ。ベテランのおじいちゃんが多くてさ」

　堅志は鈍感だった。山根がなにを伝えたがっているのか、まるで先を読んでいない。

「それはそうだよ。アルバイトで十年生活するつらさなんて、小説を読んだくらいじゃわかるはずがない」

　確信というよりは静かな怒りをこめて、堅志はそう口にした。今この瞬間も中堅とはいえ出版社で働く友人には、身分差に近い劣等感があった。なにせ正社員様には年に二回のボーナスと、昇給だってある。よほどのことがなければ十年先の雇用も約束されているのだ。黒いセルフレームの位置を直して山根がいった。

「それはそうだろう。だから、文庫の解説を堅志に頼もうと思ってさ。どうだ、書いてみないか。原稿用紙八枚から十枚。ちゃんと規定の原稿料は払うし、堅志の名前も本に載る」

　あっけにとられた。堅志は本好きなので、自分の名前が活字になることへのあこがれを、十代から胸に秘めていた。同時に自分などではとても無理だとあきらめてもいたのである。作家だろうが、評論家だろうが、書評家だろうが、エッセイストだろうが、本に関わる人はみな化物のような書き手に違いない。自分のように社会の流れからこぼれ落ちた人間に手が届くような仕事ではない。息をのんで返事もできずにいると、山根が目を光らせていった。

「学生時代に堅志の文章をいくつか読ませてもらっただろ。ぼくはあのとき驚いたんだ。同世代でこれだけ客観的に自分と世界の関係を切り分ける目をもった書き手がいる。恐ろしく冷静沈着なやつだ。それなのに妙に味わいがある。この読みごたえはなんだろう。ずっと不思議だったよ。いつか出版社で働くようになったら、堅志に声をかけて絶対なにか書いてもらおう。そう決心していた」

テーブルのしたで堅志の手が震えていた。身体のなかでサイダーの泡でも弾けるように喜びが暴れている。うれしい言葉だが、同時に危険な罠であるようにも感じていた。空しい期待をかければ、手痛い失望が待っているのではないか。人に語りたくない自分の人生のように。編集者は重ねていった。

「この十年間、その気もちに変わりはなかった。なあ、堅志、書いてみないか」

誰も評価などしてくれないと思っていた歳月、この友人は変わらぬ期待で揺るがぬ評価を与え続けてくれた。堅志は口をへの字に結んで、眉に力をこめた。そうしないと山根のまえで泣いてしまいそうだ。絞りだすようにいった。

「……いつまでに書けばいいのかな」

　山根の表情が弾けた。

「やってくれる気になったのか。それはよかった。締切まであと二週間弱というところかな。まあ早いに越したことはないけど。初めての文庫解説だから、手直しもだいぶあるかもしれないしね」

　人生が動きだすときは、すべてが同時に動くようだった。待ち望んでいた正社員への道と文筆家への道が、同時に開けるかもしれない。

「全力を尽くすよ。でも、もし活字にする基準に達していなかったら、遠慮なく落としてほしい」

　山根はうなずくと、にこにこと笑った。

「わかってる。無名の書き手だから、今回はぼくだけでなく、編集長と菊川先生のチェックがあるんだ。全部を無事に通過できなければ、堅志の書評家デビューはお流れだ。がんばってくれよ、先生」

　胸の奥にちいさな炎が灯ったようだった。それから堅志は友人から、最近の出版界の動向、読むべき書評家、新しい小説の潮流について情報を得た。伝票をとると最後に山根はいった。

「堅志と同世代の若い読者を引きつけるような文章を頼むよ。ぼくはこれから別な作家先生と打ちあわせという名の飲み会だ。夜中まで愚痴につきあわなきゃならない」

堅志が自分の分を支払おうとすると、手で制して編集者はいった。

「著者の分は会社もちだよ。堅志、あの小説のよさをみんなに伝えてくれ」

渋谷駅南口にあるカフェをでるとき、自分がおかしなふうに見えていないか堅志は不安になった。文庫解説の依頼、書評家デビュー、十年来の友人の評価、それに「著者」という言葉に舞いあがり、手足の動きが古いSF映画のロボットのようにかちかちだったのである。

42

その夜は日菜子の顔を見たとたんに、抑えていたものがあふれだしてしまった。普段は冷静な堅志が夕食の準備をしている日菜子を相手に熱く語り続けた。ダイニングの柱にもたれ、右手にこれから解説を書く菊川仁の本をもっている。

「とにかく文庫解説で、書評家としてデビューできるかもしれないんだ」

日菜子は終始冷静だった。淡々と夕食をテーブルに並べていく。

「よかったね、ケンちゃん。さあ、座って。ともかく晩ごはんにしようよ」

堅志は単行本を食卓の脇(わき)においた。この本はずっと手元にあるけれど、まさかこの作品の解説でデビューするとは思わなかった。菊川仁の全作品を読み直さなければならない。

「あっ、そうだ。わたしが再現したピッコロのドレッシング、サラダにかけてみて」

ルッコラ、ベビーリーフ、サラダ菜にサニーレタス、緑の葉ものだけのサラダだった。堅志はガラスの器にはいったドレッシングをスプーンですくってみた。どろどろで粘度が高く、見た感じはあの店のものにそっくりだ。サラダにかけてひと口たべてみる。日菜子が心配そうにいった。

「どうかな。玉ねぎと人参の量がよくわからなかったんだけど」

香りはよく似ていた。まず最初にほめなくては。なにがあってもおたがいをほめあう。ふたりのあいだの約束だ。

「ぜんぜんおいしいよ。でも塩かアンチョビがすこし足りないかも。お店でたべたときは、けっこうがっつり塩だった気がする」

日菜子もスプーンから直接ドレッシングをなめている。

「そうだよね。お店ではインパクトが大事だから、どうしても味が濃い目になるものね。それをちょっと抑えられないかなって思ってるんだ。お客さんに飽きずにずっとたべてもらいたいから」

堅志は横目で菊川仁の本を見た。解説の依頼で舞いあがっていたけれど、自分はどんな文章を書きたいのか。一度始めてしまえば、仕事は続くものだ。デビュー作には書き手のすべてがでるという。自分は原稿用紙十枚になにを刻むのか。主役は菊川仁の小説で、そこにさりげなく華を添える文章でなければいけない。ぺこりと頭をさげて、日菜子は改まっていった。

「ケンちゃん、新しいお仕事の依頼、ほんとうにおめでとうございます。最初にきいたときから、すごくうれしかったけど、なにがあってもごはんはちゃんとたべるっていうのが、ふたりの決まりだから。夕食の準備を先にしたんだ」

堅志も箸をおいて日菜子に頭を下げた。

「いや、ぼくこそ舞いあがって変なテンションでごめん。そんなに騒ぐほどのことでもなかったな。ヒナちゃんの話をきいて反省したよ。すこし冷静にならなくちゃ。どう書いたらいいのか、なにも考えていなかった」

日菜子がふふふと笑った。

「お友達からそんなにいい話をもらったのに、わたしなんかに謝るなんて、ケンちゃんって変わってるよね。普通ならもっといばってもいいのに。さあ、どうだ、文筆家デビューだぞってさ」

そういわれてみれば確かにそうかもしれない。自分の才能はわかる人にはわかるのだ。そう偉そうにいうのは簡単だが、まだ堅志はなにも成し遂げていなかった。二十代の十年間は長いトンネルを歩きとおすような日々だった。解説はまだ一行も書いていない。力なく笑って堅志はいった。

「そうかもしれない。ぼくはいばりかたを忘れちゃったみたいだ。誰にも自分がすごいなんていえないよ。才能なんて、はなからぜんぜんさ」

堅志の言葉にはこたえずに、日菜子はさっと立ちあがると冷蔵庫にむかった。料理にもつかっているチリ産の白ワインのボトルをもって戻ってくる。安価だけれど、おいしいワインだった。堅志のまえにグラスをおくといった。

「はい、乾杯しよう。わたしは今すごくしあわせだよ。ケンちゃんの素敵なところ、全部ひとり占めしてるんだもん。それももうすぐ終わりかもしれないけど。今のうちにいっておくけど、きっとみんながケンちゃんのほんとうの値打ちがわかるようになるよ。保木日菜子の予言といってもいいくらいだな」

堅志はまぶしいものでも見るように同棲相手を見た。こんなふうにほめてくれるのなら、たとえ何度失敗してもまたがんばれるだろう。身近にいる好きな人に信じてもらえれば、たいていのことは耐えられる。きっと電車のなかで見かける顔のほとんどが曇っているのは、そんな誰かが近くにいて、ほめてくれないからだ。世界は冷酷なのだから、もっとおたがい優しくすればいいのに。ふたりはグラスをとると乾杯した。

「ヒナちゃん、ほんとにありがとう。ぼくはヒナちゃんと会わなければ、もっと投げやりに生きていたと思う」

日菜子はいたずらを見つかった子どものようににっと笑った。

「全部ほんとのことだよ。わたしはいっさいお世辞なんていってないもん。ケンちゃんが素敵なのは、みんなほんとだよ」

堅志はグレープジュースのような爽やかな白ワインをのんだ。今日はひどくいい気分だ。すこし酔っ払いたい気分だった。

「そうだ、わたし、今日ピッコロのランチタイムのお手伝いにいったんだ。それでいくつか思いついたことがあって、ケンちゃんに相談したいの」

気分よく酔いながら、堅志は日菜子の引き締まった首筋を眺めていた。細くて長くて優雅な首から肩筋のラインは、日菜子の魅力のひとつだ。今夜あそこに長いキスをするのもいいかもしれない。不意をつかれていった。

「えっ、ピッコロの相談？」

日菜子の目がきらきらと光っている。なにかたのしいアイディアでもあるのだろうか。

「そうだよ。あそこのBGMは今、ほとんど有線で古いポップスとかなんだ。せっかくいいオーディオセットやアナログレコードもあるのに、ご主人が亡くなってから誰もかけてくれないんだって。光枝さんは、そんなに音楽に詳しくないしね」

「そういえば、あそこはCDプレイヤーもなかったよね」

「そうそう。LPって二十分くらいで表と裏を引っくり返さなきゃいけないんでしょ。お店が忙しいときは絶対そんなの無理だから」

堅志はあの店にあったオーディオセットを思いだしていた。アナログプレイヤーと大型のセパレートアンプ、あとはこちらも巨大なフロア型スピーカーである。イヤフォンではなく、全身で音を浴びるようにきくためのセットだ。

「それでね、ケンちゃんが今つかってるあのCDプレイヤー、お店のほうに借りられないかなと思って。あとうちにある音楽のCDから趣味のいいやつ百枚くらい」

堅志の背後には十年ほど昔の高級機が、ラックのうえにおかれていた。１０３号室の土田から、入院騒動のお詫びにプレゼントされたものだ。中古品だが当初二十万円以上したという。このプレイヤーなら、あのオーディオセットのなかに混ぜても、音の品位を落とすようなことはないだろう。

「わたし、いつも考えてたんだ。ケンちゃんは音楽にすごく詳しいし、センスもいい。その趣味を生かす場所がどこかにないかなって」

堅志のところには二千枚を優に超える量の音楽ＣＤがたまっていた。確かにここから小型のトロリーケースひとつ分ほど、あのイタリアンにもっていき、昼用と夜用の趣味のいい選曲をするのも楽しいかもしれない。

「うん、悪くないね。ぼくもやってみたい。光枝さんにはＯＫをもらっているの」

「ＢＧＭをなんとかしたいといったら、好きにしていいって」

堅志は最近のＢＧＭ事情に不満だった。どのレストランやカフェでも、判で押したように、ありふれた有線放送やアップルミュージックのジャズの垂れ流しになっている。

「クラシックもジャズもロックもポップスも関係なく、いい音楽をどんどんかけたら楽しそうだなあ」

そんなことができるなら、学生時代のあこがれだったラジオＤＪの夢がかなうかもしれない。真夜中にいい音楽と本を紹介する番組をつくれたらと何度思ったことか。

「うん、ケンちゃんのセンスで好きなようにしてみて。あんまりとがったのは困るけど」

二十世紀の難解なクラシック好きなのも、日菜子はしっている。でもいくら堅志でも、昼下がりの住宅街のイタリアンで、調性のないホラー映画の劇伴のような楽曲をかけるつもりはなかった。バルトークも、シェーンベルクも、ノーノも素晴らしいけれど。

「うん、そのへんは気をつけるよ」

腕が鳴る。今夜からCDのセレクトを始めてもいいくらいだった。日菜子はうれしげに堅志を見ていった。

「それとね、店の本棚覚えてるかな」

無垢材（むくざい）でつくられた棚板の厚い本棚を思いだした。表紙がべたべたと脂（あぶら）ぎった何年かまえのアウトドア雑誌が、ぱらぱらと間を空けておいてあった気がする。

「ああ、あのぱっとしない本棚ね」

堅志はよその本棚には厳しかった。本が一冊もないような家には、あまりあがりたくないほうだ。

「あそこにケンちゃんの選んだ本を、すこしおいてもらえないかな。カフェ利用のお客さまもけっこういるから、あのお店をいい音楽といい本のあるブックカフェみたいにしたいんだ」

いい音楽といい本。それはどん底のときにも、いつも堅志のそばに寄り添ってくれた友人だった。自分なりの音楽のよしあし、自分なりの本の読みかたには、ひそかな自信がある。それをこんな形で生かせるとは。気分がいいせいか、新しいアイディアがつぎつぎと湧(わ)いてくる。

「ぼくの本だけだと癖が強くなるから、今度古本屋にいって買いだしてくるよ。一冊百円のゾッキ本のワゴンのなかだって、いい本はいくらでも拾えるから。ヨーロッパには自分が読んだ本と、お店の本を好きなように交換してもいいブックカフェがあるんだけど、そのやりかたを試すのもいいかもしれないな」

ピッコロ・フェリチタには、女店主が守ってきた味を支持する手堅い固定客がいる。そこに趣味のいい音楽と本の力が加わったら、どんな店になるだろう。そうか、これが自分の店をもつという夢の吸引力なのか。一年で半分が潰(つぶ)れるとわかっていても、みな夢を形にしたいのだ。

日菜子がワインで頬を桜色に染めていう。

「なんだか夢みたいなことばかり続くよね。わたし、全力でがんばるから。正社員になるケンちゃんに負けないくらい、がんばるから」

そんなことを気にしていたのか。堅志は日菜子の目を見ていった。

「正社員になれたとしても、ぼくはぜんぜん変わらないからね。心配しなくていいよ。ヒナちゃんもそのままでいい。いや、そのままでいてくれなくちゃ、困るよ」

それから堅志と日菜子はその夜何度目かの乾杯に酔った。真夜中のすこしまえ、ふたりでいっしょに明かりを落としたユニットバスにはいり、ベッドのうえでは優しくていねいに身体を重ねたのだった。

43

翌日から、堅志は菊川仁の小説を読み直した。一回目は流れにのってストーリーを再確認し、二度目からは細かなメモをとり始めた。三度目は自分の考えを確かめるため、引用する場面を中心に飛ばし読みしていく。それだけで四日間かかった。昼のあいだは倉庫での作業があるので、自由時間のほぼすべてを菊川仁の作品を読みこむことにかけたのである。

文庫解説を書き始めたのは五日目で、書くほうが読むよりずっと楽だった。人の作品はていねいに扱わなければいけないけれど、自分の文章なら自由でいい。作品への敬意を忘れてはいけないが、好きなように書けないなら著者名を記す理由もない。堅志は自分の経験してきたアルバイト生活のつらさや劣等感を、菊川仁の小説に重ねるようにきちんと書き記していった。

堅志の文庫解説は二日間で書きあげられ、明けがた編集者の山根博康に送られた。マウスのボタンを押したときの祈るような気もちを、堅志は一生忘れないだろう。

原稿を書きあげると、堅志はさっそく本とCD選びに移った。こちらは苦労もなくすいすいとすすむ。どちらも鼻歌まじりの楽しい仕事である。好きな音楽をかけながら、ピッコロ・フェリチタにもっていく本とCDの山をつくるのは、仕事というより遊びに近い作業だった。

日菜子も水を得た魚のように、スーパーのパートとピッコロ・フェリチタの仕事に燃えていた。働く時間は以前の倍くらいに増えているのに、疲労の跡も見せずに集中している。仕事が人を傷つけるのは、その仕事に将来の希望が見えないときなのかもしれない。

堅志がレンタカーを借りて、セレクトした本とCD、それに高級CDプレイヤーを搬入したのは日曜日のことだった。まず最初にオーディオセットの裏側を掃除した。配線がからまる隙間(すきま)にはほこりが溜(た)まりやすいのだ。不思議なことだが、きれいにすると再生音も澄んでくる。慎重にCDプレイヤーのコードを接続した。適当なディスクを選び、慣らし運転を始める。どんな機器でも最初の三十分ほどは、実力を発揮できないものだ。ましてプレイヤーはまったく新しい環境におかれている。できるなら半日くらいは、低い音量でかけ続けておきたかった。

カウンターのうえに百枚ほどのCDを並べ、本棚からは古い雑誌を撤去した。日菜子が棚をきれいに拭(ふ)いてくれる。本の奥付には緑のスタンプが押してあった。ログキャビンのなかにピッコロ・フェリチタという店名が、ローマ字ではいっているものだ。ゴム印はデザインだけネットで送ると、数日で実物が届いた。

堅志は半分ほど本で埋まった書棚を満足げに腕を組んで眺めた。

「うん、いい感じだ。日本全国探しても、本棚に吉田健一と内田百閒(ひゃっけん)が並んでるイタリアンはないと思うな。それにサリンジャーとフィリップ・ロスも」

音楽はモーツァルトの明るいほうの五重奏曲だった。うきうきと弾むようなメロディが楽しい。本棚の中段には日菜子が集めていた料理の本が並んでいる。日菜子が額の汗をぬぐっていった。

「いつか日曜日に料理教室を開けたらいいなあ。わたし、昔から料理は嫌いじゃなかったけど、ケンちゃんと暮らし始めてからなんだよね、大好きになったのは。だって、いつもケンちゃんがおいしい、料理がうまいってほめてくれるから」

日菜子が堅志の背中に抱きついてきた。

「だから、ここのお店で働けるのも、ケンちゃんのおかげなんだ。わたし、料理を一生の仕事にしようと思ってる」

肩におかれた日菜子の手を握って、堅志はいった。

「こちらこそ、ありがとう。最近じゃ、本とCD選びが一番楽しい仕事だったよ。お金にはならなくとも、楽しく働けるってすごいよなあ」

堅志はそういうと、つぎの作業に戻った。スピーカーの角度をもうすこし調整しなければならない。そうすればいい音がきける範囲をさらに広げることができるだろう。日曜の午後はまだ始まったばかりだ。オーディオの腕を発揮する時間は十分にあった。

月曜の朝はいつものように倉庫に出社した。

入館証をセンサーに当て、味気ない電子音とともにゲートを通過する。エレベーターで上階にあがりロッカールームにいくと、年下の上司・葛西が待っていた。真っ白いボタンダウンシャツが妙にまぶしかった。おや、なんだろう。最初に考えたのは悪い予測だった。二週間も早く特別研修の結果がでたのか。それもよくないほうに。堅志は努めて顔色を変えずに挨拶を送った。

「おはようございます」

葛西は上機嫌で見返してくる。こんな顔で不合格を告げる人間などいないだろう。堅志はひと安心した。

「おはようっす、立原さんに本社から、お客さんがきてますよ」

なぜか葛西がにやにやしていた。悪いニュースではなさそうだが、単純にいいものとも思えなかった。

「あっ、そうなんですか。わかりました」

「午前中の作業はそっちのほうのミーティングが終わってからでいいです。まあ、のんびり話をきいてきてもらってかまいません。なんなら、午前中はピッキング作業はしなくてもいいんで。もちろん有給です」

それだけ本社からきたという社員との面談が重要なのだろう。この会社は非効率と無駄を徹底的に嫌う体質だ。もしかしたら、抜き打ちの最終面接なのかもしれない。

そうだとしたら、気を引き締めてかからなければいけない。

「むこうは応接室Eで待ってるから、悪いけど今すぐいってもらえますか」

葛西のにやけた顔が薄気味悪かった。

「立原さんにはきっと悪い話じゃないと思うけど」

「……はあ、いってきます」

制服のベストには着替えずに、エレベーターホールに戻った。応接室か。あそこは出入りの業者ではなく、得意先との打ちあわせに使用される個室で、黒い革の応接セットがおいてあったはずだ。堅志はエレベーターを降りると、靴下もはかない白いテニスシューズで、独房にでもむかうようにひどく長い廊下を歩いていった。

「失礼します」

緊張で声がおかしくなっていないだろうか。堅志は心配しながら応接室Eの扉を引いた。

「立原さん、おはようございます」

いきなり佳央梨の声が飛んできて、内心驚いてしまった。胸の筋肉がつったような感じだ。顔をあげると、北欧風のモダンなソファセットに佳央梨とヒューマンエデュケーション部長、ジェレミー・高が座っていた。長身の部長はにこやかに公式の笑顔を浮かべている。

「こちらのベースで会議があったものだから、ちょっとうちのゴールデンの顔を見ておこうと思ってね」

採用枠の上位一〇パーセントの応募者をそんなふうに呼んでいると、佳央梨からきいたことがあるような気がした。あいまいにうなずいて、ふたりに対面するソファに浅く腰かけた。アジア系の顔立ちだが高はアメリカ人なので、ジェスチャーがおおきかった。目をおおきく見開き、両手を広げていう。

「いやあ、ケンジがほんとうに倉庫でピッキング作業をしているとは、ここにくるまで信じられなかった。きみのレポートやディスカッションの様子からは想像できないよ。どれも素晴らしい出来だった。Aプラスだ」

日本語はひどく滑らかだ。しかし心のなかではアラームが鳴っていた。この人は目的のない行動をとるようなタイプではない。ただのついでのはずがなかった。なにか欲しいものがあって、ここにきているのだ。

スーツ姿の高と佳央梨に目をやってから、自分の格好を見おろした。ふたりは国際的な企業の日本本社に勤めるエリートで、自分は一介のアルバイトに過ぎない。堅志は安ものの T シャツとユニクロの紺のパンツ姿だった。雨じみの浮いたウインドブレーカーを重ねている。日菜子のおかげで洗濯したてなのがせめてもの救いだ。この十年で習い性になった劣等感が堅志のなかで熱をもった。佳央梨が真剣な顔で口を開く。

「立原さんは入社後の希望は具体的にありますか」

ひどくよそいきの口調だった。バーベキューのときとは大違いである。

「いえ、とくにはありません。どこでも与えられた場所でベストを尽くしたいと思います」

そうとしかいいようがなかった。高部長がにやりと笑う。

「謙虚なのは日本人の美徳だと思うけれど、それではうちの会社では埋もれてしまうんだ、ケンジ。自分が欲しいものをはっきりと周囲に表明して、つぎになんの仕事をしたいのかアピールし続ける。そして結果をだし、ステップアップしていく。それがうちのやりかただ。日本では会社のために働くというけれど、むこうでは会社といっしょに働くというからね」

経営学の本をかなり読んでいる堅志は、その言葉を理解していた。仕事につく前置詞はFORではなくWITHなのだ。部長はなにがいいたいのだろうか。一気に三百人採用するのなら、自分などどこに飛ばされてもおかしくなかった。物流拠点は全国に八カ所ある。堅志は北海道や九州の倉庫で働くのも案外おもしろそうだと考えていた。

「そうですよ、立原さん。自分から表現しない人はなにもいいたいことがないと思われて、無視されるのがあたりまえなんです。あなたは自分の実力をもっとアピールしたほうがいい。今だって、ちゃんとどんな部署で働きたいのか、きちんというべきだった。日本の会社ではどうだか知らないけど、それがうちのルールです」

佳央梨がばちばちと音が立つような視線を送ってくる。学生時代のガールフレンドはきっとこの会社で水を得たのだろう。もともと昔から積極的なところがある。大学のゼミで初めに手をあげるのは、いつも佳央梨だった。果たして自分にそんな大胆なことができるだろうか。非正規で働いた二十代は危険を避けるために、目立たず控えめに存在感を殺して生きてきた。高部長がぱちりと指を鳴らした。

「時間がもったいないな。このあと会議がみっつ待っているんだ。単刀直入にいこう。ひと振りの刀でまっすぐ斬りこむって、いい言葉だと思わないか、ケンジ」

やたらにファーストネームで呼びかけてくるのは、親密感を演出するためだろう。わかっていても悪い気はしなかった。高部長は真剣な表情になった。

「事前にきみの意向を確かめておこうと思ってね。もしよければ、入社後はぼくのヒューマンエデュケーション部で働いてみないか。まだまだうちは成長を続ける。人は足りないし、優秀な人材はもっと足りないんだ。ぼくはできる人が欲しい」

佳央梨がちいさくうなずいていった。

「いい話だとわたしは思う。あなたなら正社員になりたい人たちの気もちが手にとるようにわかるでしょうし、うちの部は採用担当だけでなく再教育や人事考課もしているから、管理部門のなかでも有力なのよ。ヒューマンエデュケーション部で活躍できれば、さらに上にあがれるし、未来が開けます」

ジェレミー・高がソファに腰かけたまま両手をおおきく広げた。

「ひとつ明確にしておきたい。うちの会社では新卒採用と中途採用に差別はない。男女や人種による差別も、公式には存在しないことになっている。トップのほうにいくと微妙なところだがね」

自分のジョークに片頬で笑って部長はいった。真剣さが一段あがっている。

「ケンジ、きみはこれまでのアルバイト生活で、自己評価を切りさげ続けてきたと、カオリからきいた。決して楽な十年でなかったことは想像がつく。よくがんばってきた。ぼくはきみに人生を逆転させるチャンスをあげられると思う。同世代のトップランナーに追いつき、追い越す。試合を引っくり返す満塁ホームランのチャンスだ。き

みの力なら十分に可能なはずだ。わたしといっしょに働こう。いい返事を待ってい
る」

最後まで一番切れ味のいい刀は隠していたのだ。これが世界的な優良企業の管理職というものか。堅志の心に火をつけるような言葉だった。佳央梨はもう無駄なことはひと言もいわなかった。高部長は穏やかな笑顔を復旧させている。

「さあ、仕事にもどろう。午後もがんばってください。でも忘れないで。ぼくならピッキングの百倍もやりがいのある仕事を用意できる。いっしょに働ける日をたのしみにしているよ」

最後に開いた手が伸びてきた。堅志は心を動かされながら、高部長のあたたかくおおきな手を握った。

44

その日の午後、堅志はまったく仕事をした気がしなかった。いつものようにタブレットを見ては、指示通りつぎつぎと箱のなかに商品をピッキングし収めていくのだけれど、心はまったく別の場所にある。沖縄の人が口にする「まぶいおとし」というの

は、こんな感覚なのだろうか。心がなくても、気がつけば商品を詰めこんだ箱が台車に積みあがっている。

この台車は自動式で、堅志が押していかなくともつぎの配送の部署に勝手に動いていく。なんでも、自社開発したＡＩが搭載されているらしい。つぎは完全自動化の倉庫を研究中ともきく。いつかそう遠くない未来、きっと全世界の倉庫からピッキング作業員はいなくなるのだ。コンビニエンスストアやスーパーからはレジ打ちが消え、銀行の窓口から制服の女性も消えていく。トラックやバスやタクシーの運転手も同じだろう。思わず声が漏れてしまった。

「うちはふたりとも失業しちゃうじゃないか」

堅志は倉庫の棚のあいだで、左右を見まわした。誰かにきかれなかっただろうか。冗談ではなかった。あと数年ほどで堅志の倉庫作業も日菜子のレジ打ちも、職業自体が世界から消失してしまうのだ。今のまま働き続けることは、どんなに優秀で熱心でもかなわない。

ジェレミー・高部長の誘いを思いだした。急成長を続ける企業で、採用と人材教育の仕事をする。それはピッキング作業より、何倍もやりがいがある高度な仕事だろう。

「本社のお偉いさんとミーティングか。いいご身分だな」

冷えびえとした声は、バイトのチームリーダー村井だった。年上で、この職場の先輩である。体育会系で、ぴちぴちのTシャツの袖をロールアップして、発達した上腕三頭筋を見せつけていた。村井の目に暗い炎が見える。

「噂はきいてるぞ。特別研修ですごくいい成績だったらしいじゃないか。立原は本社の管理部門に採用されるって、バイトのあいだじゃもちきりだ」

アルバイトを二十年近く続けてきた中年男の、嫉妬に満ちた言葉だった。堅志にはひとりだけ正社員になることに、裏切りに近い感覚があった。この国の四割を占める非正規労働の仲間たちと離れ、自分だけ安全な場所に逃げるような気がする。

「いや、ぼくはまだわかりませんよ。合格かどうか正式にきいていないですし」

発表まで二週間ある。部長からの誘いは自分の胸の内に秘めて、この調子でバイト仲間のほうは乗り切るしかないだろう。村井の目がふと弱気になった。視線をそらしていう。

「いいんだよ。本社採用なんて、すごいじゃないか。今日きてたお偉いさんは、ヒューマンエデュケーション部なんだろ。それでな、ひとつお願いがあるんだ」

声がひどく大人しくなった。村井は周囲に他のアルバイトがいないか確認した。

「あそこは人材採用とか教育をやってるんだろ。もし立原が本社にいって、あの部署にはいるようなら、おれのことつぎの特別研修に推薦してくれないか。頼む、この通りだ」

新米のアルバイトをいじめて何人も辞めさせてきた村井だった。自分よりも下の者にはとことん強く、上の者にはプライドを捨ててへつらうことができる人間だ。堅志はそんな村井を見て、怒ることもできなかった。

手をあわせる村井がただ悲しくなった。悪いのはこの人だけではない。二十年間も昇給もたいした仕事も与えずに、お手軽で安価な労働力として人間を使い潰してきた世のなかにも、多くの責任があるはずだ。個人だけを責めて責任をとらせる社会の風潮が、堅志は吐き気がするほど嫌いだった。

どう返事をすればいいのだろうか。堅志はのどになにか詰まったような気がした。

「わかりました。バイトリーダー、こちらこそよろしくお願いします」

おどおどしていた村井の目が明るくなった。

「さすがに本社採用されるようなやつは違うな。こっちこそ、よろしく頼むよ」

どこかへつらうような笑顔をみせる。堅志は迷っていた。ジェレミー・高のいうとおり実際にヒューマンエデュケーション部で働いたとして、自分は村井を推薦するだろうか。性格的に難点はあるが、仕事に対しては真面目（まじめ）だ。村井のしたで働きたくはないが、おおきな組織ならこういう人間がいてもいいのかもしれない。

村井が堅志の肩を叩いていった。

「本社の情報がなにかあったら、教えてくれよ。推薦してくれたら、一生恩に着るし必ず恩返しはするからな」

胸を張って揚々と棚のあいだに消えてしまう。いったいなんだったのだろう。会社というところはよくわからない場所だ。特別研修にいくまで、ここは時間分だけ単純労働をすればいい職場でしかなかった。それがいつの間にか複雑な正社員の力学に組みこまれようとしている。生活は安定するしボーナスももらえるとはいえ、果たしてそれは自分が望むものなのか。堅志はため息をついて、タブレットに目を落とした。柔軟剤にはサイズと香りの細かな指定がついている。消費者の嗜好を映して、商品はますます複雑多岐に進化していた。

人間はなぜ柔軟剤やAIつきの台車のように簡単に進化できないのだろう。頭のなかに浮かんだ疑問を押し殺して、堅志はフローラルブーケの香り徳用二・五倍サイズ詰め替え用パックを箱のなかに移した。

45

日菜子は大忙しだった。

その日は早番で駅ビルのスーパーのパートをこなし、夜からピッコロ・フェリチタのヘルプにはいっていた。新しい音楽も新しい書棚も常連客には好評だった。ランチの客数は変わらないけれど、堅志のセレクトした音楽と本を目当てに、ディナー客は明らかに上昇傾向にある。

最近は音楽を聴かなくなった、本を読まなくなったとはいえ、まだまだ多くの人がいい音楽や本を求めているのだ。それは料理だって同じことだろう。世界中がコンビニやファストフードだけになったら、どれほど味気ないことか。

「堅志くんにもお礼をいっといておくれ」

閉店間際（まぎわ）のカウンターで薄くお湯で割った麦焼酎（むぎじょうちゅう）をのみながら、光枝が音楽にあわせて頭を揺らしていた。イタリアンが得意なくせに、酒は焼酎がいいという。視線の先には堅志がセットしたCDプレイヤーがある。ケーブルや端子は土田がクリーニングしてくれた。音も磨きたての窓のようにクリアに澄んでいる。大型のフロアスピーカーからは、オスカー・ピーターソン・トリオの『プリーズ・リクエスト』が流れていた。黒人女性のお尻のようにボリュームのあるベースラインが心地いい。

「だけどねえ。やっぱり今どきはレストランでも、ただ料理がうまいだけじゃダメなんだね。こうして音楽があって、本があってさ。店が一段高級になったよ」

日菜子は小皿でサラダをだした。刻んだキュウリとサラミとルッコラに特製ドレッシングをかけて、手でもみこんだ、光枝の好きなおつまみだ。黒コショウを強めに振ってある。

「あたしの好みもすぐに覚えるし、ヒナちゃんがきてくれて、ほんとによかった」

日菜子の声はピアノの音に隠れるほどちいさくなった。堅志以外の人からほめられるのは慣れていない。

「いえ、そんなに役に立ってないです」

光枝はサラダをつまむと、麦焼酎をぐいっとのんだ。

「そんなはずがないだろう。この年になると店の後片づけがこたえるんだよ。ヒナちゃんがやってくれて、大助かりなんだ」

くすりと日菜子は笑った。光枝が上機嫌なのがうれしい。

「そうなんですか、よかったです」

「まあ、ヒナちゃんも七十になればわかるよ。店閉めたあとで、明日の仕込みをするのが、どれだけ骨にこたえるか。ながーい仕事なんだからね、あまりがんばり過ぎちゃいけないよ」

日菜子はうなずいて、はいと返事をした。確かにこのところ、ベッドで横になったとたんに殴りつけられたように眠りに落ちている。気が張っているから自覚はなくても、身体には疲労がたまっているのだろう。

「赤ワインをデカンタで、もう一本」

中央の大テーブルから、書店の副店長・板垣の注文が飛んだ。日菜子がこの店で光枝の手伝いをするようになってから、二、三日に一度は必ず顔をだしてくれるのだ。いつもひとりではなく、同僚を連れてきてくれるのもうれしいことだった。

常温のハウスワインをガラス容器に移して運ぶ途中、カウンターのまえで板垣とすれ違った。トイレにいくところのようだ。耳元で板垣がささやいた。

「日菜子さん、今度またお茶でもしてくれませんか」

副店長の頬はワインで赤かった。酔うと陽気になるタイプのようだ。日菜子は気軽にこたえた。

「ええ、いいですよ。新しい本があったら、教えてください」

接客半分のつもりでいったのだが、板垣の表情がぱっと輝いた。

「やった。なかなか勇気がだせなかったけど、思い切って誘ってよかった。いつにします？」

板垣は本気のようだ。日菜子は堅志のことが好きだけれど、こうして新たな異性に誘われるのは素直にうれしかった。以前ふたりで食事をしたときにアドレスは交換していた。めったに使用することはなかったけれど。店のなかではあまり長話もできない。

「細かなことはメールで」

「はい、了解です。いやあ、やったなあ」

フォービートのウォーキングベースにあわせて、腰を振りながら洗面所にむかっていく。日菜子はくすりと笑ってしまった。板垣は子犬みたいだ。堅志はいつも優しいけれど、あんなふうに感情を表にだすことがない。

「ドレッシングなくなっちゃった。日菜子さん、お代わり」

別のテーブルから声がかかる。

「はーい」

なみなみと赤ワインで満たされたデカンタをもって、日菜子はいい音楽の流れるフロアをつま先立ちで歩いていった。

板垣からのメールは閉店作業中にさっそく送られてきた。日菜子は掃除機をかける手を休め、スマートフォンの画面を読んだ。

今夜の料理もぜんぶ美味しかったです。
さっきは急に誘ってしまって、驚かせちゃったかな。
酔っていたせいでなく、ぼくは真剣です。
敵情視察を兼ねて、水曜日、代官山にできた新型書店にいっしょにいきませんか。
日菜子さんは水曜は遅番ですよね。
午後三時には駅まで送ります。
朝十時に駅前で待ちあわせしましょう。

こうして具体的に日時と目的地を決めて、女性を誘えるのだ。副店長はきっともてる人なのだろう。ある程度遊び慣れている人のほうが逆に安心だった。多くの女性と同じように、日菜子はあまりに一途(いちず)に思い詰めるような男性は苦手である。

いつもお世話になっています。敵情視察(笑)、了解しました。

一行だけの返事を打ったあとで、顔文字をつかおうか迷った。ハートマークはいきすぎだが、スマイルくらいならいいかもしれない。一度黄色いスマイルマークを打ってみたが、どうもしっくりこなくて、三冊の本が積まれた絵文字にした。こちらのほうがニュートラルだろう。

板垣からの返信は二分とかからなかった。スマートフォンのディスプレイを、同じ本の絵文字が埋め尽くしている。最後に一行だけ文字のメッセージが書かれていた。

書店員になって、今夜が一番うれしい！

すこし年上だろうけれど、やはり板垣は本好きの元気な子犬みたいだ。

閉店後、光枝は早めに帰宅している。まだ明日のランチの仕込みと店内清掃が残っていた。疲れているけれど、やる気は満々だ。日菜子は堅志がセレクトしたＣＤからモーツァルトの名曲集を選んだ。掃除機の騒音に負けないようにボリュームノブをぐいっと右にひねった。

『フィガロの結婚』の序曲が華やかに流れだした。音楽のある生活はいいものだ。日菜子は掃除機でテーブルのしたに落ちていたナプキンの切れ端を勢いよく吸いこんだ。

46

「いってきます」

水曜はきれいな秋晴れだった。雲は高く淡く、遠くの建物まですっきりと角が立って見える。その空のしたを自転車に乗った堅志が勢いよく駆けていく。日菜子は自分の心模様が不思議だった。

同棲相手を見送って、すぐに外出の準備をしているのだ。化粧をほとんどすることのない日菜子にとって、ベースと目の周辺と唇だけの十五分メイクでも画期的なことだった。板垣は新型書店だといっていたけれど、場所は代官山だ。それなりのお洒落(しゃれ)をしていったほうがいいだろう。まだすこし暑いけれど、今年流行(はや)りのアースカラーのジャケットを着ていくことにした。したは同系色のパンツだ。

日菜子は約束の時間の五分前には最寄り駅に着いていた。仕事にいくときは気が重い自転車の十分間も、弾むような気分でペダルを踏むことができる。板垣になにかを期待してもいけないし、深いりする気もちもなかったけれど、それでも別の男性とのデートには胸躍るときめきがあった。

駅のロータリーの端で待っていると、目のまえにレクサスの銀のセダンが停車した。モーターが静かにうなって、窓ガラスが滑らかにおりてくる。

「お待たせしました」

白いシャツの襟を立て、日菜子の上着と同じ色のベストを重ねた板垣が顔をのぞかせた。これではペアルックに見えてしまう。日菜子はあせりながら、ぺこりと頭をさげて挨拶した。

「あっ、おはようございます」

「いいから、早く乗って」

ドアを開けて助手席に乗りこんだ。堅志は運転免許はもっているけれど、自動車をもっていないので、ほとんどペーパードライバーである。銀のセダンが駅前の余裕のあるロータリーをゆっくりと回り始めた。空を淡い雲が駆けていく。ああ、自動車って気もちいいなと日菜子は思った。とくに男性が運転する隣に乗っているときは格別だ。

「まっすぐ代官山にいきましょう。あそこは書店のとなりにレストランもあるから、お昼はそこに予約をいれておきました。パンケーキが美味しいらしいですよ」

日菜子もそのレストランはネットで調べていた。料理が好きで食いしん坊だから、話題の新しいレストランにいけるというだけでうれしかった。そうか、板垣は店をちゃんと予約するタイプなのか。堅志はほとんど予約をしないので、その違いも新鮮である。

セダンは郊外の住宅地を静かに走っていく。窓の外にいくつもの家や店が流れていった。誰かの運転する車の助手席から傍観するだけの人生。女にはそういう生きかたもあるのだ。毎日パートで働くのでも、自分で店をだすのでも、いつまでも同棲を続けるのでもなく、エアコンの利いた快適な空間で暮らすような生活もある。

自分にはそんな暮らしは選べなかったし、そんな暮らしを送るだけの価値がある女性とも思えなかった。結局、人は自分という人間に似た形の暮らしを、いつの間にか確信も確証もないまま選ばされている。暮らしを変えるなら人間を変えるしかないけれど、そんな芸当ができる人には、三十年に足りない人生で日菜子はひとりも出会わなかった。

「日菜子さん、なにかありましたか」

運転しながら板垣がきいてくる。つい本音が漏れてしまった。

「いえ、板垣さんとおつきあいする女性は幸せだろうなと思って」

そのうちおおきな書店の店長になり、どこか郊外に、ハイツを借りるのではなく、一軒家を建てるのだろう。自家用車はいつもピカピカで、子どもたちは父親の仕事柄本好きに育つのだろう。日菜子には申し分なく幸福そうな郊外の家族が目に浮かぶようだった。板垣が笑いながらいった。

「それ、ぼくのことほめてますか」

そんなつもりはなかったが、堅志をいつもほめているので癖になっているのかもしれない。

「いえ、ほんとのことですから。板垣さんと結婚したら、女性はみんな幸せになるとほんとに思います」

赤信号で板垣がやわらかにブレーキを踏んだ。すねたようにいう。

「ふーん、女性みんななんだ。特定の誰かじゃないんですね。たとえば……」

板垣が車内のオーディオを操作した。半分ラップで半分歌のJポップが流れだす。日菜子のしらないグループだった。音楽の趣味は堅志とはだいぶ違うようだ。甘い声で何度も愛してると男性歌手が歌っていた。最近のポップスは愛を大安売りし過ぎではないだろうか。

「……日菜子さんとか」

あせってしまう。この話は女性一般のものだった気がするのだが、なぜか自分が主役になっている。日菜子は主役に慣れていなかった。これまでの人生では舞台にあがるどころか、舞台袖に隠れて、友人たちが主役になるのを見送り続けてきた。いつもの調子で返事をする。

「わたしなんかダメですから。板垣さんはもったいないです」

副店長は赤信号のあいだ、助手席の日菜子の顔をじっとのぞきこんでいた。なにか考える顔をしている。信号が青に変わると、しっかりとアクセルを踏みこみ、銀のセダンは青い空のした滑るように走りだした。

代官山には十一時前に到着した。広い敷地にぽつぽつと距離をおいて、ガラスの長方形の建物がおかれている。建物のすき間を、お洒落な盛りつけのようにめずらしい外来の植物が埋めていた。文芸書、雑誌、写真集、料理書。いろいろなジャンルの本が揃(そろ)っているが、大判のビジュアル書が豊富なようだ。文芸の棚はそれほど広くなく、堅志なら厳しい評価をくだしたかもしれない。小説は時代遅れなのだろうか。それぞれの棟の二階はガラスの通路で結ばれている。

「なるほど、都心のお洒落なお客さんは、こういう本が好みなのかあ」

週刊誌やコミック誌はほとんど取り扱いがなかった。板垣は興味深そうに書棚のあいだを歩いていく。やはり根っからの書店員なのだ。声を殺して日菜子にいった。

「気になるのは、来客数に比べると、実際に書籍を購入してるお客の数がすくないような気がするところかなあ」

そういえば、先ほどから書店の紙袋をもった人はほとんど見かけなかった。

「ほんとだ。みんな公園にでも散歩にきてる感じで、熱心に本を探しているって雰囲気じゃありませんね。椅子（いす）もすごく多いし」

併設されたカフェのコーヒーカップをもち、ぱらぱらと本のページをめくる客の姿が目についた。板垣が頭をかいていった。

「あー資本のあるところはうらやましいなあ。うちじゃ絶対にこんなに余裕のある展示はできないよ。ほらレジ横を見て」

レジの脇（わき）の一等地に岩波書店の推薦本のコーナーがあった。毎月テーマが変わるらしく今月はヨーロッパの中世史のようだ。ドイツやイタリアの成立史、ハプスブルク家の千年史、イスラムとキリスト教が争うスペインの歴史。日菜子はイタリアンの店で働き始めたので、新書版のイタリア史を買ってもいいなと思った。確かにその本を板垣の店で見かけたことはない。もしかしたら岩波書店の本は一冊もないかもしれない。

「もっといい本を、ひとりでも多くのお客さんに届けたい。その気もちは変わらないつもりなんだけどね。郊外の書店で雑誌とマンガと参考書ばかり売ってると、だんだんとやる気がそがれていくというかさ。現実はなかなか厳しいよ」

板垣は運河と色鮮やかな紅葉の写真を表紙に載せた旅行本を手にすると、裏を返して価格を確かめた。

「うわあ、これ五千円以上する。うちとじゃ客筋が違い過ぎて、比較にもならないなあ」

この人でもこれほど落ちこむことがあるのだ。銀のセダンに乗る郊外の暮らしもいいことばかりではないようだ。日菜子はこの店にきた記念に、イタリアの歴史の新書を一冊だけ買った。板垣は悔しいのか、一冊も買うことはなかった。

昼食は同じ敷地内にあるレストランだった。日菜子と板垣はロティサリーチキンを頼み、デザートにハーフサイズのパンケーキを注文した。チキンは評判ほどの味ではなかった。ちょっと肉がパサついている。これならスーパーで骨つきの鶏モモ肉を買い、塩胡椒だけしてじっくりと中火で焼いたほうが美味しいかもしれない。ソースは肉汁にバターをひと欠片と白ワイン半カップとレモン半分をぎゅっと搾れば、それで十分。クレソンは色どり用でなく、どっさりと欲しい。

「なにを考えてるんですか、日菜子さん」

日菜子は頰を赤くした。

「すみません、料理のレシピを考え始めるととまらなくなってしまって」

板垣が笑った。歯がきれいだ。

「ほんとに料理が好きなんですね。今の真剣な表情よかったですよ。ぼくもついでに真剣になろうかな」

常温の水で口のなかの脂を流した。この人はなにをいっているのだろうか。

「ぼくももう三十歳になります。そろそろ年だし、つぎにおつきあいする人とは結婚したいと思っています」

これはなんの宣言だろうか。レストランのなかは高原のホテルのように赤褐色の木材が多用されていた。腰からうえの壁は白い漆喰塗で、落ち着いた雰囲気である。

「それで……」

喉が渇いたのか、板垣は水のグラスを空けた。男らしい喉仏が上下に動く。日菜子はなんとなく他人事のようにあいの手をいれた。

「そうなんですか」

板垣が真剣な目で、日菜子の目をのぞきこんできた。

「結婚を前提に、ぼくとおつきあいしてくれませんか」

一気にそれだけいうと、板垣の口が滑らかになった。

「日菜子さんが同棲していて、相手のかたが素敵な人だというのも、光枝さんからきいてしっています。ですが結婚の予定はないんですよね。不安定な職業だともきいています。そろそろ窓を開けて、空気を変えてもいいじゃありませんか。日菜子さんはもったいないですよ。ぼくならスーパーでパートなんてさせません」

胸をまっすぐに撃ち抜かれたようだった。日菜子はなにもいえずに硬直していた。

板垣は重ねていう。

「返事は今すぐでなくてもかまいません。でも、いつかちゃんときかせてください」

そのとき頭上から甘い香りと外国人のウエイターの声がおりてきた。

「おまたせしました。パンケーキのハーフサイズです。シロップが足りないようでしたら、おっしゃってください。ごゆっくりどうぞ」

シャツの袖から手首に青いタトゥをのぞかせた青年が、日菜子にウインクして大皿をおいていく。話の後半をきいていたのかもしれない。日菜子はメープルシロップの甘すぎる香りと板垣の興奮した笑顔にちょっと困ってしまった。

47

遅番のレジはひどく混雑していた。日菜子はにこやかに、手を動かしながら列の三番目に並ぶ初老の肥（ふと）った男性をちらりと見た。笑顔が引きつってしまった。要注意の客だ。この店には十数人分の要注意客のリストがある。万引き、クレーマー、異様に細かな商品説明を求めるこだわりの強い客。なかでも上位四名は危険だ。男はリストの二番目である。

霜降りのスエットパンツに、伸び切ったトレーナーを着て、腹は臨月くらい突きだしている。髪は天辺が月見そば型にはげていた。向かいのレジに目をやると、先輩の谷村さんがかわいそうにという顔で、片方の眉（まゆ）をつりあげてみせた。

「遅えなあ、このレジだけ」

そんなことはなかった。日菜子の作業の早さは、周囲のベテランと変わらないはずだ。

「いつまで待たせんだよ、日が暮れちまうぞ」

いつもなにかに怒っている人だった。気にいらないことがあると、レジですぐにおおきな声をあげるのだ。正社員はこの人がくると、いつの間にか姿を消してしまう。

「すみません、もうすこしお待ちください」

黙っているのが失礼な気がして、日菜子は手を動かしながらていねいにそういった。男の声のボリュームが跳ねあがった。

「なんだとー、生意気いうな。もうすこしって何秒だ」

今レジを通している主婦が、いやいやするように首を横に振った。まだふたり分のカゴがある。秒数などわかるはずがなかった。日菜子の背中に震えが走る。淡々とバーコードリーダーに商品を当てていく。フルーツグラノーラの後で三十円引きのボタンを押した。

「だから何秒だってきいてんだ。客を無視するのか、この店は」

客も店員も同じだった。周囲の表情が変わった。能面のように硬くなり、一切の感情が消されてしまう。ナンバーツーのクレーマーに関わりたくないのだ。暴風のような怒声に応対するのは日菜子ひとりだった。

「すみません、秒数はわかりません。できるだけ早くしますので、あとすこし……」

「だから、そのすこしは何秒なんだよ。おまえ、貧乏人だからって、馬鹿にしてんじゃねえぞ」

男ははげた額に汗と血管を浮かせている。きっとつらい人生を送ってきたのだろう。そう考えても、嫌悪感が先に立ってしまう。

「すみません、急ぎます」

男の手元に目をやった。もっているのは夕方になって割引シールが貼られたのり弁当がひとつだった。この店には少数買いの優先レーンはない。よほど先にクレーム客の弁当を通してしまおうかと思ったが、それでは他の客が黙っていないだろう。

「おまえじゃ、話にならない。店長を呼べ、責任者呼べ」

激高しているが、周囲から顰蹙を集めるのが楽しいようでもあった。この男は、すこしでも地位が上の人間と話をできるのがうれしいのだろうか。向かいの谷村さんがカゴをもって通りかかったアルバイトに低く声をかけた。

「二番のお客様よ。ちょっと正社員の人呼んできて」

この男はいつも一度火がつくと十五分は暴言を吐き続けるのだ。怒られ役の正社員が上手な人ならいいけれど、なにか不用意なひと言でも漏らせば時間は倍になる。店側の対応はただひたすら謝ることだった。レジの脇に日菜子と社員で頭をうなだれて立ち尽くし、この男の、正当な理由なき怒りの吐け口になるのか。

日菜子は目の前の商品をレジに通しながらしみじみ考えた。きっとこれは、堅志という素敵な同棲相手がいるのに、板垣に誘われて書店デートに軽々しくでかけた報いに違いない。わたしは浮かれて堅志を裏切った罰を、別な形で受けるのだ。

そのとき、きき覚えのある声がした。

「無茶なことをいうのは、やめてください」

板垣だった。うえの階から夕食を買いにきたのだ。手にはクレーマーと同じのり弁当をもっている。

「なんだと、若造」

日菜子は目でやめてと合図を送った。クレーマーの怒りの炎に油を注ぐだけだ。だが板垣は一歩も引かなかった。

「この列に並んでいる人は、さっきからあなたのいいがかりをみんなきいていますよ。レジのかたはただ『すこしお待ちください』と返事しただけです。そのどこが問題なんですか。みんなあなたがおおきな声をだすから、嫌な気分になっています。あなたのほうこそ、脅しをかけているじゃないですか。ふたり分のレジが何秒かかるかなんて、誰が正確にわかるんですか」

男の額に汗の粒が浮かんだ。周囲の客の冷たい反応を見て、男がすこしだけ弱気になった。

「うるせえな、おまえは誰だ。おれが話があるのは、このスーパーのやつだけだ」

板垣は周りの応援の視線を受けとめてから冷静にいう。

「あなたと同じただの客ですよ。お客なら誰でも気分よく買いものをする権利があるはずだ。あなたが訳のわからないクレームをつけて、弱い立場の人間に暴言を吐くのを見ていられない。みんな、あなたに注目していますよ」

レジの後方に並ぶ若い母親が、幼い娘の肩を抱き寄せた。

「うるせえな、おまえ無関係だろ。これはおれと店との問題なんだよ。どうでもいいやつは黙ってろ。グダグダ吐かすとぶっ殺すぞ」

板垣はスマートフォンを抜く。日菜子のほうを見て、ちいさくうなずいた。

「今の言葉みなさんききましたよね。店側にはなかなか難しいでしょうから、ぼくがこれから警察に通報します。大声で暴言を吐き、このスーパーとぼくを威嚇した。ぼくははっきりと殺すぞと脅されました」

初老の腹の突きでた男は叩きつけるように弁当をレジのカウンターにおき、人をかき分けるように通路を去っていく。背中越しに捨て台詞を吐いた。

「ふざけんじゃねえぞ。今に見てろ」

遅れてやってきた正社員が目を丸くして、状況を眺めていた。幼い女の子が手を叩き始めた。客のあいだに拍手が沸き起こる。なあにあの人、出入り禁止にすればいいのに、年をとるとききわけがなくなるね。いろいろな声が飛びかった。

日菜子は真っ赤な顔をして、全速力でレジを打ち続けた。自分が悪いわけでもないのに、申しわけなさが先に立って、顔をあげることもできなかった。板垣ののり弁当がおかれた。

「どうもありがとうございました」

弁当をレジ袋にいれる。視線をあげられなかった。

「三百二円です」

板垣が軽やかにいった。

「今日のお昼はご馳走だったので、夜は軽くするんです。レジの仕事がんばってください」

日菜子の心に花が咲いたようだった。深々と頭をさげた。

「ご迷惑をおかけして申しわけありませんでした」

「いや、たいしたことじゃありません。ぼくだって、ここがうちの店なら警察まではなかなか呼べません。お客ってほんとに強いですね」

スマートフォンで支払いを済ませ、板垣は去っていく。向かいのレジの谷村さんがいった。

「カッコいい男の人ねえ。保木さんの知りあいなの」

日菜子は頬を染めていった。

「さあ、どうでしょう……」

そのあとは無言でレジ打ちに戻った。胸が騒いでたまらない。頭のなかで恐ろしいことを考えてしまったのだ。もし、ここにいたのが堅志だったら、どうしただろうか。あの人は座が荒れたり、雰囲気が悪くなるのを極端に怖がる人だから、きっと顔を伏せたままレジの後方でひと声もあげずに待っていただろう。日菜子自身も客の立場なら、そうするのだ。

でも、板垣は違う。今日は昼のドライブでも、書店の散策でも、夜の恐ろしかったレジでも光り輝いていた。日菜子の胸のなかで副店長から投げかけられた言葉が、黄金のプレートに刻んだように輝いていた。

結婚を前提に、ぼくとおつきあいしてくれませんか。

どう答えたらいいのだろう。堅志からは結婚という言葉をきいたことはなかった。日菜子は胸のなかで悲鳴をあげそうだった。ケンちゃん、お願いだから、わたしをしっかりとつなぎとめていて。心がどこかにいっちゃいそうだよ。

「三千二百十三円になります。お騒がせして、すみませんでした」

苦しい息をしながら、日菜子は次の客にも深々と頭をさげた。

48

村井のいう通りだった。情報が漏れる勢いは恐ろしいほどで、数日後アルバイトの誰ひとり、堅志の本社採用の噂を知らない者はいなかった。ピッキングの作業中でも、ランチ休憩中でも、アルバイトのミーティングでも、誰かが声をかけてくるか、意味深な視線で見つめてくる。

いつもと同じ仕事をしながら、倍以上の疲労感だった。気疲れする長い労働を終えた後で、堅志はふと思いついた。そうだ、ピッコロ・フェリチタに顔をだして、ピザとワインで軽く一杯やろう。正社員になるのなら、それくらいの贅沢（ぜいたく）はいいだろう。

そういえば、菊川仁の文庫解説に取り組んでから、まだ一滴もアルコールを口にしていない。

堅志がログキャビン風のレストランの扉を開いたのは、夜八時過ぎだった。からからというカウベルの音が心地いい。なによりも音楽が素晴らしかった。ゴーゴー・ペンギンは英国マンチェスター出身の新時代のピアノトリオだった。ＤＪがスタジアムでかけるような複雑なデジタルビートを、超絶技巧の人の手で完全再現するのだ。堅志はクラシックもジャズも演歌も、いい音楽ならみな好きだ。

カウンターの奥にいた日菜子の表情が、堅志の顔をみるとわずかに曇った。堅志は気づかずに、大テーブルの空いている席に座った。日菜子がグラスをもってやってくる。目をあわせなかった。

「マルゲリータのピザに、白ワイン。あと気まぐれサラダをひとつ。ふう、今日はまいったよ」

へえ、どうしたの。いつもならすぐに返ってくるはずの言葉がなかった。代わりに淡々と日菜子はいう。

「くるなら、いってくれればよかったのに」

店内は混んでいるというほどではなかった。機嫌が悪いのだろうか。

「ああ、ごめん。倉庫のほうでいろいろあってね。気分転換しにきたんだ。お客さんの反応も見ておきたかったし」

この店の本棚に置かれているのは、ほとんどが堅志の本だった。かかっている音楽も堅志がセレクトしたＣＤである。店の関係者なのだ。別に自分が謝ることはないじゃないか。そうは思うけれど、堅志はたいていのことは頭をさげてやりすごしてきた。同棲相手に謝ることなど、気にもかけない。

それから日菜子は堅志の席に近づかなかった。サラダをたべ、ピザをつまんで、オーディオセットのところに移動した。アンプのパネルにふれた。人の肌ほどの熱をもっている。このなかで微細な電流の形をした音楽信号が、何十倍にも増幅されているのだ。スピーカーについた紙のコーンから、人の声やピアノやトランペットのメロディがこれほど正確に再現されるのが魔法のようだ。

小一時間ほどして、堅志は帰り支度を始めた。カウベルの音が鳴る。にぎやかな集団がはいってきた。五人組だ。先頭の男はどこかで見かけたことがある気がしたが、すぐに視線をそらした。

「またきました。いつものピザと赤ワインをデカンタでください」

奥のテーブルに椅子をひとつつけて席をとった。

「菊川仁の新作読んだ？」

「いやまだ、玲文社(れいぶん)の四六変型の単行本だよね。あのちょっと縦長な感じがおしゃれだよなあ」

単行本の判型について話している。出版社の人だろうか。だが、こんな郊外にはその手の会社はめったにない。では書店員かもしれない。堅志はテーブルの会話を無視して手をあげた。この店はテーブルチェックだ。

「お勘定お願いします」

日菜子がひどくそわそわとやってきた。目があわないし、言葉もない。堅志は伝票とクレジットカードを渡した。会計を待つあいだ、自分の本が並んだ書棚の前にいった。ここにある本は、自分の本と交換してもいいルールになっている。

じっくりと見ていく。内田百閒の鉄道もののエッセイが、金子光晴(みつはる)の見たことがない対談集といれ替わっていた。誰だか知らないがなかなか趣味のいい読み手が、この店の常連にはいるようだ。堅志はその本を手にとった。横に人の気配がした。顔をあげると、先ほどの集団で先頭に立って来店した若い男だった。緊張した声でいった。

「この本棚をセレクトした人ですか」

本好きなのだろうか。堅志は同好の士と思い、無防備な笑顔をむけた。けれど若い男の顔はこれから決闘にでもでかけるように真剣だった。

「……ええ、そうですけど」

男も書棚の本を一冊手にとった。金子國義がカバーのイラストを描いた文庫本だった。富士見ロマン文庫の『エロティックな七分間』である。神保町の古書店を巡って、堅志がようやく手にいれた一冊だった。高価な値がつくタイプではないが、七〇年代翻訳もののポルノグラフィの佳作だ。男は本棚のほうを厳しくにらんだままいった。

「さすがの選書ですね。ぼくは駅ビルにある遼誠堂書店で、副店長をしている板垣といいます。お見知りおきください。それで、つかぬことをうかがいますが……」

言葉が途切れて、おかしな空気になった。導火線が燃えて火薬の匂いがしてきそうだ。不安になって堅志は漏らした。

「いったい、なんですか」

板垣が垂直の崖から飛びおりる調子でいった。

「保木日菜子さんと、いっしょに暮らしているんですよね」

日菜子とこの男はなんの関係があるのだろうか。意味がわからない。ただ男からふつふつと敵意に似た感情が流れこんでくる。

「お名前をうかがってもかまいませんか」

堅志は一歩あとずさりしそうになったが、意志の力でその場にとどまった。

「立原堅志です。保木さんとおつきあいさせてもらっています」

じっと堅志の目を見つめて、男はていねいに真っ黒なロマン文庫を本棚に戻した。

「わかりました。これで失礼します」

一礼して、テーブルに帰っていく。背はすこし堅志より高いようだ。年齢はわずかにむこうのほうが若いかもしれない。日菜子がクレジットカードをもって戻ってきた。声をひそめていった。

「今、なにか話をした？」

「ああ、駅ビルの書店の副店長だってさ。あと、なぜかヒナちゃんとつきあっているのかって確認された」

肩で息をして、日菜子がつぶやいた。

「そう……なんだ」

堅志はまだなにもわからなかった。カードのサインをしながらのんびりといった。

「どこかで見たことあるなあと思ったら、遼誠堂の副店長だったんだな。あそこにはよく本を買いにいくから。じゃあ、ヒナちゃん、先に帰るね。お風呂(ふろ)いれておくから」

堅志は手にした対談集をもったまま、カウンターにむかった。厨房(ちゅうぼう)の光枝に声をかける。

「ごちそうさまでした。マルゲリータ、おいしかったです」

光枝は顔をのぞかせると、意地の悪い笑顔でいった。

「ぼやぼやしてたら、いけないよ。ヒナちゃんはけっこうもてるんだからね」

堅志は鈍感だった。今日は誰もがおかしな言葉を投げかけてくる日だ。イタリア産の白ワインで酔った頭で、単純にそう思ったのである。おかしな日はたまにある。そんな日はさっさと寝てしまい、つぎの日に期待したほうがいい。いい日でも悪い日でも、一日は一日なのだ。堅志は肩で木製の重いドアを開いた。頭上で軽快にカウベルが鳴る。

秋になっても蒸し暑い夜のなかにでていき、スポーツタイプの自転車を探した。鈴虫の鳴き声がきこえる。ここから夜の道を十分ほど、涼風で汗を飛ばすにはちょうどいい距離だ。

そのときの堅志は、近いうちに自分が、公私にわたる人生の重大な選択を迫られるとは考えてもいなかった。

49

ひとりで日菜子の帰りを待っていると、堅志のスマートフォンが鳴った。時刻は十時すぎだ。山根博康だった。ついにきてしまった。堅志は嫌な予感がして、つい深呼吸をした。とうとう菊川仁の文庫本に書いた解説の返事がくるのだろう。

「はい、もしもし……」

「なんだ、声が暗いな。なにかあったのか」

山根の声は元気だった。まだばりばりと会社で仕事をしているのかもしれない。堅志は今日一日にあったことを考えた。つい漏らしてしまう。

「いろいろあったから」

会社での噂話（うわさばなし）、それになぜか敵意を向けてきた駅ビルの書店の副店長。名前は確か板垣とかいった。

「そうか、まあいいや。そんなことより、やったぞ、堅志」

「んっ……」

「うれしくないのか。うちの編集長と菊川先生から、ＯＫをもらったんだよ。おまえの解説、いくつか直しがあるけど、ほぼそのままでだいじょうぶだ」

堅志の胸のなかで栓が抜けて、溜（た）まっていた水が一気に流れだしたようだった。プロの文芸評論家でもなく、高名な作家でもない自分の文章が、署名つきで活字になるのだ。

「ありがとう」

言葉が続かなかった。大学を卒業して八年間。初めて自分の仕事と呼べるものを、形にできたような気がした。ほかは非正規のアルバイトしかしていない。すべて時間給を稼ぐだけの身過ぎ世過ぎのための仕事だった。

「それで、今度時間のあるときにうちの編集部に顔をだしてもらえないか。編集長が挨拶をしたいって。今後のこともあるしね」

「今後？」

「ああ、これから先のことだ。堅志は本についてもっと書きたいんだろう」

ことなげに学生時代の友人がいった。この解説だけでも形になれば、それで十分と考えていた。きっと自分はもうすぐ正社員になる。そうなれば副業は禁止だろう。人生の半分本を読み続けたご褒美（ほうび）に、菊川仁の文庫解説が仕あがれば満足だ。けれど、堅志の心模様は友人のひと言で変わっていた。というより、自分で必死に隠していた本心にかかっていた薄い布が山根の言葉で吹き飛んだのかもしれない。できることなら、自分の文章をもっともっと書いてみたい。書きたいことなら、山のようにある。つんのめるように返事をした。

「ぼくにこれから先もあるのか。ほんとうに」

「おいおい、もうすこし自信をもってくれよ。菊川先生はすごくほめてたぞ。編集長も気にいっている。だいたい文庫解説を書く批評家はみんな高齢化していてね。新しい書き手をどの社も欲しがっているんだ」

「そうか、批評家が足りないんだ」

「ああ、若い書き手もいるんだけど、今ひとつくい足りない。作品内容の紹介なんかはうまくて器用なんだけど、ごく一般的な正解ばかりで、自分をなかなか表現してくれないというかね」

堅志は自分が書いた解説を思いだした。菊川仁の作品の主人公は非正規の働き手だった。自分と同じである。この八年間のやるせなさや不安を投影し、堅志はつい書き過ぎたのかもしれない。だが、山根のいうとおりなら、それがただしい方法だったのだろう。

作品との出会いの幸福を考えない訳にはいかなかった。これが普通の小説なら、臆(おく)

病な堅志はきっと誰にも難癖をつけられないように、つまらない「正解」を書いていたことだろう。

「それで来週のいつなら都合がつくかな。こっちは月水以外なら、だいじょうぶだ」

できるなら明日でもかまわなかった。だが、あまりがっついていると思われるのもしゃくだ。

「じゃあ、来週木曜で」

山根の声は朗らかだ。

「木曜だな、じゃあ七時半に文庫編集部のぼくをよんでくれ。編集長と近くの店で一杯やろう」

堅志にはすべてが夢のようである。編集部、編集長、文庫解説といった単語が光り輝いているように思える。

「それからそっちのパソコンに、校閲部からの疑問と、ぼくからのアドバイスをいれたものを送っておくから、来週頭までに直してくれ」

「わかった」

ふふっと友人が電話口で笑ってみせた。

「いっておくけど、エンピツそのままだけの直しで終わらないでくれよ。プロはこっちがいれたエンピツを上回る直しをするもんだからな」

いきなりハードルをあげてくる。だが、これからはプロの書き手になるのだ。編集者の注文にこたえられなくてどうする。堅志は胸を張っていった。

「まかせてくれ」

「その意気だ。じゃあ、来週」

通話がすぐに切れそうだった。あわてて堅志はいった。

「ちょっと待ってくれ」

「なんだ」

「ぼくのことを覚えていてくれて、書く仕事を回してくれて……その、ほんとにありがとう」

山根も胸にこたえたようだ。一瞬言葉に詰まってからいった。

「お礼なんていいよ。それよりつぎもいい原稿を書いてくれ。じゃあ」

「ああ、じゃあ」

スマートフォンが静かになった。堅志は宝物でももつように両手でしっかりと薄いガラス板をつかんで胸に抱き締めた。人の運命が変わるときというのは、こういうことなのかもしれない。ヒューマンエデュケーション部の両角佳央梨も、文庫編集部の山根博康も、十年近く昔の自分の力を買って声をかけてくれた。

もう一生変わらない。このまま鍋底を這って、冴えない人生を終えるのだと思っていたのに、あるとき変化がやってくる。その変化は自分以外の誰かがもってきてくれるものなのだ。人は自分ひとりでは変われない。堅志はしっかりと、そう胸に刻んだ。ということは、このお返しにいつか自分が、誰かの人生を変えるための手助けをしなければいけないのだ。三十歳を過ぎて、初めて自分の人生が目のまえで開けていくのを感じる。夜が明けて、暗がりに沈んでいた風景が一気に広がりを見せたようだった。自分も、自分の人生も変わろうとしている。

堅志は鼻歌をうたいながら、風呂掃除をはじめた。

50

自転車のスタンドを立てる音がすると、堅志は急いで玄関にむかった。ドアが開くと同時に、日菜子の顔も見ずに声をかけた。

「ヒナちゃん、やったよ」

日菜子が疲れた顔をあげた。無理もない。もう十一時を過ぎている。日菜子は駅ビルのスーパーとピッコロで働きどおしだった。

「うん、なあに」

堅志は風呂上がりで、バラ色の頬をしていた。日菜子はダイニングにつくなり座りこんだ。今日はほんとうにたいへんな一日だった。堅志は同棲相手の様子が目に入らないようだ。

「例の菊川仁の文庫解説にＯＫをもらったんだ。さっき山根から電話があった。菊川先生も編集長も、ぼくの文章を気にいってくれたんだよ」

「……すごいね」

堅志は跳びあがりそうなほどよろこんでいる。

「ぼくの名前がついた文章が、初めて活字になるんだ。菊川仁の文庫本なら、三万部は堅い。この先何十年も読まれるかもしれない。そのすべてにぼくの解説がつくんだよ」

そこまで話して、ようやく堅志に日菜子の顔色を読む余裕が生まれた。なにかあったのかもしれない。ひどく疲れてもいるようだ。

「おめでとう、ケンちゃん。すごいね」

これは無理して、このささやかな成功を日菜子と分かちあわなくともいいかもしれない。堅志は臆病なので、すぐに自分のよろこびを引っこめた。

「うん、ありがと。来週の木曜日、山根の編集部に顔を出してくる。夜ごはんはいらないよ」

「わかった。お風呂いくね。わたし、今日は疲れたから、すぐ寝るよ」

悲しいことは分けあって半分に、うれしいことは倍に。毎日相手のことをきちんと褒める。同棲生活を始めるときの約束を堅志は思いだした。日々の生活だから、いつも理想的に約束を守れる訳ではない。それがわかっていても、日菜子のその夜の反応は堅志には淋しいものだった。

こんな夜は、日菜子は長風呂になるだろう。堅志は山根から送られてきた指摘を見るために、パソコンの前に座った。

51

結婚を前提につきあって欲しい、そういった翌日から、板垣は毎日必ず日菜子の顔を見にきた。スーパーのレジで働いているとき、イタリアンのカウンターにいるとき、どちらかに必ずやってくる。そのたびに板垣は爽やかな笑顔を見せていうのだった。

「まだ返事はいいですから、日菜子さん」

日菜子は悩んでいた。もしイエスと板垣にいうのなら、堅志との同棲は解消しなければならないだろう。堅志も板垣もいい人だ。収入や社会的な地位でなく、その世代にひと握りの、よくできた優しく秀(ひい)でた男性だと思う。

たとえ同棲相手がいても、女性としては別の男性から真剣に求められるのはうれしいことだった。日菜子は自分でもずるいと思ったが、簡単に答えを出したくなかった。この優柔不断でふわふわと快適な毎日が続けばいいと、ひそかに思っている。


書店デートから三日目、板垣はひとりでふらりとイタリアンにやってきた。注文をとりにいった日菜子にいう。

「マルゲリータのスモールとグラスの赤ワインをください。あとミニサラダも」

ひとりのときのお決まりの注文だった。その夜は夕方に雨があがったが、冬の到来を思わせるほど冷えこんでいた。客は板垣のほかに、深刻な顔で別れ話をしている中年男と若い女のカップルだけだ。伝票に書き終えると日菜子はいった。

「はい、かしこまりました。板垣さん、いつもマルゲリータですね」

「パスタはすぐにお腹(なか)一杯になっちゃうからね……」

淡い青と白のストライプのボタンダウンシャツに合わせた紺のニットタイをゆるめた板垣が、それとなく店内を見回した。人の目がないのを確認していう。

「彼はなにかいってたかな」

日菜子はついアーリーアメリカン調の書棚に目をやってしまった。あの本棚の前で、堅志と板垣は短い言葉を交わしている。日菜子の声は自然に低くなった。

「いえ、なにも。今は仕事がうまくいっていて、わたしにはあまり興味はないみたいです」

「へえ、なにかいいことでもあったんだ」

日菜子はカウンターのなかを見た。オーナーの光枝は厨房だろう。姿は見えない。早口でいった。

「初めて書いた書評が認められたんです。菊川仁の文庫解説なんですけど」

板垣は腕を組んで眉を寄せた。うなるようにいう。

「そうだったのか。あの本のセレクトを見て、ただ者ではないと思っていたよ。彼はただのアルバイトではなく、文章を書く人なんだ」

日菜子は男の人は不思議だと思った。誰かを好きになるのは、書店の副店長だからでも、文庫の解説を書けるからでもない。日菜子にとって能力や収入はそれほど問題ではなかった。その人の生地がいいか、その肌ざわりが自分にしっくりとくるかが大事だった。男の人たちはすぐに収入や地位で競いあうけれど、日菜子にはそれは子どもじみた徒競走のように見える。一位だろうが六位だろうが、三角の旗のしたで、行儀よく並んで座っているのは変わらない。

板垣がなにかを決心した顔になる。口元をあまり動かさずにいった。

「日菜子さん、またデートしてください」

日菜子は気おされてしまった。すこしためらって、なんとか返事をする。

「……ええ。いいですけど」

板垣が破顔して、おおきな笑みを浮かべた。

「よかった。たのしみだなあ」

伝票をもって厨房にむかいながら、日菜子の胸騒ぎはとまらなかった。こんなことをしていたら、きっといつかひどい罰がくだる。けれど、今、この瞬間の弾むような心の軽さはどうだろう。きっとこれが生きているということなのだ。日菜子は堅志にも板垣にも、あたたかな気もちになる自分が不思議でたまらなかった。

厨房では光枝が石窯のなかを覗きこんでいた。この店は、イタリアからとり寄せたこの窯が自慢だった。さすがに燃料は薪ではなくガスだったが、本格的なナポリピザの味がする。

「板垣さん、マルゲリータのスモールとミニサラダです」

光枝がちらりと日菜子に目をくれた。

「あの人、よくくるねえ。毎日じゃないか。まあ、うちというよりヒナちゃん目当てかね」

「そんなことないですよ」

日菜子はミニサラダをつくり始めた。板垣はひとり暮らしで、きっと野菜が足りないはずだ。すこしルッコラとサラダ菜を増量してあげよう。光枝がひとり言のようにいう。

「堅志くんもいい子だし、あの人もしっかりした男前だ。確かに悩むよねえ」

サラダを盛りつける手を休めて、日菜子は視線をさげたままいった。

「悩むなんて、ぜんぜん。わたしなんて、そんな価値ないですから」

それは日菜子の実感だった。長い人生のなかで、たまたまふたりの男性から求められる短い季節がきている。ただそれだけのことだ。どうせまたいつか冬がくる。いいことが続かないのは、今までの人生でよくわかっている。

「そんな弱気はいけないよ。わたしは立派すぎる人と自分を信じない人が苦手でね。女は弱いし、きれいでいられる時間も短いんだ。ということはね、男よりずるくていいってことさ」

日菜子は顔をあげた。光枝は白く粉を吹いたような石窯にむかっている。背中越しに、年下の夫を亡くした光枝の声が響いた。

「ずるくてけっこう、卑怯でけっこう。男なんて強いんだから、いくらでも傷つけてやんな。いくら悩んでもいいんだから、ほんとの気もちがわかるまでうーんと時間をかけるといいんだ」

日菜子は思わず頭をさげていた。この平和な店におかしなトラブルをもちこんで、申し訳なく感じる気もちもある。

「すみません、光枝さん」

光枝がこちらを振りむいて、にこりと笑った。

「いいんだよ。若いうちはいろいろあるさ。よろしくやっておくれ」

なぜか涙がにじんできた。半分に割ったフルーツトマトが目のなかで揺れている。

「ありがとうございます」

「さあ、ピザが焼けるよ。あの人にもっていっておくれ。チーズを増やしておいたからね」

日菜子はピザとミニサラダの皿をもって、フロアにもどった。静かなピアノ曲は堅志のCDだった。モーリス・ラベルの『亡き王女のためのパヴァーヌ』だ。堅志の好きな曲のなかで、板垣にサーブするのは奇妙な興奮だった。

日菜子は板垣のチューリップグラスになみなみと、夜の血のように暗いワインを注いでやった。

52

木曜のアルバイトに堅志は紺のジャケットを着て出かけた。キャメルのチノパンに白い襟つきのシャツ、足元は黒いコインローファーだ。一週間分のバイト代をはたいてアウトレットで購入した、堅志の勝負靴である。

その朝、堅志は自分の支度に夢中になっていて、日菜子の様子をよく見ていなかった。日菜子はいつもより長い時間をかけ、服を選んでいる。なんでも学生時代の友達に会うといっていた。それなら堅志も心おきなく山根と話ができるだろう。編集長には現在の文芸書籍のマーケットの状況をたっぷりときくつもりだった。

よく晴れた秋空のした、自転車で走るのは快適だった。駅前の駐輪場にスポーツサイクルをとめて、私鉄に乗りこむ。下り電車はいつも空いていて、数駅分の通勤は苦にならない。倉庫のセキュリティゲートを抜けると、年下の上司、葛西の顔が見えた。反射的に挨拶する。

「おはようございます」

葛西もていねいに返してくる。

「おはようございます」

以前はただ「おはよう」のひと言だった気がする。特別研修が終わり、佳央梨から成績をきいてから、明らかに葛西の対応は変わっていた。年上の正社員への扱いと同じになっている。

「今日はジャケットなんですね、立原さん。本社にでも呼ばれているんですか」

思ってもいない方向からの質問だった。会社人間というのは、こんなふうに考えるのか。

「いえ、今日は仕事のあとで大学時代の友人と会うので」

出版社に仕事の話をしにいくとはいえなかった。どこでヒューマンエデュケーション部にばれるかわからない。葛西は無邪気な笑顔を浮かべていう。

「本社に採用されたら、こっちのこともよろしく伝えてくださいね。ぼくも高部長といっしょに働いてみたいんです。ずっと倉庫にいるのも、なんですから。早く本社にもどりたいなあ」

堅志はなんとか笑顔をつくるのに精一杯だった。非正規には非正規の、正社員には正社員の悩みがあるようだ。葛西も村井も同じだった。ベテランアルバイト、村井の卑屈な笑みがフラッシュバックした。すこしでも人よりいいポジションにいきたい。一段でもうえへ、一円でも高く。いや、というよりすべての人間が同じなのかもしれない。それが人の望みだ。

堅志は自分のロッカーにむかいながら考えた。菊川仁の小説のことである。

あの文章のなかには、そういった人の世の当たり前が一行も書かれていなかった。貧しい非正規労働者の生活が詳細に書かれていたけれど、すこしも卑しいところがなかった。堅志はあらためて菊川仁の作家性を見直した。どれほど貧しくとも、苦労していようとも、あの人は自分の人間性は落とさないし、傷がつかない人なのだ。なにが起きても、激流のなかに突きでた岩のように揺るがず、自分を守れる人がいる。それが作家なのかもしれない。けれど堅志にはその強さはなかった。

追いつめられれば、きっと自分は大切な人でも裏切るだろう。多くの貧しい仲間のなかからひとりだけ豊かになっても、恥じることはないだろう。自分には大文字の正義や理念などないのだ。

でもそういう弱い人間にも書ける文章がきっとあるはずだ。そうでなければ、出版の世界に自分の居場所はないことになる。堅志はため息をついて、ジャケットをハンガーにかけ、ポケットのたくさんついたベストを白いシャツのうえから着こんだ。

午後五時まで心を殺して、ＡＩのように間違うことなく効率的に、注文された商品をピックアップするのだ。そこには気高い人間性も、卑屈な笑みも関係なかった。ただの時給いくらのジョブと生産性があるだけだ。

山根の出版社は神保町にあった。時間はかかるが、堅志の最寄駅から乗り換えなしで一本でいくことができる。約束までだいぶ時間があったので、堅志は書店街をいつものルートで歩くことにした。

両側をビルに囲まれた靖国通りの上空はすっかり暮れている。東京では星はほとんど見えなかった。冷たい風が、一日の立ち仕事でほてった身体に心地いい。この街は世界最大の古書店街で有名だが、新刊書店も充実していた。中学生の頃から、堅志にとってはいきつけの街である。

三省堂、東京堂などの大型書店を流し見て、新刊の傾向を確かめる。買い漏らしていた文庫や新書を選んだ。好きな作家は単行本で購入する堅志だが、この数ヵ月は買っていなかった。いい作家はたくさんいるけれど、単行本ですべて集めようという作家は何人もいないのだ。

新刊書店のあとは古書店だった。神保町の古本屋にはみな専門がある。人文書、教科書、マンガ、音楽書、演劇関係や映画のパンフレット、洋書、ミステリー・SF、自動車や工学関係。中学生だった堅志は自分の足で、つぎつぎと店を開拓しながら、この街はとんでもない宝箱だと感心したものだ。堅志のその頃好きなジャンルは、翻訳もののSFミステリーだった。月に二回は神保町にいき、新刊の文庫はほぼ手に入れていた。

本の世界の奥深さ、おもしろさ、そして本を商う人たちの好ましい雰囲気をしるようになったのは、すべてこの街のおかげだった。手にずしりと書店の紙袋をさげて、喫茶店に入った。文庫四冊と新書が二冊。どれもすぐにでも読みたい本だ。

熱いカフェオレをすすりながら、本を点検する。この段階で帯と栞（しおり）、本文にはさんであるチラシはすべてはずして丸めてしまう。堅志は本にカバーをかけてもらうのは好きではなかった。レジで時間がかかるし、書名を隠したいとは思わない。好きな作家のものなら、かなり際(きわ)どいエロティックな表紙でも堂々と電車のなかでも読むほうである。

堅志は腕時計を確かめた。ただひとつの贅沢品の、スイス製の機械式腕時計だった。間もなく七時になる。あと三十分あれば、六冊分のリードや解説、前書き後書きはすべて目を通せることだろう。

本を買った帰り、喫茶店に立ち寄るこの時間が、アルバイト生活を送る堅志にとって最高の時間だった。堅志は開いたままの文庫本を手にして、暗くなった窓の外を眺めた。十三歳で本の世界のすべてが始まったまさにこの街から、自分の筆の仕事が始まろうとしている。

そこでようやく気がついた。

居心地のいい本の世界と、世界でも最先端のEコマースの大企業。ほんとうの自分の将来はどちらにあるのだろうか。自分はなにをするために生きるのか。書評家がどのくらいの収入になるものか、堅志には想像もつかなかった。山根には文庫解説の原稿料さえきいていない。

それに対してあの会社なら、ボーナスとして支払われる株式だけで年間数百万円にはなるはずだ。もっともほとんど誰も、その株式を売ってはいないという噂だった。

当然である。この十五年間、平均で三〇パーセント近い急騰を毎年続けているのだ。リーマンショックの暴落を潜り抜け、十五年前の百ドルは現在約五十倍の五千ドルだった。日本円で百万円なら五千万円である。最初のボーナスをただつかわずに株式としてもっているだけで、東京でマンションが買えるほどの資産になるのだ。

堅志はため息をついた。

どちらを選ぶにしても、これは自分だけの問題ではなかった。日菜子の一生にも関わる重大事だ。そろそろ日菜子との同棲生活にも答えを出さなければならない。このままつきあうなら、日菜子が三十歳になる前に、堅志は日菜子と結婚するつもりだった。

友人の出版社にいくまでにあと二十分を切った。もう堅志は解説も前書きもまともに読めなくなっていた。自分の家のようだと思っていた書店街が、急によそよそしく感じられる。堅志は文庫本を閉じると、冷めてしまったカフェオレをのんで、ほろ苦さにぐっと口元を引き締めた。

「こんな店でよかったかな」

　ボックス席の正面に座る山根がメニューを開きながらいった。隣には文庫編集部の編集長、峰元建が表情の読めない顔で座っている。建と書いて「たつる」と読むそうだ。いい家の生まれなのかもしれない。編集長は五十代初めで、カラーシャツのうえに派手なチェック柄のジャケットを着ていた。肩回りが窮屈そうなくらいのジャストサイズだ。

「ここはうちの編集部の人間がよくくるビアホールなんだ。ソーセージに、フライドチキンに、ハンバーグ。当たり前のメニューしかないけど、どれもしっかりとうまいんだよ」

　山根が緊張している堅志に気をつかって話をつないでくれた。二階窓際の席から神保町の古書店街を散策する人たちが見えた。この街の七割は大人の男性だ。若い女性向けのファッションタウンではない。

「のみものはなにがいい？　料理は適当にいつもの感じで頼んどくよ」

　学生時代の友人にきかれて、堅志はこたえた。

「生ビールで」

　若いウエイターがやってきて注文を済ませると、三つの中ジョッキはすぐに届いた。

乾杯をすると編集長はひと息で半分ほど空けてしまう。口の泡をぬぐっていった。

「立原くんの解説は実によかったよ。フリーターの不安や息苦しさが切々と伝わってくる。菊川先生も感心していた。うちの編集部でも今後も仕事を頼みたいと思っている」

堅志は頭をさげていった。

「ありがとうございます。よろしくお願いします」

ウェブ媒体での書評やほかの小説の文庫解説などは、山根から話をきいている。

「だけどねえ、正直なところ、あまり期待しすぎないでもらいたいんだ」

険しい顔で編集長がそういった。堅志は内心驚いて、正面の友人に目をやった。山根は視線をそらせて、窓の外の古書店街を見ている。

「文芸書の売れゆきはこの十数年で四割ほど落ちている。まだまだこの先も減少傾向は変わらないだろう。立原くんは今も非正規で働いているんだよね。筆一本で生計を立てるのは、なかなかに厳しいんだ」

フライドポテトとミモザサラダが届いた。チーズをかけた揚げたてのポテトをかじったが、堅志には味がぜんぜんわからなかった。編集長は続けた。

「フリーランスで仕事をするには、会社員の倍は稼がないといけない。福利厚生や退職金もないんだからね。ライターの仕事をしてそれくらい稼ぐには、読みまくって書きまくっても五年十年とかかるだろう。それも適性と才能があっての話だ。甘い世界じゃないんだよ」

堅志は生ビールをのんだ。苦さが直接舌を刺してくる。人間の味覚は正直に気分を反映するものだった。気分が沈めば、どんなご馳走も無駄になる。山根がさばさばといった。

「ここまでが編集長のいつもの説教だ。うちにも毎週のようにライター志望のもちこみがくるからね。その手のなりたい系のなかで、実際になんらかの仕事をいっしょにするようになるのは二十人にひとりくらいのものだ。でも立原は違う」

編集長が皮肉そうにいった。

「そうだな、菊川仁に気にいられたし、一発目の原稿が活字になる。ついているよな、立原くんは」

山根が横を向いて編集長を軽くにらんだ。

「これからの新人にきついことばかりいわないでください。ぼくは立原には力があると思っている。仕事もまわすつもりだ。でも、編集長の立場ではそうじゃない。今まででたくさんの消えていった書き手を見てるから、そう簡単にはうまくいくなんていえないんだ」

うなずいて編集長はいった。

「くれぐれも退路を断つとかいって、仕事を辞めないでくれよ。保証なんてできないんだから」

堅志は顔色を変えずにいった。

「わかりました。未来は誰にもわからない。うまくいくかもしれないし、いかないかもしれない」

その夜初めて、峰元編集長が笑みを浮かべた。

「そう、それだけ理解してもらえればいいんだ。あとはつぎの仕事の話をきちんとしよう。立原くんには期待しているよ。きみたち世代の書き手はまだほとんどデビューしていない。うまくすれば、世代を代表する声になれるかもしれない。まあ出版なんてヤクザな仕事をしていると、オッズがいくら高くても一発逆転の夢を見たくなるものなんだ」

山根がいった。

「作家でもライターでも、新人の場合はいつも編集長がこうして釘(くぎ)を刺してるんだ。仕事を辞めて苦労している人を何人も見てきたから。実家に金があるとか、奥さんがよく稼ぐなんて場合をのぞいてね。スタートのときは、誰でもおおきな成功をつい夢に見てしまうよね」

堅志は低く自嘲の笑いを漏らした。

「辞める辞めないといっても、ぼくの場合はアルバイトですから。すぐにつぎが見つかりますよ。もちろん辞めるつもりはありませんけど」

編集長が表情を崩して笑った。

「さあ、恒例の釘は刺したからな。要はあまり甘い考えをもたないでいてくれればいいんだ。あとはのびのび好きなように書いてください。ただし仕事としてやるなら、好き嫌いはいわずにとにかくたくさん書く。それと自分の個性をうまく打ちだして、名前を覚えてもらう。このふたつを心がけるといい」

そこで山根が口をはさんだ。

「あと締切はちゃんと守ってくれよ」

堅志は内心ひどくうれしかった。締切を守れなんて、夢のなかできく台詞のようだ。長いあいだ本の世界があこがれだったのである。ライター業に対する厳しい未来予測は、逆にあまり気にならなかった。もともとたいして華やかな未来など期待していない。駄目でもともとの習慣が身についてしまっている。ゼロでなく細々とでも書いていけるなら、それで十分。

「さあ、立原くんのデビューを祝って、あらためて乾杯しよう」

編集長がジョッキをあげた。堅志も半分になったジョッキを打ちあわせる。こつんと澄んだ確かな音がする。ビールというのは勝利ののみものだと痛感した。人生のなかで忘れられない乾杯が何度あるかしらないが、この乾杯は間違いなくそのひとつだ。

「立原、ネットマガジンの連載なんだが、来月から始まることになったぞ。若い世代を本の世界に引っぱりこむために、おもしろい本をどんどん紹介してくれよ。ついては連載タイトルを考えてほしい。最初の原稿のまえにタイトル案を送ってくれないか。デザイナーにロゴを発注しておくから」

電話で打ちあわせをした内容だった。身体のなかが引き締まる。ウェブ媒体とはいえ、駆けだしの自分におおきな仕事を与えてくれるのは、それだけ新鮮さを求めているのだろう。なにももたない自分には、新しさだけは、たっぷりとあるはずだ。その新しさがなんなのか、自分ではまったくわからなかったけれど。

それからは本の世界のお決まりの話が始まった。これまでどんな本を読んできたのか。好きな作家やジャンルはなにか。最近読んだおもしろい本の話。本のことならなにを口にしても、打てば響くように反応が返ってくる。これほどくつろげる場は、生まれて初めてかもしれない。

堅志の酔っ払った頭から、つぎつぎと新しいアイディアが生まれてきた。自分では発想が豊かだとも、アイディアマンだとも思ったことはなかった。だが、きっと今は、なにかが始まるときのエネルギーが心も身体も満ちているのだろう。

この時間がいつまでも続くといいのに。本の街の夜が更(ふ)けていくのが、堅志には惜しくてたまらなかった。

54

レストランの鍵(かぎ)を閉めて夜空を見あげると、明るい秋の月だった。満月にはすこし足りないけれど、冷たく空の一角と郊外の街を照らしている。日菜子は自転車をとめてあるガードレールまで歩いていった。

「あの、すみません」

びくりと肩を震わせて振りむくと、電柱の陰から板垣があらわれた。

「まだお帰りじゃなかったんですか。びっくりした」

板垣が店をでたのは、もう小一時間まえだった。日菜子はそのあいだ明日の仕込み作業をしていた。本格的な冬はまだだが、ずっと待っているには空気は冷たすぎるはずだ。板垣は笑顔でいう。堅志ならめったにみせない明るい笑いだった。

「すぐに帰っても眠れそうにないし、日菜子さんとすこし話がしたかったから。お店だとなかなかふたりきりにはなれないし」

うなずいて、自転車の鍵をあけた。男らしい手で日菜子のかわりにハンドルをつかむと、板垣はいった。

「駅までのんびりいきましょう。自転車はぼくが押します」

ぽつぽつと水銀灯が光る街を、ゆっくりと、自分のことを好きな男と歩いていく。不思議な時間だった。心のなかには堅志がいる。疲れているのに、それでも浮き立つような気分がある。夜空を見て板垣がいった。

「漱石（そうせき）の言葉を思いだすなあ。好きですという代わりに、自分なら『月がきれいですね』というと」

日菜子は男の横顔を見あげた。月の明かりが額に落ちて、明るい微笑だ。板垣は日菜子の目をまっすぐに見つめるといった。

「月がきれいだね」

男のちいさな瞳孔（どうこう）のなかに吸いこまれそうになる。ケンちゃん、わたしをしっかりとつかんで離さないで。恋の始まりになりそうな心地よい熱と悲鳴が同時に身体のなかで鳴っている。ファンファーレと警報のようだ。日菜子の返事は短く、間が多くなった。

「……ええ」

それから街灯ふたつ分、ふたりは黙って歩いた。沈黙は嫌な空気にはならなかった。板垣が思い切ったようにいう。

「このまえの話だけど」

日菜子は数学の教師にあてられた生徒のように返事をした。数学は苦手だ。

「はいっ」

板垣が笑っていった。

「そんなに緊張しないでくれませんか。このまえ、結婚を前提につきあってほしいといったよね。その返事についてなんだけど」

こくりとうなずいて、ちいさな声で返した。

「……はい」

「あれはそんなに急いで返事をしなくてもいいから。ぼくはのんびりと待つよ。昔の自分なら考えられなかったけど、三十近くなって、ぼくも変わったみたいだ」

うかがうように、自転車をはさんで歩く男の横顔を見た。どっしりと落ち着いた大人の男性というより、少年のような鋭さがある。そういうところは、この人は堅志に似ているのかもしれない。

「わかりました」

また街灯ふたつ分の沈黙が、ふたりと自転車のあいだに流れた。日菜子は自分でもいうつもりがなかったことを口にして驚いた。

「わたしが彼といっしょに暮らしているのは、わかってるんですよね」

今度は板垣がのどがからんだような返事をした。

「……ああ。店の本棚のまえで会った人だよね」

日菜子は一日の労働で汚れたつま先に目を落としていった。安いパンプスのほこりまみれのつま先だ。

「あの人は今、配送センターでアルバイトの作業員をしています。すごく優秀な人だけど、大学をでてから、企業には就職しなくて、ずっとアルバイトで」

日菜子は堅志が社員として就職をしなかったのは、自分の意思によるものと考えていた。その気になればどの大企業だって堅志なら合格したはずだ。だが、堅志は自分の弱さや恐れを理由にすべて投げ捨ててしまった。

「十年近くまえの話だよね。ぼくもほぼ同時期に就活していたから、よくわかるよ。あのころはほんとうに氷河期だった。好況不況、どちらにサイコロの目が転がるかで、就職なんて天と地の差になる。完全な運まかせだ」

日菜子は生まれてから、好景気というのをしらない。ずっと穏やかに倹約生活が続いてきた気がするが、すくなくともアルバイトの時給がさがることはなかった。遠くに駅の明かりが見えてきた。空がそのあたりだけドームのように鈍い銀に光っている。

「その人が今、大切な時期なんです。正社員採用の試験を受けて、もうすぐその結果がでるんです。板垣さんへの返事は、それが判明してからでいいですか」

堅志が外資系の会社に合格したら、身を引いてもいいかもしれない。バーベキューのときに顔をあわせた会社の人は、日菜子とは別の人種だった。堅志ならうまく溶けこめるだろうが、絶対自分には無理だ。頭もよくないし、あんなふうに自信満々には振る舞えない。

ならば、堅志が不合格でアルバイト生活のままだったら、どうだろうか。きっと堅志を捨てることなどできなくなるだろう。就職試験に失敗したのに別れるなんて、堅志への打撃が心配だ。どちらにしても、自分はいつものように損をするほうにつくのだろう。別にダメ男が好きなわけではないけれど。

世のなかには勝つために生きている人がいる。得をするために生きている人もいる。けれど日菜子は負けるために生きていた。いや、それでは正確でない。負けても堂々と胸を張れる人生を生きたいと願っていた。

それが勝ち負けと損得の世界の外側に自然に立つことになると、自分では理解していなかった。けれどこの世界の決まりごとからはずれて、日菜子は静かに生きたかった。心のなかに貴重で尊いものをひそかに抱えているのは、堅志だけではなかった。

ふっと息を吐くように笑って、板垣がいった。

「わかりました。そのときを待つよ。正社員のぼくがいうのも皮肉だけど、アルバイトの彼がうらやましいくらいだ」

日菜子も笑った。足元に転がる石を思い切り蹴とばしたくなったが、パンプスのトウに傷がつくのでそんなことはしない。

「わたしも彼もボーナスの時期がやってくるたびに淋しい気もちになったけど、今の言葉ですこし胸がすかっとしました」

「ふふ、ほんとうだね。ぼくも会社なんか辞めて、しばらくぶらぶらしたいなあ。一週間以上の休みなんて、もう十年近くとっていないよ」

堅志のアルバイトの休止期間が数週間になることはめずらしくなかった。あの心細い時間。

「長い休みをとるのはたいへんですよ。貯金が早回しの砂時計みたいに減っていくんです。きっと板垣さんには耐えられないと思う」

アルバイトには社会保障も福利厚生もないのだ。生産性と利益率をあげるためだけのパーツに過ぎない。それでも胸を張って生きていける。そういう人たちが軽く見られない世のなかになればいいのに。

「板垣さんのところでも、アルバイトの人たくさんいますよね。そういう人に、すこしでもよくしてあげてください。わたし、本は彼の会社の通販でなく、なるべく本屋さんで買いますから」

「ありがとう。街の書店もよろしく。こっちも重労働なんだよ」

ふたりは自転車をはさんで、弾けるような笑い声をあげた。駅のロータリーが見えてきた。空車のタクシーの列を横目に会社員の男女が速足で帰宅していく。空には先ほどよりすこし位置を高くした月がかかっている。

「はい、自転車。人目があるし、ここでさよならしよう」

板垣が自転車をこちらに傾けてきた。日菜子はハンドルを握った。その手に男の冷たくがっしりとした手が重なった。

「……あっ」

アルミニウムのハンドルごと、両手をつかまれた。日菜子は驚いて目をみはり、板垣を見あげた。これでは身動きができない。板垣はいたずらっ子のような目をしていった。

「おやすみ、日菜子さん」

さっと男の顔がおりてくる。月が板垣の顔の陰にはいった。日菜子の顔が暗くなる。板垣は唇にキスはしなかった。日菜子は気がつけば、キスを待つ形で唇を閉じて、先をとがらせていた。目も自然に閉じている。

耳元で板垣の笑い声がきこえた気がした。板垣の乾いた唇が怪盗のように頬にキスの証拠を残していく。男の手が離れると、日菜子は指先で頬を押さえた。骨まで沁みる印を刻まれたようだ。

板垣はバスケット選手のように数歩跳ねると、振りむいて手を振った。

「また明日、ピッコロで」

暗い道を男の広い背中が遠くなる。日菜子はなにもいえずに、月明かりのしたでうれしげに左右に揺れるジャケットの背中を見ていた。ペダルに足をかけ、踏みこんでいく。秋の夜風が日菜子の髪を抜け、頬にあたると板垣の唇の熱を心地よく冷ましてくれる。

堅志の試験の結果が判明したとき、自分はどんな答えをだすのだろうか。ふたりの男のあいだで揺れるのは、悪い心だろうか。ガードしたにさしかかると、日菜子は思い切りペダルを踏む足に力をこめて、堅志とふたりで住む部屋に帰るためスピードをあげた。

55

その朝、通知は突然やってきた。

堅志のアルバイトは午後から始まる中番で、日菜子とのんびり朝のテーブルを囲んでいた。ゆっくりと時間を気にせず朝食を味わえるこの時間はふたりのひそかな楽しみで、日菜子はいつもよりしっかりと料理をつくるのだ。

その日の朝はいつもの玉子焼きの代わりに、チーズいりのオムレツとカリカリに焼いたベーコン、グリーンサラダはピッコロのドレッシングがかかっていた。食後はハチミツを垂らしたヨーグルトに八等分に切り分けたオレンジもある。

それにしても日菜子の顔が曇りがちなのはなぜだろう。堅志はホテルのモーニングにも負けない半熟オムレツを頬張りながら、同棲相手の様子をうかがっていた。一年以上ともに暮らしていても、なかなか口にはだしにくいことがある。恐るおそるきいてみた。

「ヒナちゃん、なにかあったの」

先ほどから日菜子はサラダをフォークの先でつつくだけだった。顔をあげて、しおれた花のような笑みで堅志を見た。

「ううん、別になにかあるっていうほどのことはないの。ちょっと疲れているのかもしれない」

気にはかかったが、堅志も話をあわせた。

「そうだよね。スーパーの仕事に、夜はピッコロで閉店まで働いてる。ダブルワークは身体がしんどいよ。すこしピッコロのほうは休ませてもらえば？　光枝さんに頼んでみなよ」

あわてて日菜子が手を振った。

「いいのいいの。レストランの仕事はやりがいがあるし、減らすならスーパーのほうだから。自分から無理をいって働かせてもらってるから、ピッコロを休むつもりはないんだ」

以前から思っていたことを堅志に伝えておくのもいいかもしれない。日菜子はまっすぐに堅志の目をのぞきこんだ。

「わたしは生まれてからずっと自分のほんとうの仕事がなかった。なにもしたいことがないし、自分にはみんなみたいに働くことはできないんだって思ってた。ピッコロは初めて見つけたライフワークなんだ。できたら一生続けていきたいと思ってるの。いつかお店のほうだけに仕事を絞るつもり」

「それはよかった。がんばって」

するりと返事が流れだしたことに堅志は驚いていた。ライフワークか。あの通販の会社に正社員としてはいれば、会社の売上を最大にすることが自分のライフワークになるのだ。経済的には安定するかもしれないが、日菜子が店でだす手料理のように、そこにやりがいや確かな手ごたえはあるのだろうか。客はみなネットのなかにいて、顔を見て反応を確かめることもできない。いや、いけない。そんな幻のようなやりがいに目がくらんでいたから、三十歳を過ぎてもアルバイト生活なのだ。夢を見ていたら、これからの十年など、空っぽだった二十代と同じようにあっという間に過ぎ去ってしまうだろう。

「ケンちゃんは合格したら、正社員になるんだよね」

日菜子は不安そうにいう。採用通知が悪いしらせかのようだ。堅志は必要以上に力をこめていった。

「うん、今回こそちゃんと会社で働くよ」

またしおれた花のような笑み。日菜子は堅志が正社員として働くのがうれしくないのだろうか。

「そうしたら給料もぐんとあがるし、このハイツをでて、駅の近くのオートロックつきのマンションに引っ越せるかもしれない。ピッコロから歩いてすぐのところに。ひょっとしたらタワーマンションとかね」

堅志は生まれてからオートロックのある建物に住んだことがなかった。生家はちいさな庭のついた一戸建てだ。夏休みと正月しか顔をださないけれど、父も母も世界的に名をしられた大企業の正社員になれば、よろこんでくれるだろう。これまで母親はずっと、自分の教育方針が間違っていたと自分を責めていた。日菜子がぽつりといった。

「……マンションか。わたし、このレインボーハイツ好きだけど」

引っ越しにはあまり気がすすまないようだ。このハイツには非正規アルバイトやシングルマザー世帯が多かった。懸命にがんばっていても、正規のコースをはずれてしまった人たちだ。考えてみればアルバイトから正社員になるのは、現代では階級の移行と同じだった。下半分の下層階級から、上半分の中流階級へ。このハイツに住む人たちから離れていくのだ。別に下半分の代表ではないのに、堅志にはそれが裏切りにも感じられた。自分を納得させるようにいう。

「きっと三十代って、人生のほんとうの仕事が始まる時期なんだと思う。それがヒナちゃんはイタリアンで、ぼくの場合はあの会社なんだ」

どこかで夢から覚めなきゃいけない。いつまでも社会のなかに自分の居場所なんてないといって、すねていてもしかたない。

「きっとヒナちゃんの店も、ぼくの仕事も、今考えているよりずっと成功するよ」

日菜子の表情は変わらなかった。

「……そうなのかなあ。それが成功なのかな」

堅志にも自分の成功がなにかわからなかった。人並みに正社員として働くことが、人生の成功とまでいえるだろうか。

「だけどさ、ボーナスももらえるようになるし、昇給も望める。四十歳になっても五十歳になっても、若い子と同じ時給で働かなくてよくなるんだよ」

それだけでも大成功だ。働いているのに、ずっと不安がなくならない。二十代はそんな日々だった。檻のなかでくるくると回転する輪を回す小動物のようだ。どこにもいけない。若さと時間は削りとられていく。誰でもない機械や数字として扱われる。

「ぼくは絶対に今のままで終わるのは嫌だ」

日菜子がめずらしく声をおおきくした。

「わたしだって嫌……でも、その先が普通の人になることでほんとにいいのかな。ケンちゃんはそういうのじゃないと思ってた」

そのときテーブルのうえに置いてあった堅志のスマートフォンが短く震えた。天板にこすれてじりじりと虫の鳴くような音をあげる。また広告か詐欺のメールだろうか。スパムメールを削除するつもりで薄いガラス板をとりあげて目をみはった。貴殿の正式採用が決定しましたので、ここにお知らせします。今月中に入社手続きをお済ませください。最先端のEコマースの会社なのに、採用通知の文面は古風だった。

堅志はスマートフォンの画面を日菜子に向けた。

「合格したよ。これでぼくも普通の会社員だ」

一瞬息をのんでから、日菜子がくすんだ笑顔になった。

「おめでとう、ケンちゃん。これでよかったんだよね」

安心感はあったが、それほどうれしくもなかった。きっと普通の人生とはそんなものなのだろう。堅志はうなずいていった。

「うん、よかったんだと思う」

堅志は冷めてしまったコーヒーをのんで、ひと息ついた。きっと喜びはあとからじわじわくるはずだ。この何年も待ち望んできた正規採用なのだ。自分は、ついにやってきた青春の終わりを淋しく感じているに過ぎない。

「じゃあ、今夜お祝いをしなくちゃ。ケンちゃん、バイト終わりにピッコロにくる？スプマンテを開けて、メニューにないステーキをわたしが焼くよ」

「ありがとう、顔だすよ」

きっとスパークリングワインをのんで、日菜子の料理をたべるころには、この気分にも整理がついているはずだ。会社で働きながら、こっそりペンネームで書評の仕事をするくらいはできるだろう。菊川仁の非正規の働き手が主人公の小説を、身を切るような文章で紹介することは、もうできなくなるだろうが。

人はいつだって変わるものだ。自分がすこしいいポジションに移っても、誰も文句などいわないはずだ。

56

日菜子は冷たい秋の終わりの風のなか、スーパーに向かって自転車を走らせた。書店で働く板垣とアルバイト生活の堅志。今までは明らかに違いがあった。これで堅志があの会社（日菜子の好きな街の書店を潰す通販の巨人）に就職したら、板垣と堅志の差はぐんと小さくなってしまう。

もう二年も続いている恋と、今始まるかもしれない新たな恋。

日菜子は頭に浮かんだ言葉にぞっとして、ペダルを踏む足に力をこめた。風が一段と冷たく強くなる。そんなふうにケンちゃんと板垣さんを比べたら、絶対に不公平だ。古いものが新しいものにかなうはずがない。それが世界の習いだ。携帯電話がスマートフォンに敗れ、街の書店がネット通販に駆逐されるように、古い恋は新たな恋にはかなわない。

板垣は堅志が一度も口にしなかった、結婚まで申しこんでくれた。無理に答えを迫るのではなく、日菜子の気が済むまで待つといってくれたのだ。

もし自分が別れを切りだしても、堅志はきっと肩をすくめるだけで、日菜子の好きなようにすればいいというだろう。感情が淡い人なのだ。今朝の採用通知にもあからさまに喜んだりしなかった。

ふたりのどちらとつきあっても、自分のそこそこの幸福は変わらないだろう。人生にそこまでおおきな期待はしていない。不幸でなければ、それで十分。誰といっしょでもピッコロはやり続けるつもりだ。

日菜子はそこで急に思いあたった。

(自分だけずるくないだろうか)

信号機のないちいさな交差点だった。左手から外国製の巨大なSUVが鼻先を突きだしてきた。日菜子のほうが直進で優先である。両手を思い切り握り締めて、ブレーキをかけた。あと数十センチで衝突を回避した。

サングラスをかけた若い男の運転手は、ちらりと日菜子を見ただけで、なにごともなかったように右折して走り去ってしまう。自転車など相手にしない。そんな雰囲気だった。一千万円近くするドイツ車とスーパーの店先で買った中国製の自転車は確かに違うのだろう。

けれど、日菜子はあの運転手にはなりたくなかった。いつまでも自転車に乗っていたいし、身体をつかって働きたかった。自分は今のままの自分でいい。普通になどなりたくない。傲慢(ごうまん)になるのも、ずるく生きるのも嫌だ。

堅志があの会社で正社員として幸福に働いていけるようなら、今ではないけれどそっと身を引こう。板垣には悪いけれど、おつきあいは断らせてもらおう。堅志をひとりにするのなら、自分もひとりになるべきだ。それが日菜子の結論だった。

再びペダルを踏んで走りだす。今度はやけに軽い気がした。この数週間、心と頭にかかっていた冷たい霧が晴れたような気分だった。正社員の堅志には、自分でなくともきっとふさわしい人があらわれるだろう。あの大学時代の彼女のような。堅志はああ見えて意外と女性には人気があるのだ。心配はいらない。

日菜子は冷たく冴(さ)える秋空のもと、駅ビルに向かった。今日もレジ打ちと商品陳列が待っている。わたしの人生はこれでいい。輸入車も高級ブランドもタワーマンションも縁がなくていい。わたしはそれでも十分幸せだ。

日菜子の足は滑らかに回転した。自分と自転車がひとつの幸福な生きものになったようだった。夜にはせいぜいおいしいステーキを焼いてあげよう。日菜子とは別の道だが、堅志の夢がかなったのだから。

スーパーのパート仕事を終えて、ピッコロの扉を開けたのは午後五時過ぎだった。

光枝はディナータイムの仕こみをしていた。夜の営業は六時からだ。オーナーは日菜子の顔を見るといった。

「おや、ヒナちゃん、ご機嫌だね。その包みはなんだい」

スーパーで高価なステーキ肉を買ったのだ。一日分の給料が飛んだけれど、かまうことはない。

「和牛のサーロインです。今日、彼がくるので、焼いてあげようと思って。彼、就職試験に合格したんです」

光枝はドレッシングにいれる玉ねぎと人参を切っている。顔をあげていった。

「そいつはよかったね。これでヒナちゃんもひと安心だ」

まるで安心などしていなかった。日菜子にとっては採用通知は別れの手紙と変わらない。どこかの会社の正社員の立派な妻になどなれるはずもない。自分は一生働き続ける。男には頼らない。それでいい。日菜子は明るく返事をした。

「はい。ほんとうによかったです」

光枝が店の奥のワインラックに向かった。ごそごそとなにか探している。分厚くほこりをかぶったボトルをもってくると、息をかけて払った。

「これは死んだ旦那といつかのもうっていた、結婚した年のワインだよ。もう四十年以上前になるから、お酢になってるかもしれないけどね」

そういうと豪快に笑った。日菜子も笑った。おいしいワインとステーキ。それにピッコロ・フェリチタ特製のドレッシングがかかった緑のサラダ。それだけあれば、十分幸せになれる。

「じゃあ、わたしは店内の清掃をしてから、トマトサラダの準備を始めます」

「ああ、頼むよ。ヒナちゃんの味が今じゃこの店の味だからね」

はいと力強くうなずいて、日菜子は台拭き(だいふ)を手に厨房(ちゅうぼう)をでていった。

57

堅志はいつものように巨大倉庫のなかで働いた。

正式に採用が決まったことは、誰にもいわなかった。不思議なのは時間がたつにつれて、心が重くなってきたことだった。伸び盛りの会社で働けるのだ。世界中で小売業のチェーンを潰すほど、強力な競争力を有するナンバーワンの巨人だった。給料はそこそこだが、ボーナスは素晴らしい。福利厚生もしっかりしている。文句のいいようがないはずだった。

淡々と洗剤や柔軟剤や消臭剤を箱につめていく。午前中は誰とも話さなかった。晴れていたので昼休みには日菜子のつくった弁当をもって、近くの児童遊園にいった。風が思っていたより冷たくて、ベンチには誰もいなかった。子どもたちが遊んでいるフェンスに囲まれた砂場を見ながら、弁当のふたを開いたところでスマートフォンが鳴った。

「もしもし、ケンジ、合格通知見た?」

いきなり弾むような佳央梨の声だった。ヒューマンエデュケーション部で働いているので他より早く合否を知っているのだろう。

「ああ、見たよ」

「おめでとう。これであなたもうちのファミリーの一員だね。いっしょに働けるの楽しみにしてる。今、なにしてるの」

堅志は寒々とした児童遊園を見わたした。

「倉庫のそばの公園にいる。これからお弁当たべるとこだよ」

佳央梨の声は明るかった。

「ふーん、そうなんだ。彼女の手づくり弁当ってやつかな」

意外なことに佳央梨がそんなことを気にしているのだ。堅志はさらりと流した。

「そうだけど、どうしたの急に電話なんて」

「他人行儀だなあ。合格したんだから、おめでとうをいおうと思って。ああ、そうそう、プログラマーの彼もいっしょに合格したよ。ねえ、ケンジ、今夜空いてない？」

日菜子との約束を思いだした。

「ダメなんだ。先約がある」

「まあ、彼女がいたら、そうだよね。でも、今度彼といっしょに三人で合格祝いをしようよ。一軒目はわたしのおごりでいいから。恵比寿のウェスティンの中華おいしいよ」

堅志は苦笑した。佳央梨は本橋の名前を覚えていないのだ。堅志もあの研修から何度かメールのやりとりをしただけで、妻子もちのプログラマーとは会っていなかった。同じ状況の相手といっしょなら、盛りあがるかもしれない。

「うん、本橋くんと会うの楽しみだな。おおげさなやつだから、めちゃくちゃ喜んでると思う」

「そうね、奥さんもいたし。わたしと会えるのも楽しみでしょ。ケンジはどうなの、うれしくないの」

言葉につまった。きっと正社員として社会にでていくのが不安なだけなのだ。努めて声を明るくする。

「なんだかよくわからないんだ。この何年間かずっと採用試験を受けたけど、落ち続けてきたからさ」

そこでしばらく不自然な間が空いた。おや、なんだろう。堅志の胸にひやりとした感触が走る。

「ひと言だけいっておくけど、今回はまえみたいに急に逃げないでね。わたしも高部長もあなたの実力を買っているんだからね。受かったけど、お断りしますなんて、土壇場で引っくり返すのはなしよ」

言葉につまるのは、堅志の番だった。佳央梨といっしょに採用試験を受けていれば、今ごろは同じ会社で働き、結婚していたかもしれない。

「……うん、わかってる。きちんと働くつもりだ。もう三十歳だから、ラストチャンスかもしれないし」

佳央梨の声がまた明るくなった。

「そういうことなら、問題ないわ。わたしもちょっとお昼にでかけてくる。恵比寿の本社のまわりにはおいしい店がたくさんあるから、今度ケンジにも教えてあげるね。今夜は彼女とお楽しみに。でも合格祝いはわたしともやってもらうからね」

「うん、カオリ、いろいろほんとにありがとう」

「別にいいよ。これから八年まえの分の貸しは返してもらうから。じゃあね」

通話は切れた。堅志は児童遊園の真んなかに立つ時計を見あげた。まだ昼休みは三十分以上ある。七味をたくさん振りかけた鶏の香り焼きをひと口かじった。日菜子の得意料理だ。きっと佳央梨は料理は苦手だろうな。そう考えると、すこしおかしくなった。堅志は弁当を残らず片づけると、冷たい秋の空のした、また巨大な要塞のような四角い倉庫に帰っていった。

58

ピッコロの重い木の扉を引くと、フロアは半数の席が埋まっていた。夜にしては繁盛している。日菜子が働くようになって、堅志は店の客入りには敏感になっていた。カウンターの向こうからオーナーの光枝が声をかけてくる。

「あら、ケンちゃん、いらっしゃい。採用試験受かったんだってね。おめでとう」

ぺこりと頭をさげた。自分ではさして喜びもないけれど、人からおめでとうといわれるのは単純にうれしかった。大学の合格祝い以来だから、もう十一年ぶりである。

それ以降いいことなど、ひとつも起きなかった気がする。

「ありがとうございます。ヒナちゃんは奥ですか」

「そうだよ。ちょっと声かけてくるから待ってて。ちゃんとお腹は空かせてきたんだろうね。今夜は贅沢なステーキがあるからね」

三十歳の就職祝いだ。遅すぎたかもしれない。堅志は空いているテーブルに席をとった。日菜子がワイングラスとサラダをもってやってくる。表情が明るかった。この数週間ほど、なにかを悩んでいるような曇りがちの顔をしていたのだが、きれいに心の雲が晴れたようだ。きっと正社員合格をよろこんでくれているのだろう。三人分のグラスをおくと日菜子はいった。

「ケンちゃんのお祝いに、光枝さんがヴィンテージもののワインを開けてくれるって。すぐにサーロインステーキを焼くから、サラダつまんで待っててね。パスタはペペロンチーノでいいよね」

「うん、ありがとう」

堅志は重いクリームソースもトマトソースも苦手だった。やはりパスタは塩とオリーブオイルがいい。光枝がきてヴィンテージワインを開けてくれた。土の匂いがするワインをすこしずつのみながら、堅志は店内を見渡した。日菜子は生きいきと立ち働いている。きっと天職を見つけたのだろう。

それに対して自分はどうだろう。あの通販の巨人が天職なのだろうか。正社員が意味する社会的なポジションは素晴らしいが、仕事の内容はどうだろう。堅志は隣のテーブルに目をやった。男が中腰になって陽気に叫んでいる。

「生ビール二杯とドレッシングのお代わり」

四人組はみな笑顔で、テーブルは料理と酒でいっぱいだ。最先端のデータ分析やマーケティングで、こんな笑顔をつくれるものだろうか。その先には売上と利益の極大化しか待っていない気がする。

「お待ちどおさま。お肉焼けたよ。光枝さんにオリーブオイルで焼く方法教えてもらっちゃった」

ステーキがおりてくる。光枝がいった。

「わたしもひと口だけいただくよ。うちの死んだダンナの得意料理だったんだ。またメニューに復活させてもいいね」

光枝が音頭をとって、三人で乾杯した。ヴィンテージワインに塩と胡椒(こしょう)だけであっさりと焼いたステーキ。何度目かのおめでとうをいわれて、堅志は肩をすくめた。

「なんだい、ケンちゃん、あんまりうれしそうじゃないね。夢にまで見た正社員じゃないのかい」

そういわれても、当人が困ってしまう。ほんとうなら、もっとうれしいはずだし、ほっと安心してもいいはずだった。社会に出てから初めて将来の見通しに不安がなくなったのだから。

「この先、一生同じ会社で働くかと思うと、すこし淋しいような、味気ないような気もするんです。どんな仕事をしても、ほんとにこれでいいのかなって気もちはなくならないのかなあ」

そういって、渋いワインをひと口のんだが、なにかが胸のなかにつかえているようだった。せっかくのステーキも味がよくわからない。この違和感はなんだろうか。日菜子は気をつかって、堅志の内面に立ち入ってはこなかった。自分だけでなく、人に対してもひどく繊細で臆病なのだ。日菜子のいいところだと思う。世のなかには自分だけ繊細で、他人はすべて鈍感だと信じている人間が多過ぎる。

カウベルが鳴って、堅志は開いたドアに目をやった。あの、書店の副店長だという若い男が立っていた。ひとりだけのようだ。どこかで先に一杯やってきたのだろう。顔が赤い。日菜子がさっと立ちあがった。

「板垣さん、いらっしゃいませ」

堅志たちから離れたフロアの隅のテーブルに案内していく。店の書棚のまえで声をかけられたときの敵を見るような視線が記憶に残っていた。日菜子はいつものように接客しているが、板垣は妙に気安く話しかけているように見える。注文をきいて戻ってきた日菜子が困った顔でいった。

「ケンちゃんの就職祝いの席だといったら、こっちのテーブルに、うちの店で一番高いスプマンテをいれてくれた」

堅志はなぜ一面識しかない男にスパークリングワインをおごられるのかよくわからなかったが、視線があうと会釈だけ返しておいた。板垣はさしてうれしげでもなく、そっぽを向いてしまう。そのまま三十分ほどたった。日菜子と光枝は店の仕事をてきぱきとこなし、手がすくと堅志の席に戻ってくる。堅志はそのあいだ、店に流れる音楽を変えながら、ちびちびとスプマンテをのんだ。

「ちょっとお話をさせてもらって、かまいませんか」

顔をあげると、板垣がグラスを手に立っていた。テーブルの三人は顔を見あわせた。光枝がいった。

「どうしたの、板垣さん。ちょっと酔ってるみたいだね」

堅志が見ていたのは日菜子だった。顔色がよくない。板垣は見おろすようにいう。

「立原さん、就職おめでとうございます。これでぼくたちはライバルになった訳だ。うちはリアル書店で、そちらは書籍通販の巨人」

いつの間にか堅志が働く会社の出版物売上は日本一になっていた。ヨーロッパでは書籍の通信販売を認可していない国もあるという。そんな国では街の書店はまだ元気だろう。堅志は口のなかでいった。

「……そういうことになるんですかね。ぼくは今でも街の本屋さんで買ってますけど」

板垣が笑顔になった。残酷な感じのする笑いで、自分だけがなにかを知っているという表情だ。

「ライバル関係はもうひとつありますよ」

日菜子が手を振って、腰を浮かせた。

「やめてください。板垣さん」

板垣は立ったまま日菜子にうなずいてみせる。

「いいんですよ、日菜子さん」

日菜子をしたの名前で呼ぶこの男は誰だろう。堅志のなかでようやく警戒心が巻き起こる。

「いつまでも隠しておくことはできないでしょう。立原さんは正社員になり、ぼくとの差はなくなりました。ここからはおたがいフェアプレイでいいじゃないですか」

日菜子が悲鳴のような声を低く漏らした。堅志にはまだ意味がよくわからない。

「ぼくは日菜子さんと何度かデートして、結婚を前提におつきあいしてくださいといいました。もちろん立原さんといっしょに暮らしているのは、わかったうえでの申しこみです。まだ返事はもらっていません」

そうか、この男は日菜子のことが好きなのか。自分が正社員になったことで、もう違いはないのか。それで焦りが生まれたのかもしれない。板垣は堅志から見ても、こんな強引なことを仕でかすタイプには見えなかった。

あらためてテーブルの向こう側で震えている日菜子に目をやる。堅志は一年半同棲した相手でも、自分のものという感覚をもてずにいた。怒りよりも、身を切るような淋しさを感じた。いっしょに寝て起きて、同じものをたべておいしいねといいあい、何度も何度も身体を重ねても、相手のことをすべて知ることはできないのだ。

「ヒナちゃん、この人のいってることはほんとうかい」

堅志はいった。光枝は肩をすくめて、カウンターの向こうへいってしまった。店内でケンカにならなければ、プライベートは勝手にしてくれということだろう。日菜子は青い顔でうなずいた。

「……ほんとうです」

堅志はスプマンテをひと口のんだ。酢でものんだようだ。味がまるでわからない。

「デートしたというのも？」

「ほんとうです」

板垣はまだテーブルの横に立っている。テーブルのボトルをとると、空のグラスにスプマンテを注いだ。悪びれることもなく声も落ち着いている。

「その件については日菜子さんを責めないでもらいたい。すこしぼくが強引だったかもしれない。それに」

堅志は正面から板垣をまっすぐにらんだ。

「それに？」

「日菜子さんとはなにもない。いや、正確には一度だけ手を握ったかな」

日菜子が叫んだ。

「板垣さん、やめて」

就職が決まった日に、同棲相手に別な男がいたことが発覚する。なにが合格祝いのステーキだ。堅志はすべてが馬鹿(ばか)らしくなった。苦笑いがとまらない。

「それで、ヒナちゃんはどうするつもり？」

こたえたのは日菜子でなく板垣だった。

「立原さんはプライドが高いんだな。好きだ、いっしょにいてくれじゃなくて、相手に選択をまかせるんだ。きみは彼女のことが好きじゃないのか」

ここでグラスを叩(たた)きつけて、この男に一発くらわせてやれたら、どれだけ痛快だろうか。堅志は歯ぎしりしながら、副店長にいう。

「うるさいな。そっちにはきいてない。ヒナちゃんはどういうつもりなんだ」

日菜子は両手をテーブルのうえで祈るように組んだまま、二度三度と深呼吸をした。

「わかりました」

異様な声の静けさに、薄い唇の口元に堅志と板垣の注目が集まった。板垣に軽く頭をさげて日菜子はいった。

「今、板垣さんにお返事します」

「……そんなに急じゃなくても」

日菜子は深々と板垣に頭をさげた。

「いいえ、今がいいです。わたしなんかを誘ってくれて、ほんとにうれしかった。男の人から結婚の申しこみをされたのは、生まれて初めてでとっても感謝しています。板垣さんはいい人だと今でも思います。でも、おつきあいはできません」

板垣の顔にあたる照明が、すべて切られたようだった。一瞬で土色に変わる。うめくような声が漏れた。先ほどまでの勝ち誇った感じはまるでない。

「……どうして……彼のほうがいいのか」

日菜子は泣きそうな顔で、首を横に振った。

「それは板垣さんとは関係がないことなの。ありがとうございました。これからはお店でお客さんとして、顔をあわせるだけにします」

堅志はあっけにとられて、事態を見つめていた。勝利感などまったくない。日菜子と目があった。背筋がぞっとする。日菜子が堅志を見る目は、板垣を見る目と同じだった。ひどくやさしく静かな視線だ。ひどくきれいな死体か、昔の恋人でも見かけたときの目。

カウンターにもたれて、こちらを見ていた光枝がやってくると、板垣の肩に手をおいた。

「さあ、そのグラスを空けたら、今夜は帰ったほうがいいわよ」

放心したまま、自分の席にもどっていく。板垣は壁に開いた穴のような目で堅志を見つめてきたのは、そっと視線をはずし首を横に振ることだけだった。

板垣が店をでてから、すぐに堅志もにぎわうイタリアンを離れた。

もう合格祝いの気分ではなかったし、日菜子も店のほうにかかり切りになり、堅志のテーブルには近づかなかったからだ。秋の終わりの夜のなか、レインボーハイツにむかって自転車を走らせる。満月に近い青い月だけが、堅志の背中を追いかけてきた。

59

堅志が自分の部屋のまえに自転車をとめていると、隣の102号室の青いドアが開いた。

「今夜は遅いんだね。」竹岡笑理が顔をのぞかせて声をかけてきた。

「堅志くん宛てに、宅配が届いているよ」

このハイツには電子式のロッカーなどなかった。住民のあいだでは隣室の宅配を預かるのは当たりまえになっていた。

「あっ、すみません。ありがとうございます」

差出人も確かめずに小振りのダンボール箱を受けとった。

「日菜子さん、最近毎日遅いけどだいじょうぶ？」

まだ笑理には話していなかったか。

「ピッコロ・フェリチタっていう駅の向こう側の店で働いているんです。よかったら、マサキくんも連れて、今度顔をだしてやってください。サラダがけっこううまいですよ」

笑理はさっと盗むように笑っていった。

「なんだ。夜の店じゃないんだ。まあ、日菜子さんはそういうタイプじゃないもんね。おやすみー」

青いドアが閉まった。笑理は、日菜子が自分と同じ仕事に就いたのかと勘ぐったのだろう。おもしろいものだ。玄関をあがり、ダイニングテーブルに箱をおいた。ちいさいがずっしりとした手ごたえがある。カッターで透明なガムテープを切り、中身を確かめる。プチプチの梱包材(こんぽうざい)で包まれた文庫本だった。もう出来あがったのだ。全部で十冊ある。一筆箋(いっぴつせん)が貼(は)られていた。

立原堅志さま
処女作おめでとう。素晴らしい解説だった。菊川先生も今度一杯おごるといっている。

次回作もよろしく。

山根博康

ラッシュアワーのホームの写真で飾られた表紙を開き、目次を見た。解説　立原堅志。後ろのページに飛んで、自分の書いた原稿用紙九枚の解説をゆっくりと読んだ。数十回も読み直しているので、すべて暗記しているようなものだが、それでもこうして文庫本の形になるとまた別の感慨があった。とうとう自分の名前が活字になった。ちいさな一歩に過ぎないが、本の世界に最初の足跡を残すことができたのだ。

正社員の合格祝いでは欠片(かけら)も感じられなかった喜びが、身体の奥のほうから湧(わ)きあがってきた。別に誰にも報告などしなくともかまわない。誰かにおめでとうと祝福してもらわなくともまるで気にならない。ひとりきりの静かな充実した手ごたえだった。

自分の名前が載った最初の一冊をそっとテーブルにおいた。これが五冊十冊と増えていくことを想像してしまう。佳央梨や高部長といっしょにあの会社で人材開発を担当して、高額の株式ボーナスをもらっても、これほどうれしくはないだろう。

ピッコロでの板垣との対決でささくれ立った心が落ち着いていくようだ。堅志はキッチンで水を一杯のむと、風呂(ふろ)を洗った。湯が溜(た)まるまでのあいだに、さらに三回目分の文庫解説を読んだ。直しておけばよかった箇所、至らない表現がいくつも目につく。だが、それでも自分の処女作なのだ。堅志はちいさな文庫本を胸に抱いてベッドに転がり、味気ないハイツの天井を初めて幸福感とともに見あげていた。

その夜、日菜子が帰ってきたのは日付が変わる寸前だった。いつもよりだいぶ遅い。堅志は玄関で待ちかまえて、日菜子に文庫本を見せた。

「やっとできたんだ。ぼくの名前が活字になって、本に載った」

日菜子はひどく疲れているようだった。

「おめでとう、ケンちゃん。あとで読ませてもらうね。先にお風呂はいっていいかな」

「うん、まだあったかいよ」

堅志はじりじりしながら待ったが、その夜の日菜子はなかなか入浴から戻らなかった。髪をバスタオルではさむようにして日菜子がベッドルームにやってきたときには、一時間近くたっていた。

「長かったね」

ヘッドボードにもたれて文庫本を手渡すと、日菜子はベッドのうえで正座して受けとった。開こうとせずにひざのうえにおき、両手をのせる。堅志の目を見ながらいった。

「板垣さんのこと、ごめんなさい。不愉快だったよね」

言葉に詰まった。嵐のようだったが、もう過ぎたことではないのか。

「でも、ヒナちゃん、ちゃんと断ってくれたよね」

薄暗い寝室で、濡れた髪のまま日菜子がうなずいた。

「でも、それはわたしたちがこの先も同じように続いていくっていう意味ではないんだ」

堅志はヘッドボードから身体を起こし、ダブルベッドにあぐらをかいた。

「どういうこと?」

日菜子は文庫本を手にとり、堅志の解説ページを開いた。

「立原堅志。すごいね。活字で見るとすごく立派な人の名前みたい」

喜びではないおかしな胸の鼓動がとまらなかった。

「いや、それはヒナちゃんがよくしってるぼくだから」

いやいやをするように日菜子が首を振った。濡れたままの髪は影のようにまとわりついている。

「ううん、違うよ。ケンちゃんはもうだいじょうぶな人だから」

同じベッドのうえにいるのに、日菜子が遠く離れていってしまうようだ。夜の川で別々な小舟にのった旅人。音もなく滑るように距離が開いていく。

「ケンちゃんはちゃんと正社員になった。こうしてずっと街の本屋さんに残っていく文庫本にも名前がのった。もう立派な人だよ。わたしなんかにはもったいない」

堅志の呼吸が荒くなった。おかしいな、今夜は正社員合格と初めての本の出版を祝う夜ではなかったのだろうか。

「わたしは板垣さんとつきあわないけど、ケンちゃんとも別れようと思う」

「……どうして」

理由がわからなかった。自分は最近日菜子になにか悪いことをしただろうか。別な女性とデートしたことはなかった。暴力など欠片もないし、セックスレスでもない。

「悪いのはわたしで、ケンちゃんじゃないんだ。ただわたしには立派な大人とか、きちんとした普通の生活というのが耐えられないんだよ」

いったいこの人はなにをいいたいのだろうか。堅志は混乱していた。

「ヒナちゃんだって、立派な大人だよ。こうしてぼくと普通に暮らしてる」

日菜子は顔をあげたままいきなり涙をこぼした。転げた滴(しずく)は堅志の本の開いたページに落ちる。

「わたしはきっと下のほうがいいんだ。オートロックのタワーマンションとかより、このハイツがいい。大企業の正社員より、アルバイトやパートでいい。自分でこつこつ働いて、贅沢なんかできなくて、それでいい」

堅志は手を伸ばして、日菜子のひざにおいた。震えている。日菜子は今ぎりぎりなのだ。

「わたしはずっと不思議だった。どうしてケンちゃんはこんなに素晴らしい人なのに、自分がただ正社員じゃないことを恥じているんだろう。そんなことぜんぜん問題じゃないのに。いつまでも大学時代のお友達と自分を比べて卑屈になっている」

そんなふうに見えていたのか。堅志は思いついたいい訳を口にした。

「それは未来が不安だったから。経済的なこととか」

日菜子は涙目で微笑んだ。

「未来は誰でも不安だよ。大企業にはいっていいお給料もらっても、本を何冊書いても、きっと不安だよ。あのね、わたしは気が弱くて、いつも損な役ばかり押しつけられてるけど、そういうことはぜんぜん平気なんだ。人が嫌がることは、ぜんぜんだいじょうぶ」

なぜだかわからない。堅志の目に涙が浮かんだ。日菜子という女性がどういう人なのか、ようやくわかりだした気がする。この人は自分などよりずっと素晴らしいものを隠していた。

「わたしはこのまま世界の貧しいほうの半分に、みんなといっしょにいたいんだ。リッチな海外旅行も、高級な自動車も、贅沢なブランド品もなにもいらない。わたしのことを好きでいてくれる人と、ちいさな部屋で暮らして、ずっと自分の身体と心をつかって、がんばって働きながら生きていきたい。お金はたくさんいらない。豊かでなくてもいい。わたしは今のままのわたしで、生きていきたいんだ。他に望みなんてないの」

堅志は低く叫んだ。

「ぼくだって立派な人間なんかじゃない」

日菜子は指先で、文庫本の堅志の名前をなでている。風呂上りの爪の先が薄暗い寝室でぼんやり光っていた。

「そんなことない。ケンちゃんはすごく立派だよ。間違ってわたしのいるほうの世界に迷いこんだけど、ほんとならずっとずっと上のほうへ昇っていける人。だから、わたしのことなんて気にしないで、元の世界に帰っていいんだよ。わたしね、一生、本屋さんでケンちゃんの名前を見たら、その本買うからね。ずっとだよ」

堅志はたまらなくなって、日菜子に抱きついた。日菜子は腕をまっすぐ脇に垂らしたまま、抱き締められている。

「上とか下とか、格差とかそういうのは全部関係ない。ヒナちゃんはぼくがしってる一番素晴らしい人だ」

半分息が混ざったかすれ声が耳元できこえた。

「ふふ、ありがとう。わたしたちはおたがいほめあうんだもんね。わたし、覚えているよ。広い世のなかに、ぼくたちをほめてくれる人は誰もいない。甘ったるくて、すこし馬鹿みたいでも、きちんとほめあおうって。ケンちゃんはそういってくれた。あのときは、すごくうれしかったなあ」

抱き締めていてよかった。日菜子に顔を見られなければ、いくらでも泣くことができた。声がおかしくなっているが、かまわずにいった。

「……そうだよ。ぼくたちはほめあうんだ。冷たくて残酷な世界から、おたがいを守るんだ。ヒナちゃんはほんとうに最高の人だ」

日菜子は腕をまわして、堅志の身体を抱いてはくれなかった。暗い天井を微笑みながら見あげている。

「違うよ。最高なのはケンちゃんだよ」

「いや、ヒナちゃんだ」

静かな寝室にかすかに笑い声がひびく。

「じゃあ、わたしたちふたりとも最高だね。でも、別々の世界で生きていく。ケンちゃん、どうもありがとうね。こんなぐずなわたしといっしょにいてくれて。ほんとうにありがとう」

自分のものとは思えない声が日菜子になにかいっている。

「ありがとうなんて、いうなよ」

「いうよ。ケンちゃんは最高なんだから。ありがとうね、明日からは自由だよ」

砂の城が崩れるようにそのままベッドに倒れこんだ。もうふたりに言葉はなく、ただ涙と嗚咽(おえつ)だけがレインボーハイツ101号室を満たしている。カーテンに夜明けの光が薄青くさし始めたころ、堅志と日菜子は手をつないだまま、底のしれない眠りに就いた。

60

目が覚めると朝の音がきこえた。

フライパンのなかで油が弾ける音。日菜子のスリッパがたてる足音。自分の心臓が打つ低い音。堅志はがばりと身を起こした。眠るまえに別れようといわれたのは夢ではない。日菜子は本気だった。頭が痛いのは、泣きすぎたせいだ。なにかが終わってしまったあとの朝がきていた。

「おはよう、ケンちゃん」

目を腫らした日菜子が寝室に顔をだした。

「おはよう」

「今日もアルバイトあるんだよね。ケンちゃん、ひどい顔してるよ」

「ヒナちゃんもね。それじゃ、とてもピッコロには顔だせないよ」

ふたりはおたがいの顔を笑いあった。眠りに就くまでの長い時間、抱きあったままずっと泣いていたのだ。

「朝ごはんにしよう。なにがあっても、ちゃんとごはんだけはたべないとね」

グリーンサラダとベーコンのついた目玉焼き、トーストにカフェオレ。ふたりは別れを慎重に回避しながら、なにげない会話をすすめた。薄い氷のうえを歩いているようだ。一歩間違えると凍える水に落ちてしまう。日菜子はそれでもニコニコしていた。

「ぼくとの暮らしは、そんなにつらかったのかな」

日菜子は驚いた顔をした。

「えっ、どういう意味」

「だって別れ話をしたあとのヒナちゃんは上機嫌みたいだから」

ブロッコリーを刺したフォークをおいて、日菜子はまっすぐに堅志の顔を見た。

「ぜんぜん上機嫌なんかじゃないよ。でも、すこしだけほっとしたのかな」

「……ほっとした？」

「そう、板垣さんのことで悩んでいたし、ケンちゃんの就職試験の結果を心配していたから」

堅志は目玉焼きを崩した。食欲はない。

「ケンちゃんもこれで安心だね。正社員になって、もともといるべき場所に帰ることができる。ケンちゃんはわたしなんかと、こんなハイツで暮らしてたらいけない人だったんだよ」

心のなかでなにかがずれてしまっているようだった。テーブルのむかいに座る日菜子の声が分厚いガラス越しのようだ。

「……ほんとに、そうなのかな」

日菜子は泣き腫らした目で明るく笑っていった。

「そうだよ。この世界には見えない壁がたくさんあって、人と人を分けてるんだと思う。みんな、そんなのしらん顔で暮らしてるけど、ほんとうは自分がどの仕切りのなかにいるのか、わかってるんだよ。ケンちゃんとわたしのいる場所は、ぜんぜん違う」

かりかりに焼いたベーコンをひと口かじった。しょっぱい。堅志は脂（あぶら）で光るフォークの先を見つめた。輝くよっつの先端。これが発明されるまで、人々は手づかみでものをたべていたという。

「でも、最近、壁がどんどん厚く高くなって、みんなおたがいを憎んだり馬鹿にするようになってきたよね。自分と同じ人以外はぜんぶ敵。なんだか怖いよ」

朝から暗くなりすぎたかもしれない。堅志は反省したが、つぎの声のトーンも変わらなかった。

「ヒナちゃんとぼくは別な仕切りのなかにいる人だったんだ」

日菜子は朝の顔でいった。

「そうだよ。ケンちゃんはわたしにはもったいない人。ほんとに、今までありがとうね」

何度も抱きあって、同じベッドで眠り、同じ食事をとってきた。この一年半、毎日最初に見る顔が日菜子で、眠る直前最後に見る顔も日菜子だった。堅志はそれで満足だったし、ほかの女性とつきあったりしたこともなかった。

人の心の中身はわからない。いっしょに暮らしていると、なおさらわからなくなる。距離が近すぎて確かめることも忘れてしまうのだ。同じことを考えているだろうと無邪気に信じているうちに、だんだんと心は離れていく。

堅志は自分の三十歳という年齢を考えた。人は孤独であるとか、人の心はわからないといった、ごくあたりまえのことをこんなふうに身に沁みて悟るのはひどくしんどいことだった。日菜子と別れるのは、生きたまま心臓を抜かれるようだ。

「ヒナちゃん、今日の予定は」

「遅番のパートと夜はピッコロのお手伝い。ケンちゃんは?」

「ぼくもバイトは中番で午後からだ。じゃあ、午前中はデートしない?」

「……デート?」

「そうだよ、街を歩いていっしょにランチしよう」

61

秋の終わりのあたたかな渋谷に、ふたりはやってきた。空は曇りがちで快晴とはいかなかったが、すくなくとも雨は降っていない。渋谷ではつきあい始めのころ、よくデートをしていた。今のレインボーハイツに決めたのも、この街から一本でいける私鉄沿線にあったからだ。西武デパートのまえをとおり、公園通りにむかう。

堅志は日菜子の手を見た。別れが決まった朝、この手を握ってもいいものか。どうせおしまいなら、かまわないだろう。日菜子の手の先をつまむように握ると、ほっそりとした冷たい手が握り返してくれた。堅志はぽつりといった。

「……ありがとう」

「えっ、なにが」

堅志はあわてて話を変えた。

「さすがの渋谷でも、お昼まえは人がいないね」

「うん、わたしはこれくらいがちょうどいいなあ。人が多すぎると、息が苦しくなる。

東京には少子化もわるくないよね」

デパートのショーウインドウに映る自分たちに目をやった。マネキンが着ているのは上下で七十万円はするハイブランドのツイードスーツだ。ふたりが着ているのは、三シーズン以上使用しているコートだった。靴もだいぶ汚れたスニーカーだ。自分たちは高価なブランドなど縁のない貧しく若い恋人なのだろう。心がしびれているので、堅志は豊かさをうらやむ気もちにもなれなかった。日菜子とは近い将来、離ればなれになって別々な人生を歩き始める。

ゆるやかな坂をパルコのほうにのぼっていく。きこえてくる言葉は日本語と中国語が半々だった。観光客は朝から元気だ。

「ケンちゃん、覚えてる？」

堅志は通りのあちこちのビルや看板を眺めていた。どの景色にもふたりの思い出が幾重にも沁みついていて、胸が苦しくなる。

「なにを？」

「ほら、最初にいっしょに暮らそうっていったときのこと」

瞬時に思いだした。あのときは春の終わりだった。

「うん、この道歩いているときだったね。あのときは代々木公園からの帰りで、くだり坂だったけど」

同じ道を今度はのぼりながら、別れがやってくる。今、この街で何組の恋人たちが出会い、別れていくのだろうか。何千というカップルが今日も出会いと別れを繰り返しているのかもしれない。そう考えても、自分たちのつらさはすこしも変わらなかった。

ふたりはそれから、ひたすら歩いた。公園通りをのぼり切ると、NHKの脇を抜けて、代々木公園へ。園内を抜けて、原宿駅を横にすぎる。人のすくない竹下通りで、カラフルな服を見ながら散策し、落ち葉が積もる明治通りを歩いて、また渋谷へ。回遊魚のように渋谷を中心にぐるぐると歩き続ける。

ふたりが話すことは、すべてたのしかった過去の話だった。いっしょに暮らし始めて驚いたこと。当時、堅志には朝食をたべる習慣がなかった。日菜子は寝るときも暖房を切らなかった。堅志は冬以外では靴下をはかなかったし、日菜子は夏以外には長袖のアンダーシャツを着ていた。暑がりと寒がりなのだ。

九十分ほど歩いたふたりはまた公園通りの天辺にもどっていた。堅志はにぎわいだした街を眺めていった。熱をもった足の筋肉が心地いい。

「お昼、どうしようか」

「あのパスタ屋さんがいいな」

パルコの向かいの雑居ビルの二階にあるスープパスタの老舗だった。堅志はこの店以外ではスープパスタはたべない。もう十年以上かよっていた。

「いいね、いってみよう」

ふたりは手をつないだままイタリアンに移動した。雲が切れて、真上から秋の日ざしが公園通りに注いでいる。一瞬、街が光り輝いたように見えた。

「ぼくみたいに弱い男とつきあってくれて、ヒナちゃんには感謝してる」

急に口からそんな言葉が漏れて、堅志は自分でも驚いてしまった。日菜子はとなりを歩く堅志に微笑んだ。

「わたしだって、ぜんぜんダメ人間だよ。でも、ケンちゃんの弱いところがいいとこだし、わたしはそういうケンちゃんが好きだった。強くて立派でなくてもいいんだよ」

昼まえなので、店は混んでいなかった。ランチタイムはいつも行列なのだが、すんなりと席につけた。堅志はトウガラシとニンニク、日菜子はツナのクリームソースを頼んだ。しばらくして深皿に山盛りのパスタが運ばれてくる。

子どものようにフォークとスプーンを両手に握り、日菜子はいった。

「こんなの絶対全部たべられないと最初はいつも思うんだけど、いつの間にか完食してるんだよね。パスタってすごいね」

ずっといっしょだと思っていても、いつの間にか別れの日がくる。山盛りのパスタと恋はよく似ているのかもしれない。堅志は舌がしびれるほど辛いスープをひと口のんで、パスタの山を崩し始めた。

食後、堅志はカフェに日菜子を誘った。熱をもった舌を冷たいコーヒーで冷やしたいし、すこしでも日菜子とふたりの時間を引き伸ばしたかった。もう終わりはすぐそこなのだ。

「カフェはやめておく。一度うちに帰って、ちょっと顔を直すよ。まだ目が腫れてるみたいだし」

日菜子は公園通りのカフェのまえで、やわらかに断ってきた。自分といるのが嫌なのではないだろう。堅志は半分だけ安心して、坂のしたのメトロの入口まで送っていった。階段に地味なコートの背中が一歩ずつ沈んでいく。堅志の心も日菜子の姿が見えなくなると、浮力を失っていった。にぎやかに浮き立つ渋谷の街を、堅志はコートのポケットに両手を突っこんで、背中を丸めながら歩き、カフェにもどった。

62

窓ガラスの向こうを観光客や恋人たちがとおりすぎていく。堅志はしびれた心を抱えたまま、窓際(まどぎわ)の席に座った。アイスコーヒーをひと息でのんでから、ホットを頼み直す。考えてみれば、日菜子に別れを切りだされてから、ひとりでじっくりと考える時間をもてたのは、初めてのことである。

この胸の痛みも、時間がすぎれば、今までと同じように遠く消えていくのだろうか。堅志も三十年のあいだに何度か失恋や別れの経験はあった。あの会社で正社員として働き始めたら、いつの間にか日菜子とのことなど忘れてしまうのかもしれない。つきあう人間も生活の形も変わっていくだろう。

堅志は自信にあふれたジェレミー・高部長や佳央梨のことを思いだした。伸び盛りの企業で正社員として働く人間独特の輝きである。それは当人たちには見えていない、オーラのようなものだった。堅志がアルバイトをしている倉庫や、日菜子がレジを打つスーパーには、そんな人間は見あたらない。

カフェの椅子(いす)に腰かけていても、骨の芯(しん)まで疲れているのがわかった。とくに心は野ざらしの古タイヤのようにかちかちに硬くなり、あちこちひび割れている。スマートフォンでバイト先を呼びだし、風邪を引いたといって中番の仕事は病欠にしてもらった。今まで無遅刻無欠勤で働き続けてきたのだ。これくらいのさぼりはいいだろう。

これで日菜子が帰る夜まで、ひとりの時間をたっぷりとつかえる。この数週間で起きた変化をじっくりと考えてみたかった。なにが起きて、これ以上のものはないと思っていた日菜子との関係が変わってしまったのだろう。

となりのテーブルには母親と幼い男の子のふたりが座っていた。リンゴジュースとちいさなチョコレートケーキが男の子のまえにある。口のまわりをココアパウダーで汚して、こちらを不思議そうな目で見あげてきた。母親はスマートフォンに夢中だ。子どもの目はガラス球のように澄んでいるが、深すぎてどこか恐ろしかった。

衝撃を受けると心は日常から離れて、過去へと飛んでいくようだ。小学生のころの思い出がよみがえってくる。堅志は引っこみ思案で、人見しりな子どもだった。いつも傍観者で、周囲でなにが起きているのかじっくりと観察してから、自分の態度を決めていた。周囲にいる人間が理由もなく恐ろしかった。それは同世代も、年上の大人たちも変わらない。

佳央梨の声が急に耳元できこえた気がした。今回は逃げないでね。就職活動や面接から逃げたのにも、特別な理由はなかった。ただ恐ろしかったのだ。このまま社会にでてしまえば、自分は弱いから、きっと企業や世間の都合のいいようにつくり変えられてしまうだろう。自分には社会が押しつけてくる力への抵抗力などない。

冷たくなったコーヒーをのみほして、カフェをでた。先ほど日菜子と歩いた道を、今度はひとりで歩いていく。立原堅志とはどういう人間なのだろう。思考は急に自己の奥深くへ潜っていく。人生の決断をするとき、自分にはどんな基準があり、どんな心の力が働いていたのだろうか。

公園通りの坂をのぼり切って、交差点で信号を待った。タクシーやトラックが目のまえを流れ、横断歩道の向こうでは人々が無表情に立ち尽くしている。半数は手にしたガラスのちいさな板をのぞきこんでいた。代々木公園の秋色に染まった森のうえを雲が流れていく。灰色の雲の切れ間から光がシャワーのようにさして、あたりが一瞬午後の疲れた光に浮きあがるように輝いた。秋の日は早い。もう夕暮れの色が日ざしににじみだしている。

そのとき堅志は気づいた。自分のこれまでの絶対的な基準は、弱さだった。堅志は自分の弱さにしがみついて、いつも重大な決断をくだしていた。弱い自分が砕けぬように、回復不能なほど傷つかぬように、別の誰かにつくり変えられないように。それが堅志が自分でも気づかぬうちに中心にすえた基準だった。

赤信号が青に変わり、横断歩道を一歩すすんだ。堅志は笑っていた。思いあたれば、かんたんなことである。自分はずっと弱かった。それだけは三十年間変わらなかったし、自分にはほかになにもなかったので、自分のものと唯一（ゆいいつ）いえるその弱さにしがみついてなんとか生きてきたのだ。

弱さのために非正規のアルバイト生活を始め、続けざるを得なくなり、弱さのために女性とつきあっては、別れを繰り返していた。その弱さは文庫本の解説デビューでも存分に発揮されている。あの解説は何年もアルバイト生活をした人間にしか書けなかっただろう。

NHKの職員だろうか。なにか番組の話をしながら、ジーンズ姿の数人が堅志の脇をたのしげにとおりすぎていった。

だとしたら、その弱さは、こだわり抜いて社会から逃げ続けてきたうちに、別の「強さ」になっていたのではないか。堅志は弱いまま、いつの間にか自分だけの絶対を手にいれていたのだ。それが今の非正規の仕事であり、日菜子との暮らしであり、自分が書く文章だった。

「弱いは強い、強いは弱いか」

堅志はそうつぶやいて、古いスニーカーの汚れたつま先を見た。靴ひもが灰色になっているが、これも味わいがあるといえないこともない。正社員としてボーナスと有給休暇のある仕事をするのもいいだろう。だが、そのときには日菜子を失い、ようやく手にした文章を書く仕事も続けられなくなる気がした。自分は弱いので、きっと会社に過剰に自分をあわせてしまうだろう。

ひとりの会社員としては、そちらのほうが幸福な生きかたかもしれない。毎年、革靴とスーツをワードローブに増やし、夏には海外旅行にでかけ、佳央梨のような外国語が上手な女性とつきあうのだ。けれど、そんな生活を二、三年も送れば、菊川仁の小説を胸に刺さるような痛みとともに読むことは、到底できなくなるだろう。自分は変わってしまうのだ。

「変わる、変わらない、変わる、変わらない」

堅志は横断歩道の白線をまたぐたびに、その言葉を口のなかで転がした。心は決まらないが、なにを考えればいいのかはわかってきた。交差点をわたり終えたときには、自分がこれから生きるかもしれないふたつの分かれ道がはっきりと見えてきた。

代々木公園のなかでは、大勢の人が歩いていた。芝生のうえでは、バドミントンやフリスビーに興じる若者がいて、どこかのアフリカ音楽マニアが途切れることなく太鼓を叩いている。堅志はそれから小一時間ほど、都心の秋の公園を散歩した。

原宿駅方面への出口が見えてきたとき、スマートフォンを抜いて、登録してあった番号を選んだ。心は決まっていた。堅志は人の流れのなか立ちどまり、白い石張りの神宮橋の欄干にもたれた。眼下を山手線の電車が走っていく。相手がでると、堅志は簡潔な言葉で意思を伝え、礼をいって通話を切った。空に向かって両手をあげて、おおきく伸びをする。これでひとつの問題は片がついた。

あとは日菜子とのことが残っているだけだった。

63

夜十一時すぎ、日菜子がピッコロ・フェリチタの扉を開け、外にでてきた。昼と同じ地味な色のコートを着ている。堅志は街灯のしたを離れ、日菜子のほうに歩いていった。

「ヒナちゃん、ちょっといいかな」

十一月の空気は冴(さ)えて、胸のなかの汚れを冷たくぬぐい去ってくれるようだ。日菜子はびくりと肩を震わせてから表情を崩した。

「びっくりした、なんだ、ケンちゃんだったんだ」

「うん、ぼくだよ。あの本屋の副店長かと思った？」

日菜子が自転車をとめたガードレールに向かっていく。

「そんなことない。焼きもちなんてケンちゃんらしくないよ。でも、変だね。ケンちゃんの顔がすっきりしてる。もう目も腫れてないし。なにかいいことあったの？」

そんな顔をしていたのか。堅志は自分の表情の変化など気づかなかった。日菜子のほうは渋谷の短いデートのあと、スーパーとイタリアンレストランでふたつの仕事をこなしている。昨夜はとくに遅かったし、顔がやつれていた。

「いや、悪いことがあった」

堅志は微笑んでそういった。日菜子は自転車の鍵をはずしている。顔をあげて、眉をひそめた。別れ話をしたあとの女性はなぜ魅力的に見えるのだろうか。

「悪いこと？」

「そう、悪いこと。普通の人なら、最悪だというかもしれない」

「気になるよ。おうちの人になにかあったの」

「うちの親はどっちも元気だよ」

そういえば、まだあの文庫本を実家には送っていなかった。採用試験に合格したこともしらせていない。

「じゃあ、なあに。気になるから、早く教えて」

日菜子は自転車のハンドルをもって、堅志と目をあわせずに夜道を歩きだした。堅志はすこし遅れて、日菜子についていく。

「うん、わかった。ぼくは今日の夕方、あの会社に断りの電話をいれた。正社員にはならないことにしたんだ」

日菜子が静止した。自転車が倒れそうだ。

「どうして？　あんなに正社員になりたいっていってたよね、ケンちゃん。せっかくのチャンスだったのに」

堅志は辛抱強く笑顔をつくった。自暴自棄になって決断したのではない。それだけは伝えなければいけない。

「ヒナちゃんを駅まで送ってから、ずっと考えていた。ぼくはどんな人間だろう。なにを基準に生きてきたんだろう。そうしたら答えが見つかった」

自分の弱さをただひとつの尺度にして、堅志はなんとか三十年の人生をやりくりしてきた。日菜子にあらためて説明する必要はないだろう。

「ぼくが望んでいたのは、ほんとうは正社員になることではなかった。豊かな暮らしも、将来の安定も、そうだな、タワーマンションの最上階なんかも、ほんとはほしくなかったんだ。人間て不思議だね。自分ではほしくもないものを、絶対必要だって勘違いする」

目をふせた日菜子の肩が震えていた。

「……もしかして、わたしが別れるっていったから、ケンちゃんは正社員の話を蹴っちゃったの」

そんなことは考えてもいなかった。意外な質問である。

「いいや、違う。ぼくが自分で考えて、自分で決めたんだ。正社員にならなければ、ヒナちゃんとこのままつきあえるなんて、浮ついた理由で決断したわけじゃない」

そんな保証など最初からなかった。勝手にひとりで決めたのだ。日菜子の声は自転車のくすんだスポークのように細くなった。

「それなら、いいんだけど……」

「ヒナちゃんは心配しなくていい。ぼくは自分でどうしても譲れないことがあって、就職を断ったんだ。正社員にならないんだから、これからもいっしょに暮らしてくれなんていわないよ」

日菜子がじっと堅志の目を見つめてきた。ドイツ製のセダンが一台、若い恋人たちの脇をとおりすぎていく。黒いサメのようだ。日菜子がゆっくりと歩きだした。

「そうなんだ。どうしても譲れないことか。わたしにもそういう強さがあるといいなあ」

貧しくとも平気だ。贅沢なんかしなくても、自分の心と身体(からだ)をつかって、ずっと働きながら生きていく。それだけで十分に幸福で、全部の望みがかなっている。日菜子は昨日の夜そういっていた。

「強いのはヒナちゃんのほうだよ。ぼくなんてヒナちゃんに比べたら、まだまだ修行が足りない」

今日この日まで自分のなかにある弱さにも、ほんとうの強さにも気づいていなかった。日菜子のようにほんとうにほしいものがわかっている人間にはかなわなかった。

夜の風が吹いて、日菜子の前髪を揺らした。丸い額がかわいらしい。堅志は自転車のハンドルを日菜子から奪った。

「ねえ、おまわりさんもいないし、ふたり乗りで帰らない?」

日菜子がぱっと顔を明るくした。

「わあ、レインボーハイツに越してきたばかりのころみたい。あのころはよくふたり乗りで駅までいったよね」

当時自転車は一台しかなかった。最寄り駅まで買いものにいくときは、いつもふたりで一台の自転車に乗っていたのだ。

日菜子を荷台に乗せて、堅志は力をこめてペダルをこぎ始めた。今夜は同じ自転車に乗れただけで十分だ。この先、ふたりの生活がどうなるのか、堅志にはわからなかった。正社員としての就職を断ったのだから、あの倉庫でのアルバイトも続けるのはむずかしいかもしれない。佳央梨はきっと目をつりあげて怒るだろう。そのときにはあの文庫解説でも読ませて、書評家になるのが夢だとでもごまかしておけばいい。

堅志の背中に日菜子が額をこすりつけていった。

「ケンちゃんはほんとうに、わたしがいるほうの世界でずっと生きていくつもりなの」

堅志は秋の夜風に向かって笑い声をあげた。自分でもわからない。いつか、もしかしたら二十年後、代々木公園での決断を死ぬほど後悔する日がくるのかもしれない。けれどその夜の堅志には、未来はぼんやりと明るく見えた。弱い自分が正直に選んだ道である。

「むずかしいことはわからない。でも、ずっとヒナちゃんのそばにいたいし、いつかぼくたちの子どもの顔を見たいと思ってるよ。これは本気だ」

日菜子は返事の代わりに堅志の腰に回した腕にぎゅっと力をこめた。遠く私鉄の駅が見えてきた。この先は線路に向かって下り坂が続いている。堅志は両足をペダルから離して、夜のなかに伸ばした。風がジーンズをふくらませた。自転車はふたりの体重を乗せて、急加速していく。空を見ると暗い雲の切れ間に、ちいさなガラス粒のような星が控えめに光っていた。郊外の街でさえ、地上のネオンにかなわないのだ。

日菜子がなにかいっていた。これからも、よろしく、お願いします。涙声はそんなふうにきこえた気がするが、堅志は確かめなかった。信号機のない暗い交差点をすぎて、ペダルに力をこめる。堅志の目の裏側に、ふたりが暮らすレインボーハイツ101号室のあざやかな緑色の扉が見えた。あの扉の奥にきっとなにかが待っている。それはふたりがずっと探していたもののはずだ。自転車はガードをくぐり、梨畑(なしばたけ)のなかを抜け、困った住人たちが待つハイツに向かって、夜のなかをひと筋の光のように駆けていった。

解説

吉田大助

厳密には一字アキで表記される「清く　正しく　美しく」は、宝塚歌劇団の創立者・小林一三（いちぞう）の遺訓であり、現在も宝塚音楽学校の校訓として語り継がれている。老若男女（ろうにゃくなんにょ）誰もが楽しめる国民劇を志すうえで、演者たちに必須（ひっす）となる心根を表現したものだという。つまり、もともと人間はそういう存在である、という性善説を表した言葉ではない。その意味を補って表記するならば、清くあれ、正しくあれ、美しくあれ。この三つのフレーズの真ん中を「貧しく」に変えた時、何が起こるのか。貧しくあれ、とはどういうことか？

本作『清く貧しく美しく』は、一九九七年に「池袋ウエストゲートパーク」でオール讀物推理小説新人賞を受賞してデビューし、二〇〇三年に『4TEEN（フォーティーン）』で直木賞を受賞した石田衣良が、二〇一九年に刊行した長編小説だ。物語の一要素として恋愛が取り入れられているのではなく、「恋愛とは何か？」というテーマが前面化している点から、恋愛小説であると言って間違いないだろう。ただし、著者がこれまで発表してきた恋愛小説とはだいぶ雰囲気が違う。

キャリア初の恋愛小説『娼年』（二〇〇一年）では、文学の世界で長らく書き継がれてきた娼婦ではなく、女性向けの派遣型風俗で働く娼夫を主人公に据えた。第一三回島清恋愛文学賞受賞作『眠れぬ真珠』（二〇〇六年）では四五歳のヒロインと一七歳年下の青年との齢の差恋愛を綴り、『水を抱く』（二〇一三年）はインターネットを男女の出会いのツールとして採用した。いずれの作品も、恋愛におけるセックスの存在を重視した、恋愛小説であると共に性愛小説という顔も持っていた。ところが、『清く貧しく美しく』は性愛の要素が後景に退いている。主人公カップルは体の相性も良く週二回ほどのセックスを健康的に営んでいるという趣旨の記述はあるが、直接的な性描写は一度も出てこない。性欲の発散と同時に、体の繋がりは心の繋がりであると錯覚させるツールでもあるセックスを、男女の関係性の中からできるだけ除外することで、著者は恋愛そのものにフォーカスを当てようとしたのではないか。

もう一点指摘しておくべきは、本作が「普通」の男女の恋愛を描き出していることだ。ＬＧＢＴＱの人々への理解が深まり多様性重視となった今の時代、「普通」の男女の恋愛を小説のモチーフとすることは古臭いとすら思われかねない選択だ。

しかも、著者は『西一番街ブラックバイト 池袋ウエストゲートパークXII』（二〇一六年）において、日本の商業エンタメ小説としては初ではないかというタイミングでYouTuberという新たな職種をメインプロットに採用した人だ。時代に対する反応速度には定評のある書き手が、わざわざ「普通」の男女の恋愛をモチーフにした理由とは何か。

文庫本は解説から先に読むという方のために、基本設定とあらすじを記しておきたい。主人公カップルは、東京近郊の1DKアパートで同棲を始めて一年近くになる、立原堅志と保木日菜子だ。二人の視点がスイッチする形式で進む物語は、堅志が間もなく三〇歳となることへの不安を吐露するシーンから始まる。堅志は大学を出たものの世界的な金融危機による就職氷河期が直撃し、一度も就職することのないままアルバイト（非正規の契約社員）として働いてきた。現在のアルバイト先は外資系のインターネット通販企業の物流倉庫だ。一方、今年で二八歳になる日菜子は、最寄り駅の駅ビルの地下にあるスーパーで業務全般を担うパートタイマーだ。短大卒の彼女は内気であがり症のため、就職活動時の面接でことごとく撥ねられてしまった。「わたしなんか」の塊である自分を、堅志は選んでくれた。〈堅志のひと言は明日を生きる勇気が生まれる魔法の呪文だった〉。

食卓で「今日もかわいいね」「素敵だよ」と言い合うおままごとめいた二人の会話には、切実さが宿る。二人は暮らし始めてすぐの頃に「約束」したことがあったのだ。〈広い世のなかの誰ひとり、ぼくたちをほめてくれる人はいない。／だから、おたがいにちゃんとほめあおう。恥ずかしがらずにほめあおう。／少々甘くても馬鹿みたいでもいい。そうやって、夜の道に迷ったときの遠い街の灯のように、荒れ狂う嵐の夜に見つけた灯台のひと筋の光のように、おたがいを頼りに生きていこう〉。「ふたりの年収をあわせて三百万円台」、堅志の年収は二百万円台という記述があるから、日菜子の収入は百万円ほどだろうか。コロナ禍においてより鮮明化したが、堅志が「冷たい世界」と表現したこの国の社会制度は、自己責任による「自助」を人々に強制する。だからこそ、「互助」の関係が必要となってくる。本作における恋愛は、パッと燃え上がるゆえにいつか消えることが宿命づけられた情熱として描かれてはいない。トロ火でぬくもりを維持し続け、「冷たい世界」をサバイブするための互助装置として存在している。これこそが令和の若者のリアルなのだと、著者は自信を持って筆を進めている。このような「普通」の男女の恋愛の姿を書いた人が、他にいただろうか？　今という時代を見渡した時、他にいないから、自分が書いた。本作から感じ取れるのは、古臭さではない。新鮮さだ。

序盤で描かれる高価な緑色のドレスを巡る顚末は、オー・ヘンリーの短編小説『賢者の贈り物』を思わせる。読者の中にどちらか片方への感情移入ではなく、思い合う二人をまるごと愛しく感じる――二人が二人のままで幸せになってほしいと願う――スイッチが入ったところで、作品世界に希望と不穏が混じり始める。堅志の前には正社員への扉と元カノが現れ、日菜子の前にやり甲斐のある仕事と別の男性が現れる。

ここから先は、本編を既に読んだという方に向けて記していきたい。

本作は、恋愛小説というジャンルからもたらされる二者択一を結末部に据える。「付き合いを続けるか、別れるか」だ。堅志と日菜子の場合、その裏にもう一つの選択がぴったりと張り付いている。「私を取るか、仕事を取るか」だ。後者の二者択一を現代的価値観によってアップデートすることにより、一見すると「普通」の男女の恋愛小説である本作にさらなる新鮮な空気が取り入れられることとなった。

そのアップデートの根幹にあるものは、一九八〇年代後半にアメリカで生まれ、日本ではバブル崩壊後の一九九〇年代以降に紹介された、「ワーク・ライフ・バランス」の問題だ。二〇〇七年に内閣府はその横文字に「仕事と生活の調和」という訳語を当て、「仕事と生活の調和（ワーク・ライフ・バランス）憲章」を策定した。〈誰もがやりがいや充実感を感じながら働き、仕事上の責任を果たす一方で、子育て・介護の時間や、家庭、地域、自己啓発等にかかる個人の時間を持てる健康で豊かな生活ができるよう、今こそ、社会全体で仕事と生活の双方の調和の実現を希求していかなければならない〉（内閣府「仕事と生活の調和」推進サイトより）。いわゆる働き方改革やコロナ禍におけるノーマル（常態）の点検作業を経て、その意義は日に日に増していると言える。

内閣府の憲章からも明らかなように、「ワーク・ライフ・バランス」は働く時間と個人（プライベート）の時間、おもに両者の時間配分に関わるものだと考えられている。しかし、この言葉の意味するところはもっとずっと広い。ポイントは、ライフの一語だ。社会学者の藤村正之は、英語 life の翻訳語は「生命」でもあり「生活」であり「生涯」でもあることを指摘したうえで、当該概念の再検討を提唱する。あいまいさを承知でさらに一歩踏み込んで記すならば、ライフとは「人生」だ。時間配分にまつわる問いかけではない。「ワーク・ライフ・バランス」とは、あなたは人生において仕事をどう位置づけ、仕事観をどのようにあなたの人生観に反映させているのか、という問いかけなのだ。

だからこそ、結末部において堅志と日菜子の間に決定的な別離の可能性が訪れる。カップルが別れる理由第一位として悪名高い「価値観の違い」が、「ワーク・ライフ・バランス」の問題として二人の人生に現前化し、付き合いを継続するためには価値観を合致させねばならぬ……という思いを先に抱いたのは、日菜子だった。堅志の最後の決断に何かしらの違和感を抱いた人がいるならば、理由はおそらくここにある。本作は、序盤から要所要所で顔を出していた日菜子特有の鉄の意思が、堅志を飲み込む物語であると読むこともできる。

心理学や行動経済学の知見を持ち出さなくてもすぐ分かる。人は人生に関わるさまざまな決断を、それが重たいものであればあるほど、自分の意思でくだしたと思いたがる生き物だ。そして、古今東西の小説の主人公たちが、他人には聞かせられない内面のモノローグにおいて嘘や強がりを言わなかったことはまずない。冒頭で指摘した本作における「貧しくあれ」の一語は果たして、堅志自身の意思として内側から発せられた言葉なのか。そう訊ねたならば、もちろんそうだ、と彼は答えることだろう。しかし、そうではなかったかもしれない。他者――日菜子から届いた言葉を内面化し、それが最初から自分の考えであったと記憶を修正しているかもしれない。選択それ自体は、何も悪くないのだ。自然と愛に殉じていたという点では、清く正しく美しいとすら思う。しかし、自由意志が自由ではなかったという現実を眼前に突き付けてくるという意味では、恐ろしい小説だと言わざるを得ない。自他合一幻想が起こりやすく、相手の価値観に知らぬ間に染まる。これこそが、恋愛の怖さだ。
読み進める過程で何かザラッとしたものを受け取ったならば、違和感を自分なりに掘り下げていってほしい。これまでの価値観をアップデートするチャンスであると同時に、人間存在の深奥(しんおう)を覗(のぞ)き込むチャンスでもあるからだ。恋愛をモチーフにしたからこそ、それらを表現することが可能となった。多数の代表作を持つ石田衣良の「裏ベスト」と言える傑作だ。

（二〇二二年九月、ライター）

この作品は二〇一九年十二月新潮社より刊行された。

清く貧しく美しく

新潮文庫　い－81－8

令和四年十一月一日発行

著者　石田衣良

発行者　佐藤隆信

発行所　株式会社 新潮社

郵便番号　一六二―八七一一
東京都新宿区矢来町七一
電話　編集部(〇三)三二六六―五四四〇
　　　読者係(〇三)三二六六―五一一一
https://www.shinchosha.co.jp

価格はカバーに表示してあります。

乱丁・落丁本は、ご面倒ですが小社読者係宛ご送付ください。送料小社負担にてお取替えいたします。

印刷・大日本印刷株式会社　製本・加藤製本株式会社

ISBN978-4-10-125060-1 C0193